世界のすべて

畑野智美

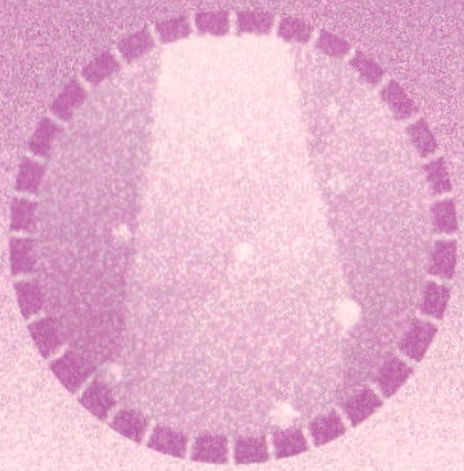

光文社

世界のすべて

装画　嶋田里英

装丁　岡本歌織（next door design）

1

脚つきのグラスをふたつ並べ、それぞれに紫色のシロップを注ぎ、氷を多めに入れ、ソーダ水を足し、軽くかき混ぜる。丸くすくったバニラアイスを載せて、さくらんぼを飾る。ストローと長いスプーンを添えてトレーに載せ、壁側の席に運ぶ。

「お待たせしました」

向かい合って座る女の子たちの前に並べる。

ふたりとも、高校生ぐらいだろう。

すぐにスマホを取り、位置や角度を調整して、写真を撮る。

「ごゆっくりどうぞ」

伝票を置いて席から離れ、カウンターに戻る。

クリームソーダを作るのに使ったマドラーやアイスクリームディッシャーを持ち、奥の厨房《ちゆうぼう》へ行く。

厨房といっても、カウンターとはレースの暖簾《のれん》一枚で仕切られているだけで、家庭用の台所を少し豪華にした程度のものだ。三畳にも満たない。カレーやナポリタンやピザトーストぐらいしか食べ物のメニューはないから、これで充分だった。ドリンクは、カウンター内で用意する。流しに、ランチタイムの洗い物が残っていたので、皿やカップもまとめて洗っておく。

手を拭いて、カウンターに戻り、店内を見回す。

スマホで撮った画像を見せ合いながらお喋《しゃべ》りをする女の子たち、打ち合わせをする男性たち、スポーツ新聞を大きく開く年配の女性、文庫本を読む男性、パソコンで仕事をする女性、追加の注文はなさそうだし、グラスの水も足りている。

三枚の丸く大きな窓の向こうに、桜の花びらが舞う。

近くに桜の木なんてないから、風に飛ばされてきたのだろう。

四十年以上前から営業している喫茶店で、五年前に内装工事をしたものの、昭和の雰囲気が残っている。スマホやパソコンを使っている人がいなければ、タイムスリップしたような気分になるかもしれない。

僕がここでアルバイトをはじめたのは一年前だけれど、会社勤めしていたころにも、客として来たことがあった。

初めて来た時は、とても疲れていて、周りがよく見えていなかった。常連らしきお客さんが何人かいるだけだったと思う。最近は、十代から二十代の女性が増えてきている。先代のころからの常連さんが来なくなったわけではないし、土日の昼には近所の人たちが家族連れで来ることもある。内装工事をして、煙草《たばこ》のにおいの染みついた壁紙を替えたり、ソファカバーを新しくしたり、トイレを最新式のものにしたからって、誰もが気軽に入れる店ではない。商店街の一本裏にあり、人通りも少なかった。外観は「ブルー」という店名を表すかのように、前面だけが青いタイル張りになっている。ビルが建ったころには、よくあるデザインだったようだ。僕が客として来たのは、夏の暑い日だった。

日陰を求め、たまたま前を通りかかった。

いつからか、古い喫茶店が人気になってきている。

はじまりがいつなのかはっきりしないが、ＳＮＳでよく見るようになり、徐々にブームが広がっていった。

壁側の席には、電源の入っていないゲーム機のテーブルが二台残っている。開店当時から置いてあるものだ。電源を入れれば、画面はつくのだけれど、コントローラーが壊れている。そこに、クリームソーダやプリンアラモードを並べて写真を撮る。

春休み中なので、平日でも昼過ぎくらいから、女の子たちが来た。十代や二十代の女性ばかりではなくて、子連れのお母さんたちや男性でも写真を撮っていく人はいた。

「ゲームテーブル、捨てなくてよかったな」カウンターで店用のスマホを見ながら、店主の啓介《けいすけ》さんが言う。

啓介さんはブルーの二代目で、三十三歳の時に先代から店を継いだ。それがきっかけで、内装工事をした。

「捨てるつもりだったんですか？」隣に立ち、十センチくらい上にある顔を見上げる。

「だって、古いし」スマホから顔を上げ、店内を見る。

「まあ、それは、そうですね」

「もっとお洒落《しゃれ》なカフェにしたかったんだけど」

「なんで、そうしなかったんですか？」

「親父《おやじ》が反対したから」

「そうですか」

もともとブルーは、先代が趣味ではじめた店だ。啓介さんの実家は、駅の周りに何棟かのビルとマンションを持っている。その中から、「蒼井《あおい》」という苗字《みようじ》に合わせたような、このビルを選んだ。ゲームテーブルは開店当時の流行《はや》りでしかないと思っていたのだけれど、先代が好んで置いたものなのだろう。グラスやカップ、スプーン一本までデザインと丈夫さを考えて選び抜かれたもので、ずっと使われている。何よりも、コーヒーにはこだわっていて、ハンドドリップで淹《い》れ、機械は使わない。

先代は今も月に一度は味の確認に来る。

「鳴海《なるみ》くん、これ、適当にいいねしておいて」啓介さんは、スマホを僕に渡してくる。

「はい」

「保育園のお迎え、行ってくる」厨房の奥へ行き、裏口から出ていく。

「いってらっしゃい」背中に向かって言い、スマホを見る。

ＳＮＳで、お客さんが載せてくれた写真を確認する。数分前のものは、まだお客さんが店内にいるかもしれないから、見るだけにしておく。昨日から今日の午前中のものがあれば、ハートマークを押す。ランチタイムは混み合うこともあるし、売上が悪いわけではない。それでも、こういった地道な営業は必要なのだろう。

ガラス扉が開き、女性がひとりで入ってくる。

「いらっしゃいませ」スマホを置き、カウンターから出る。

「あれ、鳴海くんだけ？　啓介さん、いないんだ」

「保育園行ってる」

入ってきたのは、瀬川《せがわ》さんだった。

瀬川さんは、高校の同級生で、この近所の実家で家族と住んでいる。親しかったわけではないから、卒業後は一度も会っていなかった。ここで、十年ぶりに再会した。

「おひとり様ですか？」

「なんか、嫌な言い方」

「なんで？」

「恋人もいないし、結婚もしていないことを言われてるみたいな気分になる」口を軽く尖《とが》らせ、拗《す》ねたような口調になる。

「そんなこと言ってないから」思わず、笑ってしまう。

「わかってるけどさ……」そう言いながら、瀬川さんはふたり掛けのテーブル席に座る。「アイスコーヒーにする」

注文を受け、僕はカウンターに戻り、グラスに水を注ぎ、おしぼりを用意する。カウンターの下にある冷蔵庫からアイスコーヒーのピッチャーを出し、氷を入れたグラスに注ぐ。

二十代後半になり、高校の同級生の何人かは、結婚したらしい。すでに子供が産まれた人もいるようだ。僕は、仲の良かった数人とたまに連絡を取るぐらいでしかない。瀬川さんと再会しなかったら、そんな話は聞くこともなかっただろう。

「お待たせしました」アイスコーヒーを瀬川さんのテーブルに置く。

「コーヒー淹れられるようになった？」

「なってない」

僕はまだ、先代の試験に合格していなくて、ホットコーヒーを淹れられない。

啓介さんが娘のレイラちゃんのお迎えに行っている間、ホットコーヒーの注文があったら、お客さんに待ってもらわなくてはいけない。常連さんは笑って許してくれるが、初めて来たお客さんには「なぜ?」と問い詰められることがある。

「今日、仕事は?」話を逸《そ》らすために、僕から聞く。

「昼に推《お》しごとがあったから、有休取った」

「うちわとか持ってないじゃん」

「舞台だから」

「ふうん」

瀬川さんは、アイドルが好きで、よくコンサートに行っているようだ。推しごとに行く前や帰りに、うちわとかペンライトとかを持って、ブルーに寄ることが多い。遠征と言い、三泊ぐらいできそうなキャリーケースを持っていることもあった。男性アイドルグループの誰が好きという話を前に聞いたのだけれど、あまりにも熱く語っていたため、誰かわからないとは言えなかった。

「ごゆっくりどうぞ」

席を離れ、カウンターに戻る。

グラスを磨き、カップを並べ直し、備品の在庫を数えていく。

窓の外が暗くなってきたので、店内の照明を切り替えて、少し明るくする。

ブルーの営業時間は二十時までなのだけれど、十九時を過ぎると、お客さんがほとんど来なくなる。

本を読んでいたり、仕事をしていたりするお客さんが夕方からずっといるだけで、注文が入ることはない。

レイラちゃんのお迎えから帰ってきた啓介さんは、店の二階にある自宅にいるので、僕に対応できない注文が入った時だけ、スマホで呼んで来てもらう。妻の絵梨《えり》さんは、蒼井家の不動産やその他の事業に関する経理事務の仕事をしている。何をしているのかよくわからないが、忙しくしているみたいだ。たまに店の手伝いにきてくれることもあるけれど、夜遅くになっても帰ってこない日も少なくないようだ。

前は、学生バイトが何人かいたらしい。大学を卒業して、同時に辞めてしまった。忙しい店ではないから、レイラちゃんが小学校に上がるまでは夕方以降を休みにして、啓介さんひとりで営業していくこともできると考えていたところに、喫茶店ブームが起きた。ランチタイムから夕方まで、ひとりでは回せなくなっていた時に、僕がアルバイトで入った。

定休日の火曜日以外は、開店の十一時から二十時まで働いている。月に何度か、火曜日の他にも休みをもらう。そういう日は、啓介さんのお母さんが手伝いにくる。

お客さんがいなくなったら、先にレジ締めを済ませる。各テーブルを拭いて、忘れ物や落とし物がないか、見てまわる。厨房に入って、流しでダスターを洗い、干しておく。明日のランチの仕込みができていること、火が消えていることを確かめる。二十時ちょうどに、啓介さんに〈閉店します〉とだけメッセージを送り、外に出てシャッターを閉めてから、店の中に戻ってガラス扉の鍵をかける。エプロンを外し、レジ下に置いてあるコートを羽織り、全ての電気を消す。裏口から出て、鍵をかける。

裏口に駐《と》めてある自転車で、アパートまで帰る。

駅前商店街を抜けて、高架下を通り、住宅街に入る。

古い一軒家の庭の桜が満開になっていた。

月は出ていないし、街灯も少ない夜の中で、桜の花は白く浮かび上がって見える。

昼間は暖かい日も増えてきているが、夜はまだ肌寒い。

頬に当たる風を痛く感じた。

アパートまでは、自転車で十分もかからない。少しでも早く帰るために、できるだけ飛ばす。

大学を卒業して社会人になっても、ずっと実家に住んでいた。通学も通勤も三十分程度で、都心にも一時間ぐらいで出られる。両親とも、結婚して近くに住んでいる姉とも、すごく仲がいいわけではないが、仲が悪いということもない。出るように言われたこともなかった。けれど、このままずっと実家にいつづけるわけにはいかないと考えていた。

去年の春、新卒で入って五年が経《た》つ会社を辞めた。やろうと決めていることはあっても、そのために何をしたらいいのかは、よくわかっていなかった。失業保険をもらえるし、ゆっくり考えようと思っていた時に、ブルーでバイトを募集していることを知った。実家からでも通える距離だけれど、これが機会だという気がして、ひとり暮らしをはじめた。

結婚する気がないどころか、彼女もいなそうな息子に、両親が何か言ってきたことはない。早くに結婚した姉が子供を産んでいるので、孫に夢中のように見えた。けれど、内心では、気にかけてくれていたのだろう。「ひとり暮らしをしようと思っている」と母親に相談した時に「本当にひとりで住むの？」と聞かれた。

残念ながら、僕はひとりで住んでいるし、今後も誰かと住む予定はない。

二十八歳なんて、まだ全然若くて、結婚に焦る年齢ではないだろう。瀬川さんを見ていると、女の子は出産のことがあるから気になるのかもしれないとは思う。でも、同世代の男友達は、何も考えていないような奴《やつ》の方が多い。彼女はいても、それが必ず結婚に繫《つな》がるわけではないみたいだ。今はまだ、仕事や趣味を楽しみたくて、将来のことを真剣に考えていない。

ただ、僕の場合は、そういうこととも違った。


階段下の駐輪場に自転車を駐めて、二階に上がる。

一番奥が僕の部屋だ。

鍵を開けて、部屋に入り、電気をつける。

六畳のワンルームと狭い台所、風呂とトイレは別、家具や家電は最低限のものしかない。とりあえず必要そうなものだけを揃《そろ》えて引っ越してきて、生活に慣れたら買い足していこうと考えていた。しかし、そのままになっている。姉が来た時には「ミニマリストなの？」と聞かれた。

コートを脱いで手を洗い、テレビをつける。

特に見たい番組があるわけではないのだけれど、音がしないことが苦手だった。バラエティ番組にチャンネルを合わせておく。音楽をかけることもあるが、テレビの方が気楽で人の気配が感じられる。

ベッドに寄りかかって座り、スマホを見る。メルマガが届いているだけで、誰からも連絡はない。一日に何十件もメッセージのやり取りをするような人もいるのだろう。僕の人生には、そういうことは起こりそうになかった。母親か姉か、会社の同期や大学の友達がたまに連絡してくるぐらいだ。

SNSをチェックする。

休みの日に行きたいカフェや喫茶店を探し、男ひとりでも入れそうか、行ける距離かどうか調べていく。大丈夫そうなところは、保存しておく。

バイトが休みの日は、ひとりでカフェ巡りをする。

運転免許は持っているものの、自分の車は持っていないし、ずっと運転していないから、ペーパードライバーという状態だ。電車やバスで行ける範囲に限られる。東京や市内の有名店は一通り行ったから、地方にあるような景色と食材にこだわった店に行きたいのだけれど、車がないと難しい。

バラエティ番組が終わり、ドラマがはじまる。

最近では、珍しくなってきた恋愛ドラマだ。

二十代前半の男女が海辺の街で出会い、お互いの育ちの違いや将来に対する考え方の差に悩みながらも、惹《ひ》かれ合っていく。まだ一話か二話のはずだが、急展開で恋に落ちる。寝ても覚めても、恋する相手のことだけを思いつづける。男性のうちのひとりはゲイで、名言のようなことを言う。その言葉に心を動かされ、主人公の女性は、好きな男性のもとへと走っていく。とても全力で走り切れるわけがない距離でも、彼への強い気持ちが彼女の足を動かす。

僕が子供のころは、こういう恋愛ドラマがもっと放送されていた気がする。

母親と姉が見ていたから、僕も一緒に見ていた。

ふたりが「今のかっこいい」とか「つづきが気になる」とか騒いでいる横に、ぼんやり座っていた。まだ小学校の低学年ぐらいだった僕には、理解できないことばかりだった。キスシーンは、気持ち悪いと感じ、見てはいけないものを見た気分になった。いつも、途中で眠くなってしまう。母親に「もう寝なさい」と言われ、ひとりで自分の部屋に上がった。高学年になったころには、サンタさんという名の父親にもらったゲーム機に夢中になり、リビングにいてもテレビは見なくなった。母親の見るドラマにも、姉の好きな男性アイドルにも、友達が話題にする女性アイドルにも、興味が持てなかった。

そのうちに、時代が変わったからなのか、視聴率の問題なのか、恋愛ドラマは減っていった。

今もあるのだけれど、深夜や配信のドラマが多い。二十一時や二十二時台に放送されるとしたら、恋愛ばかりではなくて、女性の生き方や性の多様性がテーマになっている。今放送されているドラマにもゲイの男性がいたり、多様性も描こうとしているのだろう。

女性が夜道を走りつづける中、ＣＭに入る。

配信されているドラマかバラエティでも見ようかと思ったのだけれど、何が見たいのか考えることも面倒くさく感じてしまい、チャンネルを変えるだけにしておく。恋の歌ばかりの音楽番組、容姿や年齢を笑いにするバラエティ番組、女性の偉人をテーマにしたクイズ番組が放送されていて、クイズ番組を選ぶ。

スマホをテーブルに置き、台所に立つ。

昼ごはんは賄《まかな》いが出るのだけれど、夜はまだ食べていない。

時間がもう遅いから、軽く済ませる。

一年前は、料理も掃除も洗濯も、何もできなかった。洗濯機の使い方がわからず、姉に教えてもらった。風呂やトイレをマメに掃除しないと、すぐに汚れることも知らなくて、浴槽がうっすらとピンク色になった時には驚いた。未《いま》だにニットは洗濯できないし、シンクの掃除をサボってしまうことはある。でも、困って「どうしたらいい？」と、母親か姉に電話することはなくなった。

そして、ひとり暮らしで大変なのは、できることやできないことではなくて、選択と決断の多さなのだと気が付いた。

黙っていても、夕ごはんは出てこない。

何を食べるのか、毎日毎日、自分で決めなくてはいけなかった。

冷蔵庫と冷凍庫を開けて、それほど多くないレパートリーから何ができるか、考える。


ブルーに出勤したら、啓介さんではなくて、絵梨さんが開店の準備をしていた。

眠そうな顔をしながら、レジ金《きん》の用意をしている。

「おはようございます」

「おはよう」

「啓介さん、どうしたんですか？」

「レイラが熱出しちゃって、病院」

「そうですか」

「病院から戻ってきたら、店に出るって言ってたけど、レイラの体調と機嫌次第かな」

「わかりました」話しながらコートを脱いで、エプロンをかける。

手を洗い、店の中を軽く見てまわってからカウンターに入り、開店の準備をする。

いつもは啓介さんがドリンクを作っておいてくれるのだけれど、今日はまだ何もできていないようだ。

ホットコーヒーは淹れられなくても、アイスコーヒーやアイスティーは作れるし、他のメニューはドリンクも食事も一通り任せてもらえている。絵梨さんは、先代の試験に合格してコーヒーを淹れられる。土曜日だから、長居するお客さんが多くて、ランチタイムも平日ほど慌ただしくならないし、啓介さんがいなくてもどうにかなるだろう。

「病院、混んでるみたい」スマホを見て、絵梨さんが言う。

「時間かかりそうですね」

「多分」

「レイラちゃん、熱高いんですか？」

「子供はしょっちゅう熱出すから、心配するほどじゃないと思うんだけど」

「そうですか」

「そうやって、免疫力がついていくんだし」メッセージを打ち、カウンター席に座る。

絵梨さんと啓介さんは、高校の同級生だった。高校生のころは、友達でしかなかったのだが、二十代の終わりに恋人になり、三十歳の時に結婚した。レイラちゃんが生まれるまで、絵梨さんは都内の大企業と言われるような会社で、経理の仕事をしていたらしい。

今も、街の小さな喫茶店の奥さんという雰囲気ではない。店に出る時は、カジュアルな格好をしているが、着こなしが他のお母さんたちとは違った。

「鳴海くんはさ、母親なのにとか言わないんだね」絵梨さんはスマホを置き、僕を見る。

「……母親なのに？」

「普通は、言うんだよ。母親なのに、娘のそばにいない。母親なんだから、娘の世話をしないといけない。母親のくせに、仕事ばかりしていて家のことをしない」

「うーん」

「両親、共働きだったの？」

「母親は専業主婦というわけではないけど、姉や僕が学校に行っている間のパート程度です」

「だったら、お母さんが家にいるのが当たり前だったんでしょ？」

「まあ、そうですね」

厨房に行って薬缶《やかん》でお湯を沸かし、製氷機から出した氷をボウルに移す。氷を運び、カウンター下の冷凍庫に入れておく。

僕と姉のために、母親がどれだけのことをしてくれていたのか、ひとり暮らしをするようになって初めて気が付いた。朝昼夜のごはんを用意してもらえること、掃除や洗濯をしてもらえること、体調が悪い時に看病をしてもらえること、全てを当たり前のように考えていた。母親にも、体調の悪い日や気分のすぐれない日があるなんて、想像すらしなかった。父親も何もしていなかったわけではなくて、休みの日にカレーを作ってくれたりした。でも、母親のしてくれたことに比べれば、手伝いにもなっていない。

だからって、僕は、どんな家でも母親がいつも家にいて、家事を全てやることが当然とは思っていなかった。

うちは、そういう家だったというだけだ。

「最近の子って、そういう感じなのかな」

「どういう感じですか？」

「性別に対する偏見がないというか、わたしたちが二十代のころとは、常識が違うというか」

「どうでしょう」お湯が沸いたので、厨房から薬缶を持ってきて、ピッチャーにアイスティーを作る。

厨房に戻り、カラになった薬缶に水を注ぎ、またお湯を沸かす。

十年前がどうだったのかわからないが、今も偏見はある。

多様性と言われて、LGBTQがドラマや漫画や小説のネタにされているけれど、創作物の中の出来事でしかないと思っている人が多い気がする。自分には関係のないこと、身近にはいないものと考えている。知り合いや友達にはいるかもしれないけれど、家族にいるはずがない。それぐらいのことでしかないから、気軽に「BL」とか「百合《ゆり》」とか言って、はしゃげるのだろう。

多くの人は、相手のセクシュアリティなんて気にせずに「彼女はいないの？　誰か紹介しようか。早く結婚した方がいいよ」と言ってくる。

結婚したら、女性は仕事を辞めて家に入るみたいに考えている人は、さすがに少なくなってきていると思うけれど、根本は変わっていないのではないだろうか。

「鳴海くん、もてるでしょ」

「……」新しいダスターを出して、カウンターに持っていく。

「顔はかわいいし、優しいし」

「そういうの、セクハラですよ」

「……そうだね、ごめん」

思った以上に、絵梨さんが落ち込んでしまい、こちらが申し訳ない気持ちになる。

毎日のように一緒に働いていても、啓介さんが僕のプライバシーに関することを聞いてくることはなかった。何かあった場合のために、実家までは電車で十分ほどだから、すぐに両親に来てもらえることを話したぐらいだ。あとは、姉が様子を見にきた時に、紹介した。

「あの、気にしないでください」

「大丈夫」落ち込んだような表情のまま、絵梨さんは表に出て、ガラス扉にかかる札を開店にひっくり返す。

戻ってきて、カウンターに入り、僕の隣に立つ。

近い気がしたので、少しだけ横にずれる。

「わたし、話しすぎちゃうから、啓ちゃんにも怒られるんだよね」

「啓介さんが怒るんですか？」

「怒鳴ったりはしないよ。気を付けてって、注意してくる」

「そうですか」

店での啓介さんは常に穏やかで、僕がミスをしても、怒ることはない。先代の試験に受からないことも、「気にしなくていいから」と笑ってくれている。

「スナックのママとかだったら、向いてると思う」明るい口調に戻り、絵梨さんは僕を見る。

「それはそれで、大変な仕事ですよ」

「まあ、そうだね」

「経理って、人と話さないでいい仕事ってイメージですけど」

「話しすぎちゃうから、話さないでよさそうな仕事にしたの」

「なるほど」

「あと、結婚するつもりもなかったから、女ひとりでも一生食べていける仕事がしたかった」

「結婚願望なかったんですか？」

「ないよ」首を横に振る。「それだけが理由じゃないけど、変わった人っていう目で見られてた」

「そうですか」

ピッチャーを持って厨房に行き、今度はアイスコーヒーを作る。

カウンター内で作ってもいいのだけど、コーヒーを淹れる時は、できるだけ集中したかった。

アイスコーヒー用のすでに挽《ひ》いてある豆を出し、コーヒーサーバーにドリッパーとペーパーフィルターをセットする。ゆっくりとお湯を注いでいく。

カフェや喫茶店には、学生のころからよく行っていたのだけれど、ブルーで働きはじめるまで、自分でコーヒーを淹れたことがなかった。家では、全自動のコーヒーメーカーを使っていた。豆の違いもわかっていなくて、その店のオススメや母親の買ってきたものを飲んでいただけだ。

勉強しているけれど、味や香りの違いは、今もよくわからない。

啓介さんに教えてもらった手順通りに、アイスコーヒーを作るだけで、精一杯だった。

コーヒーサーバーに淹れたコーヒーをピッチャーに移し、カウンターに持っていき、冷ましておく。

ガラス扉が開き、お客さんかと思ったら、瀬川さんが息を切らして入ってくる。

「いらっしゃいませ」絵梨さんが言う。

「こんにちは」息を整えながら、返す。

「どうしたの？　誰かに追われでもしてるの？」僕が聞く。

「鳴海くん、夜までバイトだよね」瀬川さんは、僕の前に立つ。

「うん」

「五時ごろに上がれたりしないよね」

「しないね」

いつもと同じように、今日も二十時まで働く予定だ。

レイラちゃんの体調次第で、啓介さんがランチの仕込みをできなかったら、残業するかもしれない。

「どうかしたの？」絵梨さんが瀬川さんに聞く。

「コンサートの同行者が……」

「同行者？」僕と絵梨さんは、声を揃える。

「今日の夜、妹と行くはずだったんだけど、妹が生牡蠣《なまがき》を食べてお腹《なか》壊して、お母さんもパートで行けなくて、お父さんとは行きたくない。それで、チケットのシステムの問題で、ふたりじゃないと入れないかもしれないの。でも、友達にも声かけたけど無理で、大事なチケットだから、やたらな人に譲りたくない」

「ふうん」

よくわからないが、今日の夜にコンサートがあることと瀬川さんが困っていることは、なんとなく理解できた。

「鳴海くん、早退してもいいよ」僕を見て、絵梨さんが言う。

「えっ、いいんですか？」

「お義母《かあ》さんに来てもらう」

「大丈夫ですか？」

「さっき、レイラが熱出したって連絡したから、すでに準備はしてると思う」

「そうですか」

瀬川さんを見ると、顔の前で手を合わせ、僕を拝むようにしていた。

そのコンサートには、僕よりも行きたがる人はたくさんいるだろう。急なことで、冷静に判断できなくなっているのではないかと思う。でも、断るのも悪い気がした。

アイドルのコンサートにも、一度行ってみたかった。


コンサートの会場は、成人式でしか来たことのないアリーナだった。一万七千人くらい入れるらしい。電子チケットで、入口で二次元コードを提示して入場手続きをするまで、座席がわからないシステムになっている。その時、ふたりで登録しているのに同行者がいないと、手続きがスムーズに進まない可能性があり、瀬川さんはどうしても誰かに来てもらいたかったようだ。

アリーナ席と呼ばれる一階席の真ん中より少し後ろで、メインステージからは遠い。けれど、アリーナ席の中心と後方にもステージがあり、それを繋ぐ花道が延びている。センターステージには近いので、充分に見られる。

女性ばかりだろうと思っていたが、意外と男性も多い。男性ふたりで来ている人もいるから、付き添いみたいなことだけではないようだ。年齢層も幅広くて、小さな子供から年配の人まで、みんなが楽しそうに開演を待っている。

「ヤバい、ヤバい」隣に座る瀬川さんが小さな声で言う。

会場に着くまでの電車の中では「ドキドキする、落ち着かない」とずっと言っていたが、座席がわかってからは「ヤバい」しか言わなくなった。

「コンサート、初めてっていうわけでもないのに？」

「何度見ても、緊張するんだよ」

「そうなんだ」

「アリーナだし、センステと花道近いし」

「いい席だよね」

会場を見渡すと、三階席の端まで、埋まっていた。その角度からではステージが見えないのではないかというギリギリのところにも、座席がある。

「のん気に言わないでっ！　神様に感謝してっ！」

「……なんの神様」笑ってしまったが、瀬川さんは真剣だった。

「しかも、今日は、本命だから」

「いつも本命っていうわけじゃないの？」

「他グループも好きだけど、今日が本命」

今日の出演者は「ナイト」という五人組のグループだ。

アイドルグループの見分けがつかない僕でも知っているくらい人気があり、グループ全員の出演するバラエティ番組が話題になっている。歌番組に出れば、必ずSNSのトレンドで一位になる。メンバーそれぞれ個人でも活躍していて、ドラマや映画にも主演していた。CMに出た商品は、必ずヒットすると言われている。

瀬川さんはナイトのリーダーのファンらしい。

電車の中で「最年長で、メンバーカラーは紫、天然に思われることが多いけど、本当は頭がいい。メンバー想いで、優しい。笑顔のかわいさは、マジ天使」と説明してくれた。

「他のグループのコンサートにも、行くの？」

「行くよ。妹の本命は、他グループ。だから、気を抜いて生牡蠣食べて、お腹壊したんだよ」

「ふうん」

前にブルーで話を聞いた時は、妹さんの好きなグループや他のグループのことも話していて、結局は誰のことが好きなのか、よくわからなくなった。知らない名前も出てきて混乱してしまったのだけれど、なんとなく整理ができてきた。

「これとこれ、持って」足元に置いたトートバッグから、瀬川さんはうちわとペンライトを出す。

「ありがとう」

「ペンライト、黄色にして」

「紫じゃなくていいの？」

「妹の推しが黄色だから」

「妹さんの推しは、他のグループじゃないの？」

「ナイトでは、黄色推し」

「よくわからないけど、わかった」

うちわには、メンバーの顔写真が大きく載っている。妹さんの思いを胸に、これを振ったりすればいいのだろう。

「センス抜群の最年少」

「わかった」

「あと、これも」うちわをもう一枚出す。

黒いうちわに黄色い文字でメンバーの名前が書いてあり、裏には「うさ耳して」と書いてある。

「これ、何？」

「花道を通った時にこれを見せたら、ファンサがもらえるかもしれない」

「……ファンサ？」

「ファンサービスの略。手を振ったり、指ハートしたり、投げチューしたり」

「ファンサ必要ないよ」

「わたしが見たいの！」

「わかりました」意見を言わず、従った方がよさそうだ。

「会場の雰囲気を見て、ペンラの色を変えたり、うまく楽しんで」

「了解」

ペンライトは、今回のコンサート限定のものみたいでツアーのタイトルとグループ名が入り、うさぎの形をしている。五人分のメンバーカラーに光るようになっていて、スイッチを押すごとに、色が変わっていく。

「帰り、何か奢《おご》る」瀬川さんは、自分の装備も揃えていく。

「えっ？　いいよ」

「いいから」

「じゃあさ、行きたいカフェが近くにあるんだけど、そこでいい？」

「いいよ」

SNSで見て気になっていたカフェが駅の向こう側にある。友達や彼氏と行きたい店と紹介されていたから、男ひとりでは入りにくそうだと諦めていた。夜遅くまで開いていると書いてあったので、コンサートの後でも大丈夫だ。

会場の照明が消えて、さっきまで響いていたお喋りの声が一瞬で静まる。

赤、白、黄、紫、青、五色のペンライトの光は、暗くなった会場の隅々まで広がっていく。

満天の星の中に立っているみたいだ。


カフェは、コンサート帰りの女の子たちでいっぱいだった。

男性客は女性の連れと思われる人ばかりだ。ひとりで利用しているのも、女性だけだった。

広い店で、ソファ席が基本になっている。

席の間隔に余裕があるので、興奮した様子で感想を喋っている女の子たちの声も、騒がしいとは感じなかった。

白を基調としていて、全体的に照明も明るい。

天井にはシャンデリアがぶら下がり、ソファは猫脚、各テーブルには花が一輪だけ飾ってあり、店中に女の子が好きとされているものが溢《あふ》れている。

「お酒もあるんだ」瀬川さんはメニューを開く。

コーヒーや紅茶やフレッシュフルーツを使ったジュースの他に、アルコールも一通り揃っている。

食事メニューも充実していた。この辺りは会社も多い。仕事帰りに寄る人もいるのだろう。かわいい雰囲気だけれど、商売としてしっかり考えられている。

「お酒、飲むの？」

「どうしようかな。飲む？」

「飲めない」僕は、首を横に振る。

「そうなの？」メニューから顔を上げて、瀬川さんは僕を見る。

「一滴も飲めないわけじゃないけど、レモンサワー一杯で真っ赤になる」

「そうか、じゃあ、わたしもやめておこう」

「飲みたかったら、飲んでいいよ」

「うーん、いいや」またメニューに視線を戻す。

瀬川さんは、薄い紫色のワンピースを着て、まっすぐの長い髪は下《お》ろしている。爪も同じように、薄い紫色をしていた。ラベンダーカラーというのだろう。

周りの席にいる女の子たちも、似た服装をしていた。

それぞれ推しのメンバーカラーのワンピースを着て、髪もキレイにセットして、メイクもちゃんとしている。

前に、姉に誘われ、バンドのライブに行ったことがある。その時は、そのバンドのTシャツを着ている人ばかりだった。オールスタンディングだったのもあり、終演後は髪もメイクも崩れていた。

「ノンアルコールのカクテルがあるから、これにする」瀬川さんが言う。「あと、パスタにしようかな。サラダはシェアしようか？」

「いいよ」

メニューを置き、店員さんを呼ぶ。

瀬川さんはトマトソースのパスタとブルーベリーの入ったノンアルコールカクテルを頼み、僕はオムライスとアイスコーヒーにして、他に店のスペシャルサラダも注文する。

店員さんが席を離れてから、瀬川さんは水を少しだけ飲む。

「今日は、ありがとう」グラスを置き、小さく頭を下げる。

「貴重なものを見せてもらって、こちらこそありがとう」僕も、小さく頭を下げる。

声をかけてもらわなかったら、男性アイドルグループのコンサートを見る機会は、一生なかっただろう。

ドラマの主題歌になってヒットした曲ぐらいしか知らないから、楽しめるのか不安があった。だが、演出に驚き、トークに笑い、ダンスのうまさに見惚《みと》れるうちに、二時間半が一瞬で過ぎていってしまった。妹さんの推しから、うさ耳とお手振りのファンサまでもらった。会場を舞った銀テープも、拾えた。すごく楽しい夢を見た後のようで、胸の中に幸せな気持ちがずっと広がっている。

「やっぱり、男はファンサもらいやすいよね」

「そういうもん？」

「割合の問題もあると思うけど、男性と子供は少ないから、目立つんじゃないかな。子供は、メンバーの視界に入る席に座れれば、ほぼ必ずファンサもらえると思う」

「ふうん」

「リーダー、目の前で逆を向いちゃったから」しょんぼりした顔をして、瀬川さんはおしぼりの袋を開ける。

「あれは、残念だったね」

花道を歩いてきて、あと少しというところで、リーダーは向きを変えてしまった。うちわを持つ瀬川さんの手から、力が抜けていったのがよくわかった。

「今までに何回か、ファンサもらったことあるんだよ」

「そうなんだ」僕もおしぼりを開けて、手を拭く。

ドリンクが運ばれてきたので、お喋りをやめる。

瀬川さんの頼んだノンアルコールカクテルは、紫色をしていた。

トートバッグを開けて、瀬川さんは人の形に切り取られたプラスチックの板みたいなものを出す。アクリルスタンド、通称「アクスタ」と呼ばれているやつだ。ブルーでも、お客さんがアイドルやアニメのキャラクターのアクスタをテーブルに出し、写真を撮っていることがある。

ドリンクとアクスタを並べ、スマホで写真を撮っていく。

写り込まないように、僕はアイスコーヒーの位置を変える。

すぐに食べ物も運ばれてきて、瀬川さんはうまく撮れるように並べ直す。

他のテーブルでも、同じことが行われていた。

アクスタの他に、コンサートで使ったうちわやペンライト、小さなぬいぐるみを出している人もいた。

「ごめんね」恥ずかしそうにして、瀬川さんはアクスタをトートバッグに戻す。

「何が？」

「さっさと食べろとか思わない？」

「全然」首を横に振る。「むしろ、もっと撮らなくていいのかなって、思ってる」

「大丈夫。わたしは、そこまで熱心にＳＮＳはやってないから」

「そう」

「いただきます」フォークを取り、パスタを食べる。

「サラダ、分けちゃおうか」取り皿に、サラダを半分ずつくらい盛っていく。

「ああ、ごめん」食べながら言う。

「いいよ」瀬川さんの前にサラダを置き、あいたお皿は端によけておく。

「ありがとう」

「いただきます」スプーンを取り、僕もオムライスを食べる。

卵トロトロのタイプで、デミグラスソースがかかっている。

メインの客層は、十代後半から三十代前半ぐらいまでの女性だろう。糖質オフやプロテインが摂取できるみたいなメニューもあったが、オムライスは糖質もカロリーもしっかり摂取できそうだ。全体的に、バターの風味が強い。

「カフェ、好きなの？」瀬川さんが聞いてくる。

「好きというか、いつか自分の店を開きたいと思ってる」

「そうなんだ」

「驚いたりしないんだ？」

「だって、五年勤めた会社辞めてブルーで働いてるのは、そういうことかなって、思ってたから。ハラスメントに遭《あ》って、精神的に病んでしまったみたいなタイプでもないでしょ」

「近いことは、あったけど」

「えっ？　そうなの？」

「そんな大袈裟《おおげさ》なことではなくて、どんな会社でも、どんな集団でも起こるような、ハラスメントには遭ったよ。相手に悪気はなかったのだろうから、どうしていいかわからなかった」

会社に訴えたとしても、ハラスメントと認められるほどのことではないとわかっていたから、誰にも言わないまま辞めた。コンプライアンスとかの対策をしている会社だったが、何が問題なのか理解してもらうことは、難しい気がした。理解してもらうためには、僕の個人的なことを話さないといけなくなる。小さな憂鬱《ゆううつ》が溜《た》まっていき、長くはいられないと感じた。

「詳しく聞かない方がいい？」瀬川さんは、明らかに気を遣っている表情で僕を見る。

「あっ、ごめん。気にしないでいいから」せっかくのコンサート帰りに、重い雰囲気にしてしまうところだった。「コンサートのこと、話そう。あのオープニングの演出、すごかった。ビックリした」

「そうでしょ！」パッと表情を輝かせる。「映像からはじまることが多いんだけど、今回は変更したんだって。会場が暗くなった中、ステージに照明が当たって、そこから激しめのダンスナンバーではじまるから、見てる方も一気にテンションが上がるよね」

「シンプルだからこそ、本人たちの実力がよくわかる」

「そうなのっ！」

嬉《うれ》しそうにして、瀬川さんは紫色のカクテルを飲む。

ブルーベリーの実とミントの葉が入っている。

ブルーにはないタイプのメニューだ。メニューの種類を増やすためには、ある程度の店の広さも必要だ。ここは、働いている人の数も多い。経営していくためには、ロスを出さないことは重要になる。でも、冷凍のブルーベリーを使えば、意外と出しやすいメニューかもしれない。

コンサートについて語る瀬川さんの話を聞きながら、ぼんやりと考える。

そして、会話の流れで「自分の店を開きたい」と言ってしまったことが急に恥ずかしくなってくる。今まで、家族にも友達にも、話していなかった。両親には「自分で何かできないか、考えている」とだけ言い、誤魔化《ごまか》した。

ちゃんと話したのは、啓介さんだけだ。

どうして言ったのだろうと反省しそうになったけれど、瀬川さんの気持ちはナイトのリーダーがどれだけ素敵だったかという方だけに向いている。そんな大したことだと思われていないだろう。すでに、忘れられている気もした。

食事を終えてカフェを出ると、二十二時近くなっていた。

まだ夜遅いというほどではないが、こんな時間に外にいるのは、久しぶりだった。

ビルが多いので、街は明るい。

明かりのついている中には、まだ働いている人がいるのだろう。

休日出勤な上に残業なのか、もともと人が少なくなるような時間帯の仕事なのか、もっと違う理由があるのか。

コンサート帰りの人がいる他に、仕事や飲み会帰りらしき人もいて、駅の方へ向かう人は結構多かった。広い通りを車やタクシーが次から次に走っていく。肌寒く感じるものの、外にいられないほどではない。うちわやアクスタを持って、歩道の端で写真を撮っている人もいた。座り込んで、顔をうちわで隠すポーズをしている。

「ああいうの、撮らないの？」横を歩く瀬川さんに聞く。

瀬川さんは、女性の中では背の高い方だ。並ぶと、顔がすぐ横に来る。今日はかかとの低い靴を履いているけれど、たまにヒールの高い靴でブルーに来る。五センチくらいのものだと、瀬川さんの方が僕よりも大きくなる。

「撮らないよ」笑いながら、答える。

「みんな、キレイな格好してるよね」

「ファンは、コンサートの一部だから」

「どういうこと？」

「推しが何ヵ月もかけて準備をして、パフォーマンスの練習も重ねてきた大事なコンサート、一番かわいい格好で行くことが礼儀というものでしょう」

「なんか、申し訳ない」何も考えず、普段通りのパーカーとカーゴパンツで来てしまった。

「物販で、公式トレーナー買えばよかったね」

「Tシャツじゃなくて、トレーナーなんだ」

「今回は、冬から春のツアーだから。夏コンだと、Tシャツ。春や秋だと、ロンTもある」

「考えられてるんだ」

ぼんやりとしかテレビを見ていなかったけれど、そこに出ている人たちは、僕には想像できないようなことまで、考えているのだろう。

「いわゆる、リアコみたいな人も多いけど」

「リアコ?」

「リアルに恋する」瀬川さんは、考えながら言う。「ちょっと違うかも。正式に、なんの略かはわからないけど、アイドルに本気で恋をしていること」

「ああ、聞いたことはある」

「そういう子にとっては、デートみたいなことなんだと思うよ」

「ふうん」

「笑わないんだね?」

「なんで、笑う必要がある?」

「ないよ。でも、アイドルと付き合えるわけないとか言って、笑う人は多いよ」

「うーん」

朝、ブルーで、絵梨さんにも似たようなことを言われた。

人の家族や恋愛について口を出し、笑いたがる人はたくさんいると、僕自身の経験でよくわかっている。僕も、笑う側になってしまったことがないわけではない。そっち側でいられれば、楽になれる気がした。でも、そうすることで、相手ばかりではなくて、自分自身まで傷つけた。

「僕は、そういうことはしない」

「そうか」

「……うん」

風が吹き、鼻の辺りをかゆく感じる。

花粉症ではないけれど、春先は気温の変化で、なんとなく調子を崩す。慣れない場所に行ったし、アパートに帰ったら、早めに寝よう。

「ねえ」瀬川さんは立ち止まって僕のコートの袖を引っ張り、声を小さくする。

「何？」つられて、僕も声をひそめる。

「あれ」車の走る通りの反対側を指さす。

「どれ？」

「あの、コンビニの入口のところ」

正面にコンビニがあり、眩《まぶ》しいほどの光を発している。

そこに、ベージュの春物のコートを羽織った髪の長い女性が立っていた。

距離があり、顔がはっきり見えないが、絵梨さんと似ていた。

「絵梨さんだよね？」

「多分」

通りの向こうまで聞こえるはずがないのだから、普通のボリュームでいいのに、僕も瀬川さんも小声で話しつづける。

「ひとりかな？」

「手振ってみる？」

「やめなよ」

コンビニから背の高い男性が出てきて、絵梨さんに声をかける。高そうなスーツを着ていて、どう見ても、啓介さんではない。何を話しているのか、楽しそうにしながら、ふたりは駅とは反対の方へと歩いていく。

「似てる人だったんじゃないかな」僕が言う。

「そうかもね」瀬川さんは、僕のコートの袖から手をはなす。

「帰ろう」

何も見なかったことにして、駅へ向かう。

2

窓の外を飛行機が飛んでいく。

空港が近いから、数分間隔で次から次に飛び立つ。飛行機の旋回する角度によっては、垂直尾翼《びよく》に描かれた航空会社のマークまで確かめられた。子供のころ、幼稚園から小学校三年生になるくらいまでは飛行機が好きで、よく空を見上げていた。ボーイングとかエアバスとか、機体に興味があったわけではない。飛ぶ姿に憧れ、どこか遠い街に行くことを夢見ていた。

カフェラテを飲んで、ミルクフランスを食べながら、店内を見回す。

都内の埋立地にある倉庫をリノベーションしたカフェで、天井が高くて、店も広い。全体的にアイボリーに近い白が基調になっていて、テーブルや椅子は黒い。パン屋でもあるので、真ん中にパンの並ぶスペースがあり、その奥がレジカウンターになっている。この辺りは、多くの倉庫が並んでいるけれど、タワマンやオフィスビルも増えてきている。客層としては、そのオフィスビルで働く人たちがほとんどだろう。二十代後半から四十代前半、男女比は半々くらいだ。仕事をしている人が多くて、平日のランチタイムを少し過ぎた時間でも、満席に近い。

去年の春まで、ここから電車で十分くらいのところにある会社に勤めていた。家電メーカーの広報部に配属され、一般家庭でよく使われるようなものを担当した。仕事は仕事でしかなくて、おもしろくもなければつまらなくもなかった。同僚の中には、炊飯器や電子レンジの新商品が出るたびに、目を輝かせて細かく調べる奴もいた。僕は、仕事として、必要なことを学ぶだけだ。ボーナスで母親や姉に人気の商品をプレゼントしたことはあったが、自分には何も買わなかった。ひとり暮らしをする時、五年間で得た知識は役に立ったけれど、勤めていた会社にはこだわらずに買い揃えていった。

平均より少し高い給料をもらえていたし、それなりに規模の大きな会社だったから、働きやすい環境は整っていた。勤めつづけた方が安泰《あんたい》で、自分のためにもいいと考えていた。上司は若手に理解があり、親しい同期もいる。仕事がうまくいかない時もあったけれど、大きな不満も不安もなかった。

だが、小さなストレスが少しずつ積もっていった。

あいさつとして交わされる軽い会話、ランチを食べながら話す社内の噂《うわさ》、ジョークとして消費されるささいなやり取り、空気を壊さないように、嘘《うそ》をつくことに耐えられないと感じた。それまでも、ずっと耐えてきた。定年退職まで三十年以上、同じことがつづくかもしれないと思うと、息ができなくなった。

どうするか迷った時、たまにここに来た。

埋立地だから、街全体が海と運河に囲まれている。

流れる水を橋の上から見つめ、遠くの工場地帯を眺め、飛んでいく飛行機を見上げ、ここでパンを食べながらカフェラテを飲んだ。苦しい気持ちをミルクフランスと一緒に胸の奥に押し込んで、溢れ出ないようにした。

カラになったカップと指先を拭いた紙ナプキンをトレーの上にまとめて、レジ横の返却台に持っていく。

店の真ん中に戻り、パンを見る。

トレーに、クロワッサンとパン・オ・ショコラを二個ずつ載せ、フルーツの載ったデニッシュも杏《あんず》とチェリーを一個ずつ取る。ミルクフランスも買おうかと思ったけれど、もう一生分は食べた気がした。

レジで、店名の入ったシンプルなデザインの白い紙袋に入れてもらい、外へ出る。

晴れているけれど、海の方から強い風が吹く。

ゴールデンウィークのころから夏を感じるような天気の日がつづいていたから、半袖のTシャツで来てしまった。

ビルとビルの間を歩き、急いで駅へ向かう。

自分が店をはじめる場合、この辺りがいいと考えていた。土地勘はあるし、それなりに繁盛《はんじょう》するだろう。開発の進む街だから、店舗用のいい物件も出てくるかもしれない。でも、久しぶりに来てみたら、何か違うという気持ちが強くなった。

もう少し、人が交流できる店にしたい。仕事をしている人がいてもいいのだけれど、それだけの場所にはしたくなかった。街全体も、地面やビルから通りに並ぶ木々まで、全てが作られたもので、無機質な感じがする。ロボットアニメに出てくるシステム化された街のようだ。一年と少し前の僕は、この無機質さを求めていたのだと思う。

青い空を隠すようにそびえるタワマンにもオフィスビルにも、たくさんの人がいるはずだ。

それでも、広い通りを歩く人は、不思議なほど少ない。

いつまで経っても、オートロックに慣れない。

自動ドアの前で部屋番号を押して相手が出たら解錠してもらって中に入り、次の自動ドアの前でまた部屋番号を押さなくてはいけない。どちらかひとつでいいとしか思えないけれど、ふたつある意味が何かあるのだろう。

無事にマンションの中に入り、黒い革張りのソファが並ぶエントランスを抜けて、エレベーターで三階に上がる。五階建ての中層マンションなのだが、敷地は広い。エレベーターを降りると、ホテルのような内廊下に出る。けれど、ホテルとは違い、部屋番号の細かい案内はない。記憶を頼りに迷路のような廊下を進んでいき、目的の部屋の前に辿《たど》りつく。

ここで、またインターフォンを鳴らす。

「開いてる」スピーカーの向こうから、姉の声が響く。

「お邪魔します」ドアを開ける。

「いらっしゃい」

廊下の奥から姉が出てきて、甥《おい》っ子の海里《かいり》と姪《めい》っ子の美月《みづき》も顔を出す。

「優輝《ゆうき》くんだ！　優輝くんだ！」海里は嬉しそうに声を上げ、廊下を走ってくる。

ちょっと前まで、何を言っているのか全然わからなかったが、四歳になり、はっきり喋れるようになってきた。妹の美月は、まだ二歳なのだけれど元気いっぱいで、お兄ちゃんの後を追うように駆けてくる。

「ちょっと待って」まとわりついてくるふたりを手で押さえ、パンの入った紙袋を姉に渡し、スニーカーを脱ぐ。

洗面所を借りて、手を洗ってうがいをしてから、僕の足にコアラのようにしがみついている美月を抱き上げ、奥のリビングへ行く。

リビングには、海里の電車のおもちゃが広がっていて、新幹線が青い線路の上に並んでいた。テレビでは、ピンク色のドレスを着たお姫さまが主人公のアニメが流れっぱなしになっている。

「見て！」海里は、緑色の新幹線を手にする。「これに乗って、おばあちゃんとおじいちゃんに会いにいったんだよ」

「そうなんだ」

電車のおもちゃの前に海里と並んで座り、美月も隣に座らせる。

「ゴールデンウィークにね、向こうの実家に行ってたの」ダイニングから姉が言う。「パン、全部もらっていいの？」

「いらなかったら、持って帰る」

「もらっておく。代わりに、おかず持って帰りなさい。適当に詰めておくから」紙袋をダイニングテーブルに置いたままにして、台所に立つ。

子供たちを好きなように遊ばせて、夕ごはんを作っている途中だったようだ。

僕は、美月をあやしながら、海里が新幹線でお義兄《にい》さんの実家の仙台に行った時のことを話すのを聞く。前に遊びにきた時から二ヵ月くらい経つから、話したいことがたくさんあるようだ。新幹線は「はやぶさ」といい、とても速かったらしい。初めて乗ったわけではないはずだが、成長と共に感じ方が変わったのだろう。

３ＬＤＫの広い部屋からは、子供たちや夕ごはんのにおいと混ざって、微《かす》かに新築の香りがする。

このマンションは、三年前に建った時に、姉夫婦が三十五年ローンで購入した。その前は、駅の反対側にある賃貸マンションで暮らしていた。通勤は電車で三十分程度、うちの実家までは徒歩で五分くらい、幼稚園と保育園がいくつかあって小学校も近いので、建てはじめたころから狙っていたらしい。都内や県の中心部よりは安くても、簡単に決断できる額ではない。どちらの実家からも、いくらか援助してもらったみたいだ。購入を決める前に相談は受けたけれど、金額までは聞いていない。両親の財産を使われたと思うと、多少の引っ掛かりは覚える。だが、僕は、もともと両親に金銭的に頼るつもりはなかったから、父と母が無理せず暮らせるならば、それでいい。何よりも、海里と美月のためと思ったら、いくらでも使って構わないという気持ちになる。

海里の話はおもしろくもなんともないし、美月は全体重をかけてぶつかってきたりするけれど、かわいさで全てが帳消しになる。ふたりを産んでくれただけで、姉が子供のころに僕にした意地悪も全て忘れて、感謝できた。その上、姉は三人目を妊娠中で、秋には甥っ子か姪っ子がもうひとり増える予定だ。

抱きついてきた美月をギュッと抱きしめ返すと、嬉しそうに声を上げる。海里も僕に抱きついてきて、三人で絨毯《じゅうたん》の上を転がる。

「興奮させないようにしてね」カウンターキッチンの向こうから、姉が言う。「夜まで、そのテンションで、寝付けなくなるから」

「わかった」僕が返事をするが、ふたりは聞こえてもいないようだ。

楽しそうに笑い、僕の身体《からだ》に触ってくる。

「海里！　美月！　優輝の服を引っ張らないようにして」姉はお母さんの顔で注意しながら、手を動かしつづける。

大学を卒業した後、姉は食品会社に就職して、商品開発の仕事をしていた。子供のころから理系科目が得意で、研究者になることが夢だったのだ。発売前の商品をよく持って帰ってきた。家族で食べた後で、細かく感想を聞かれた。熱心に働いていたし、仕事第一で生きているように見えた。しかし、三年が経ったころ、急に「結婚する」と言い出した。相手は、同じ会社の営業部に勤める二歳上の先輩だ。新入社員研修で知り合って、ずっと付き合っていた。母は将来のことも考えていると聞いていたようだが、父と僕は何も知らなかった。

二十代のうちに子供を産めば、三十代と四十代は仕事に集中できる、と姉は話していた。僕は、少しの寂しさを覚えながら、両親と姉の話を聞いていた。お義兄さんは優しい人で、特に反対する理由もない。両家の挨拶《あいさつ》をして、結婚式の日を迎え、大きなトラブルも起きず無事に終えて、姉は実家を出ていった。結婚後も、姉は仕事をつづけるつもりだったので、実家の近くに住むことを選んだ。すぐに海里を妊娠したものの、出産する直前まで働いていた。育休を終えて、仕事に復帰して数ヵ月で、美月の妊娠がわかった。ふたりの保育園を探し、今度こそ本格的に復帰すると決めて仕事に戻ったのに、三人目を妊娠した。さすがにいづらくなり、退職することになった。マンションのローンもあるし、三人の子供を育てるのにお金もかかる。いつかはまた働くつもりでいるらしいけれど、しばらくは母親業と主婦業に専念するようだ。

計画性があるようでないと感じてしまうが、予定通りに進むことではないのだろう。夫婦の間には、両親や僕には話していないような考えも、あったのだと思う。

「海里！　もうすぐ夕ごはんだから、電車は片づけて」姉が台所から出てくる。「美月も、アニメは？　もう見ないの？」

「見る！」

「今？　後でにする？」

「……後で」美月は、ちょっと考えてから、返事をする。

アニメを停止して、夕方の情報番組にチャンネルを合わせる。線路と電車を専用ボックスにしまう。

姉はダイニングテーブルに、コーンクリームシチューやツナの載ったサラダを並べていく。それぞれに合わせ、量が少しずつ違う。

ナイトの新CMと会見の様子がテレビから流れてくる。瀬川さんの推しのリーダーはうまくコメントを言えず、メンバーから突っ込まれて、笑い声が上がる。

「先月、ナイトのコンサートに行った」

「えっ！　いいな！　好きなの？」姉は、料理を並べていた手を止めて、僕の横に立つ。

ふたり産んで、もうひとりがお腹にいるなんて信じられないくらい小柄なので、見下ろす格好になる。中学二年生の夏休み、姉の身長を超えた時は、なんだか悪いことをしたような気分になった。

「ううん。友達に誘われただけ」

「女の子？」目を輝かせ、僕を見上げてくる。

「うん」

「彼女？」

「違うよ、高校の同級生」

「ふうん、そっかあ」つまらなそうに言いつつ、台所に戻る。「コンサート、おもしろかった？」

「すごかった」

「その子と付き合ったりはしないの？」

「ないね」

姉と弟の間で、恋愛の話が解禁されたのは、最近のことだ。

僕は解禁した覚えはないけれど、姉の中でルールが変わったらしい。

十代の時は、恋愛以外のことも、あまり喋らなかった。ふたりとも、反抗期らしい反抗期もなかったので、大きなけんかをすることもない。三歳離れているから、僕が中学生になった年に姉は高校生になった。中一と高一は、違う世界を生きているぐらいの差を感じた。男女の気遣いみたいなものもあり、恋愛のことは話題に出してはいけないことのようになっていた。両親も、子供たちのそういうことを積極的に聞いてくるタイプではない。それでも、姉の彼氏のことは、知っていた。姉が恋をしているということに、とても驚いた。

「優輝、まだお腹すいてない？　ごはん少なめにする？」

「ううん、普通に食べる」

窓の外は、陽《ひ》が傾きはじめたばかりで、まだ明るい。

夕ごはんには早いと感じるけれど、これが子供のいる生活なのだ。

それぞれの席について「いただきます」と声を揃える。

姉のマンションから帰ってくると、アパートがいつも以上に狭くて静かに感じる。

荷物の少ない部屋に、このまま何もない人生を生きていくのだと考えてしまう。

プラスチック容器に入れられた根菜の煮物やひじきと豆のサラダや鶏の唐揚《からあ》げを冷蔵庫に入れておく。いくつになっても、僕の好きな食べ物は、唐揚げからアップデートされないようだ。母親と同じ味付けで、海里や美月のごはんとは別に揚げておいてくれた。おにぎりまで持たされそうになったのだけれど、それは自分で作れるから、断った。いつまでも、母親や姉を頼って、生きていけるわけではない。自分で作れるものをもっと増やした方がいい。

はしゃぎすぎてしまうと、興奮状態で落ち着かなくなるのは、海里や美月ばかりではなくて、僕も同じだ。

テレビもつけず、ベッドに寄りかかって座り、ぼうっとする。

スマホを見る気にもならなかった。

ぼんやりしていると、考えない方がいいとわかっていることが頭の中に広がっていく。

両親は教育熱心なタイプではなくて、普通に育てられてきた。他の家が実際にどうしているのか知らないから、何を「普通」とするかは、迷う。けれど、特別に厳しいわけでも、すごく甘かったわけでもない。お金に余裕があるというほどではないが、誕生日やクリスマスに自転車やゲーム機は買ってもらえた。実家のある地域では「一般的」とされるような生活ができた。

姉と僕で、差別されることもなかった。母親や父親が姉に「女の子なんだから」と言うこともなければ、僕に「長男なんだから」と言うこともない。多少はあったのかもしれないけれど、僕が「お姉ちゃんばかり、ずるい」と不満を覚えることはなかった。小さなころは、いとこみんなで遊んでいる時に仲間外れにされたり、大事にしていた飛行機のおもちゃを隠されたり、楽しみにしていたゲームを勝手に進められたり、姉からちょっとした意地悪をされることはあった。その時は、本気で泣いて文句を言ったが、それも「普通」の範囲内のことだったと思う。

深く考えることもなく、地元の中学校と高校を出て、大学に進んで就職をして、いつか両親のように「普通」で「一般的」な家庭を築くものだと考えていた。

飛行機のパイロットや海外で活躍するような人になることに憧れていた時期もある。だが、自分が特別な仕事に就けるとは思えなかった。家電メーカーの広報だって、誰にでもできる仕事ではないけれど、パイロットみたいな訓練は必要ない。多くは望まず、「普通」でいられれば、充分だった。

そう願うようになるよりも前から、僕は自分がみんなと違うということに、なんとなく気が付いていた。

同じクラスの友達とも、いとこたちとも、平等に育てられてきたはずの姉とも、違う。

決定的に「違う」と感じたのは、小学校四年生になったころだった。男子も女子も、成長の早い子は、少しずつ身体や心が変わっていく。僕は、今も男性の中では小柄な方で、百七十センチに三センチほど足りない。子供のころは、もっと小さくて、背の順では常に前の方だった。「自分は、みんなよりも成長が遅いのだろう」と思っても、そうではないという気がした。五年生になって六年生になって中学生になり、身体は大人になっていったのに、心が追いつかなかった。

そこには、もともと何もなかったのだから、追いつけるはずがない。

大学二年生の秋、そう自覚した。

床に投げるように置いたままだったショルダーバッグの中で、スマホが鳴る。

姉から動画が届いていた。

動画には、海里と美月が映っている。ふたり並んで「優輝くん、今日は遊んでくれて、ありがとう。

「また来てね」と言い、手を振っている。

クマが「おやすみ」と言っているスタンプと一緒に〈また遊びにいく〉とメッセージを返す。

啓介さんは、僕の淹れたコーヒーを飲み、首を傾《かし》げる。

何も言わず、もうひと口飲む。

「見られていると、わからなくなる」啓介さんが言う。

「あっ、すみません」

視線を逸らし、窓の外を見る。

丸い大きな窓の向こうでは、雨が降っている。

晴れの日がつづき、梅雨が来ないまま夏になるのではないかと思っていたら、先週末から雨が降りはじめた。

それから、ずっとやまず、今日で五日目になる。

強く降ることはないから、大きな被害が出たりはしていないようだが、このままでは街が水の中に沈んでしまうのではないかという気がしてくる。

飲食店の営業は、どうしても天気に左右される。

ブルーは、ＳＮＳに載せる写真を撮ることが目当てのお客さん以上に、近くにある市役所や駅の周りの小さな会社や法律事務所に勤める人たちに、経営を支えられている。先代のころは、まだ店の中で煙草が喫《す》えたから、そういうお客さんたちがランチを食べてコーヒーを飲み、一服するための店だった。

雨が降ると、五分くらいの距離でも、外に出ることを億劫《おっくう》に考える人が多いのだろう。今日は、ランチタイムも満席にならず、その後は常連さんがスポーツ新聞を読んだりパソコンで仕事をしたりしているだけで、閑散としている。

あいた時間に、コーヒーを淹れる練習をして、啓介さんに飲んでもらった。

「うーん」カップを置き、啓介さんは唸《うな》る。

「どうですか？」顔を見上げる。

「手順は合っていたし、味も悪くない。オレだったら、合格を出す。というか、オレとしては、前から合格を出していいと考えている」

「はい」

「でも、前と同じだから、親父は不合格を出すと思う」

「……はい」うなずき、そのまま下を向く。

「落ち込むなよ」

「何が駄目なんでしょう？」

メモ帳を開き、啓介さんに習ったことを確かめていく。絵梨さんや啓介さんのお母さんに教えてもらったことも、全て書き残してある。

「安定しすぎてるのかな」コーヒーをもうひと口飲み、啓介さんは言う。

「安定しすぎ？」

「はっきり言って、絵梨やうちの母ちゃんがそんなちゃんと淹れてるわけじゃないんだよ。オレだって、常に鳴海くんほど丁寧に淹れてるわけではない。ランチタイムとか、ずっとコーヒー淹れつづけたら、適当になってしまうこともある」

「はい」

「適当では駄目なのだけど、その日の気分や天候で、どうしてもムラは出る。こっちと同じように、お客さんも日によって、気分が違う。カクテル作るんじゃないんだから、お客さんに話を聞いて、今の気分に合わせて作ることはできない。でも、今日みたいな雨の日と晴れの日の違いみたいなことは、考えられる」

僕も啓介さんも、窓の外を見る。

青い傘をさした人が通り過ぎていく。

ガラス扉は閉まっているのに、店の中まで雨に降られていると感じるほど、湿気が充満している。

薄いカーディガンが肌に張りつく。

「啓介さんは、考えてるんですか？」

「いや」首を横に振る。

「ですよね」

「チェーン店じゃないんだから、マニュアル通りじゃなくて、もうちょっと適当にやってもいいっていうことだよ」

「適当が難しいんですよ」

コーヒーを淹れるのに使った道具を片づける。

啓介さんは厨房に入り、明日のランチの仕込みをはじめる。

カレーとミートソースの他に、ナポリタンやピザトーストに使うトマトソースも店で作っていて、洋食屋としてもやっていけそうなほど、おいしい。前は、デミグラスソースも作り、ハンバーグを出していたこともあるらしい。手間がかかるし、本当に洋食屋になってしまうので、やめたようだ。メニューは、ランチタイムを効率良く回すために、ごはんかスパゲティにかけるだけでいいものが理想的で、あとはサッと炒めるかトースターで温めればいいものが基本になっている。

僕は、ランチの仕込みもできるから、あとはコーヒーを淹れられるようになれば、ブルーのバイトの仕事は全てに合格がもらえる。

水の入ったピッチャーを持ち、客席を見ていく。

「失礼します。お水、いりますか?」

窓側の席で、パソコンに向かって仕事をしている北村《きたむら》さんに声をかける。

北村さんは、近くに住んでいるみたいで、週に三回はブルーに来る。ひとりで、コーヒーを飲みながら、パソコンかタブレットに向かっていることが多い。たまに、ノートにイラストを描いていることもあった。デザインの仕事をしているらしい。背が高くて、いつもお洒落な服を着ていて、モデルのようだ。今日はキレイに剃《そ》っているけれど、無精髭《ぶしょうひげ》が生えていることもあり、それがよく似合っていた。僕は、あまり髭が生えないから、羨ましい。

「お願い」北村さんは、パソコンを見たままで言う。

「失礼します」グラスを取り、水を注ぐ。

テーブルの上には、仕事の資料らしき本やファイルも置いてあったので、邪魔にならないようにグラスを端に置く。

「あっ!」思わず、声を上げてしまう。

「どうした？」パソコンから顔を上げ、北村さんは僕を見る。

「すみません、これ」

スマホのケースに、うさぎのステッカーが入っていた。ナイトのコンサートグッズと同じデザインのものだ。だが、瀬川さんに教えてもらったグッズの中に、ステッカーはなかった。リーダーのメンカラの紫色をしている。

「これ？」北村さんはスマホを手に取り、僕が見やすいように向きを変えてくれる。

近くでよく見ても、やっぱり似ていた。

コンサートに行くまで、ナイトを「夜」だと思っていた。それも間違いではないのだが、「騎士」の方を主に表しているらしい。英語で書く場合は「K」が入る。ファンであるクイーンやキングを守る存在だ。チェスのナイトは馬だけれど、最新アルバムのジャケットには駒になったうさぎが描いてあり、それをもとにしてグッズはデザインされた。騎士らしく、うさぎは勇敢な表情をしている。

「ナイトって、わかります？」

「ああ、うん」

「その、コンサートグッズのデザインに似てたんで」

「これは、ナイトのアルバムの先着購入特典」

「あっ、そうなんですね」

「鳴海くん、ナイト好きなの？」スマホをテーブルに置く。

「いや、先月ちょっとコンサートに行っただけで、アルバムの特典も知らない程度です」

「コンサート、ファンクラブに入ってないと、チケット取れないでしょ？」

「みたいですね」

瀬川さんに引っ張られ、よくわからないままに行ったが、ナイトのコンサートチケットは、ファンクラブに入っていても必ず取れるわけではないようだ。そのため、ファンは自分の住むところの近くばかりではなくて、各地のコンサートのチケットを申し込む。当たったところへ、遠征する。

「姉がファンクラブに入っていて、それで連れていってもらいました」

正直に「友達」と言えばいいのだろうけれど、また「女の子？」とか「彼女？」とか聞かれると思い、嘘をつく方を選んだ。

「そうなんだ」

「北村さんは、ナイトのファンなんですか？」

「ファンでもあるけど、仕事の関わりもあって」

「デザインのですか？」

「これ、俺がデザインしたんだよ」うさぎのステッカーを指さす。

「えっ！」思わず、大きな声を出してしまう。

周りにいたお客さんが僕を見て、厨房から啓介さんが顔を出す。

「失礼しました。なんでもないです」小さく頭を下げると、お客さんは少し笑い、啓介さんは厨房に戻る。

「ここで、描いたものなんだけどね」北村さんも、笑いながら言う。

「すごいですね」

「まあ、こういうことをする仕事だから」

「コンサートのグッズも、北村さんのデザインなんですか?」

「そう、そう。でも、彼らは自分たちでもアイデアを出してくれるから、相談しつつ作っていて、俺だけのデザインではないけど」

「そうなんですね」

「啓介さんや絵梨さんは知ってるんだけど、面倒くさいことになる場合もあるから、他の人には言わないで」

「あっ、はい、大丈夫です」

「これ、あまってるから、あげるよ」

ソファに置いていたカバンから北村さんはクリアファイルを出し、そこから出したうさぎのステッカーをテーブルに並べる。ナイトのメンカラの赤、黒、黄、紫、青の五色が揃っている。ペンライトは白だったけど、本当は黒だ。ステッカーも濃いめのグレーになっている。

「何色がいい?」

「えっと、じゃあ、紫がいいです」

「どうぞ」

「ありがとうございます」

水の入ったピッチャーを持ったまま受け取ってしまったので、濡《ぬ》らさないように気を付けつつ、軽く頭を下げて席から離れる。

ガラス扉が開き、ピンク色のレインコートを着た小さな女の子が飛び込んでくる。

「鳴海くん！」レイラちゃんが胸を張るようにして、カウンターにいる僕の前に立つ。

後ろから、絵梨さんも入ってきた。

今日は、保育園のお迎えに絵梨さんが行ったようだ。

レイラちゃんは、レインコートとお揃いの長靴を履き、長い髪をピンクのリボンでふたつに結んでいる。前に雨の日に会った時は違うレインコートだった気がするが、はっきり思い出せなかった。同じピンクでも、もう少し濃い色だったと思う。

いつもは保育園から帰ってきたら、そのまま二階の自宅へ上がっていく。

新しいレインコートと長靴を僕に自慢したくて、店に寄ったのだろう。

カウンターから出て、僕はレイラちゃんの前にしゃがむ。

「かわいいね」

「そうでしょ」嬉しそうにして、一周まわる。「おじいちゃまが買ってくれたの」

「そうなんだ」

「鳴海くんに見てほしかったんだ」僕から目を逸らし、ちょっと照れたような表情をする。

レイラちゃんは海里よりも一歳上だけど、誕生日は一年も違わないはずだ。それでも、レイラちゃんの方がだいぶ大人というか、精神ができあがっているように見える。

「もう充分でしょ」絵梨さんが呆《あき》れたようにレイラちゃんに言う。

やっぱり、他のお母さんたちとは、どこかが違う。

姉やブルーに来る子連れのお客さんと絵梨さんで、どう違うのかはっきりわからないのだけれど、違う気がする。見た目や服装ばかりではなくて、子供と接する時の態度や声のトーンまで違うのだと思う。友達に対するみたいにして、絵梨さんはレイラちゃんと接する。母親なのだから、どうするべきなんて決まりはない。レイラちゃんは、いつもかわいらしい服を着て楽しそうにしているから、いいのだろう。

ナイトのコンサートの後、会場の近くで絵梨さんを見かけた。だが、離れていたから確かではないし、わざわざ聞くほどのことでもない。時間が経つと、人違いという気持ちが強くなった。

「おかえり」啓介さんが厨房から出てくる。

「パパ！」レイラちゃんは駆け寄っていく。

「新しいレインコート、鳴海くんに見せたの？」

「うん！」

「褒めてくれた？」

「とっても！」

そこまで褒めたつもりはないけれど、レイラちゃんが喜んでくれたのであれば、それで構わない。

そのまま、レイラちゃんは、保育園であったことを啓介さんに報告する。おやつに、いちご味のゼリーが出て、とてもおいしかったようだ。お客さんの迷惑にならないように、啓介さんが「静かに」と言うと、レイラちゃんはヒソヒソ声で話す。

「レイラの初恋が鳴海くんに奪われてしまった」僕の横に立ち、絵梨さんも声を小さくする。

「奪ってません」

「男の方に、その気がなくても、恋してしまうものなの」

「何、言ってんですか？」

「大きくなったら、お嫁《よめ》さんにしてとか言われても、ちゃんと断ってあげてね」絵梨さんは、僕の目を見る。

あまり母親らしくないと思ってしまうが、親として娘のことは、すごく心配しているのだろう。

「わかってますよ」

「子供に手を出すような男ではないと、信じているから」

「それは、大丈夫です。ありえません」

大学生の時、単位取得のために適当に選んだ授業で、ジェンダーの話が出た。出席も厳しくないし、試験も難しくないという噂だった。暇つぶしのような気持ちで、授業に出た。五十代半ばの女の先生で、穏やかで姿勢の美しい人だった。先生は一年かけて、性差別の歴史から、現代の問題まで話してくれた。話し方がうまかったのだと思う。興味を持っていなかった学生たちも次第に授業を楽しみにするようになっていった。「よくわからない」と話す友達もいたけれど、僕は先生の話を聞くことで、自分自身を理解していった。

性自認や恋愛・性の指向は様々であり、人によって全く違う。ＬＧＢＴＱという分類で、全てを表せるわけではない。世の中には、小さな子供にしか恋愛感情を抱けない人もいる。その中で、子供に手を出そうとする人のことは「ありえない」と感じる。けれど、感情を抱くだけであれば、それは理性ではどうしようもないことであり、批判するようなことではない。ただ、僕の恋愛の指向も性の指向も、そうではないというだけだ。

「女の子は、やっぱりピンクが好きなんですかね」絵梨さんに聞く。

何年か前から、男の子の色や女の子の色と決めつけてはいけないという話を聞くようになった。

でも、海里や美月やレイラちゃんを見ていると、男の子は電車や飛行機や青が好きだし、女の子はお人形やお姫さまや赤が好きという気がしてくる。姉とお義兄さんは、海里と美月が生まれる前に「男の子だから、女の子だからっていうプレゼントの選び方はやめて。本人たちの好きなものを選べるようにしてあげたい」と話していた。両親も僕も、何がいいのか、頭を悩ませた。それでも、結局は、男の子らしいとされているものや女の子らしいとされているものをふたりは選んだ。

「子供、それぞれで違いはあるよ」絵梨さんが言う。「保育園には、男の子みたいって言われるような、女の子もいる。レイラは、他の女の子以上に、ピンクや赤やレースが好き。大人になったら、ロリータとかに走るかも」

「なるほど」

「わたしも啓ちゃんも、そういうものを与えなかったからかもしれないとは思う。女の子らしいものを選ばないようにすると、黄色とかベージュとかネイビーとか、シンプルなものになっていくんだよね。絵柄も少ないようなもの」

「はい」

「赤ちゃんのころは、性別がどっちなのかわからない服ばかり着せてた。でもね、そしたら、男の子によく間違えられた」

「ああ、そうかもしれませんね」

黄色とベージュはどちらか微妙だけれど、ネイビーは男の子の色と思われるだろう。いかにも「女の子」というものがなければ、多くの人は「男の子」と判断するかもしれない。

「レイラが自分で服を選べるようになると、赤やピンクばかりになっていった。あと、薄い紫とか。

青系を選んだとしても、水色。お姫さまのドレスに使われているような色ね。反動みたいなことなのかも」

「それを選びつづけているんだったら、もともとそれが好きだったと思っていいんじゃないですか」

「そうかなあ」

「子供の立場として考えたら、そこまで親の影響ってない気がします」

「わたしも、子供の立場として、自分の親を考えたら、そう思うんだけどね」

「親になると、難しいですか？」

「そうね」

啓介さんへの報告を終えて、レイラちゃんが絵梨さんのところに戻ってくる。

「もういい？」

「うん」レイラちゃんは、大きくうなずく。

「じゃあ、帰ろう」

「鳴海くん、バイバイ」

絵梨さんがガラス扉を開け、レイラちゃんは僕に手を振りながら出ていく。

生活環境とか金銭的なこととか、親の選んだものが子供に全く影響しないわけではないと思う。でも、家族だって別々の人間であり、全てをコントロールすることなんてできないのだから、何もかもが親のせいということにはならない。

もしも、両親が僕に対して、「自分たちのせいで」とか言い出したら、全力で否定する。

絵梨さんとレイラちゃんと交替するように、近くにある高校の制服を着た女の子ふたりが店に入ってくる。

ヒナちゃんと亜弓《あゆみ》ちゃんだった。

この前まで、暑そうな紺色のブレザーを羽織っていたが、衣替えしたみたいで、夏服になった。雨で肌寒いからか、ふたりともオフホワイトのベストを着ている。春休みにクリームソーダの写真を撮りにきた後は常連になり、学校帰り以外に休みの日にも、たまに来る。いつもふたりだけで、ずっとお喋りをしている。二年生だから、大学受験もまだ先だし、最高に楽しい時期だろう。長い髪で小柄なヒナちゃんとショートカットで背の高い亜弓ちゃんで、雰囲気は全然違うのだけれど、気が合うみたいだ。

「いらっしゃいませ」

「奥、座っていいですか？」亜弓ちゃんは、奥のゲームテーブルを指さす。

「どうぞ」

嬉しそうにして、ふたりは店の奥へ行く。


クリームソーダを作り、ヒナちゃんと亜弓ちゃんの席に運ぶ。

「鳴海くん、見て」亜弓ちゃんが僕にスマホの画面を見せてくる。

そこには、ふたりと同じ高校の制服を着た男の子が写っていた。

休み時間か放課後に教室で撮ったものみたいで、男子のグループが話している中、彼だけがこちらを見ている。

かっこよくもないし、かっこ悪くもない。

平均的というか、よくいる男子高校生といった見た目だ。ドラマだったら、主人公の友達のひとりというところだろう。けれど、実は、この「平均的」は難しくて、よくいるわけではない。

「前に話してた好きな男の子？」僕から聞く。

「そう」嬉しそうな顔でうなずき、亜弓ちゃんはスマホをテーブルに置く。

今どきの若い子は、趣味や推し活ばかりに夢中で、現実的な恋愛をしない。

ネットニュースや情報番組で、そう言われている。

でも、推し活に人生を懸けているような瀬川さんでも、彼氏がいないことや結婚していないことを気にしている。高校や大学や会社勤めをしていたころの友達も、本気で恋人を必要としていない奴は少ないと思う。恋愛より優先するものがあったり、必ず結婚したいというわけではなくても、恋愛をしないわけではない。

ヒナちゃんと亜弓ちゃんも、アイドルやアニメのことだけではなくて、恋愛のことも話している。特に、亜弓ちゃんに好きな男の子ができてからは、そのことばかり話していて、僕にも教えてくれた。

相手は、同じクラスで、バレー部に所属している。目立つタイプではないけれど、話すと楽しい。何よりも、気が合うらしい。一年生の時はクラスが違って、二年生で同じクラスになった。席が近いから、よく話す。夜、メッセージを送り合ったりもしている。

「夏休みまでに、遊びに誘うんだって」ヒナちゃんが言う。

「今まで、遊びにいったことはないの？」

「クラスのみんなでボウリングは行った」亜弓ちゃんが答える。「でも、ふたりでは行ったことないから、次はふたりで」

「ふたりで遊びにいきたいって言ったら、それは告白してるようなもんじゃない？」

「やっぱり、そう思われるよね」恥ずかしそうにして、頬を両手で覆う。

「相手は、彼女いないの？　前は、いるかもしれないって言ってたじゃん」

前に聞いた時は、相手にはバレー部に仲良くしている女子がいて、付き合っているのかもしれないということだった。バレー部は、男子部と女子部でわかれているものの、部内の交流が盛んで、付き合っている人が多いと話していた。

「いないって」僕の目を見て、亜弓ちゃんが言う。「仲はいいみたいだけど、そういう対象じゃないって話してた。夏休みまでに彼女欲しいとも言ってたから、他にもいないはず」

「そうなんだ」

どういう時に、彼女欲しいと言っていたのか気になるが、聞かない方がいい。

小学校高学年のころから明らかになっていった性欲は、中学生になると隠しきれないものになり、高校生になったころには実際に女の子と寝ることを目指すものへ、変わっていったようだった。僕の周りに、実行できた友達は少なかったが、願望はみんなが持っていて、男同士で話していた。

亜弓ちゃんの好きな男の子だって、別に夏休みに遊園地や花火大会に行くために、彼女が欲しいわけではないと思う。けれど、同じように、女の子にも願望はあるのだから、別にいいのだろう。

それでも、ここで、僕がそれを聞くのは、お客さんに対するセクハラみたいになってしまう。

「やっぱり、最初は、向こうにも誰か誘ってもらって、四人で遊ぼうよ」亜弓ちゃんはヒナちゃんに言う。

「嫌」首を横に振ると、長い髪が揺れる。「わたしは興味ない」

「深く考えないでいいから」

「他の誰か誘いなよ」

「ええっ！」

ふたりのやり取りが微笑《ほほえ》ましくて、笑いそうになってしまう。

見た目はヒナちゃんの方がおとなしそうで、亜弓ちゃんの方がサバサバしてそうだけれど、実際は逆だ。アイドルやアニメのことであれば、ふたりとも楽しそうに話している。恋愛の話になると、ヒナちゃんは急にクールになる。

笑ってしまう前に、僕は席から離れる。

しかし、他に喋っているお客さんがいないので、ふたりの会話はカウンターまで、聞こえてきた。注意した方がいいか迷ったけれど、他のお客さんは特に気にしていないようだった。迷惑に感じるほど声が大きいわけではない。北村さんは、イヤホンをつけて仕事をしているから、聞こえていないのかもしれない。

「ヒナも、好きな人作りなよ」

「作るものじゃなくない？」ヒナちゃんは、クリームソーダのアイスが溶けそうだったので、ひと口食べる。

「それは、そういう表現であって、違うってわかるけど」亜弓ちゃんも、アイスを食べてソーダを飲む。

「わたしは、彼氏欲しいとか、あまり思わないんだよね。今は、亜弓と遊んでる方が楽しい」

「わたしも、ヒナと遊ぶのは楽しいよ。でも、彼氏ができたら、彼氏と遊びにいくよ」

「どうぞ」ソーダを飲み、アイスを食べる。

「なんか、寂しい」

「いや、寂しいのは、こっちだから」

「そっか」

「ひとりでいる間に、受験勉強しておくよ」

「ああっ、また成績が離れていく」

　ふたりは中学校も一緒で、同じくらいの成績だったから、同じ高校に入った。それなのに、今は、ヒナちゃんの方がずっと成績がいいみたいだ。亜弓ちゃんがヒナちゃん以外の友達とも遊びにいくのに対して、ヒナちゃんは亜弓ちゃん以外とはほとんど遊ばない。クラスのボウリング大会やカラオケには、参加しないと前に聞いた。運動も歌も得意ではないし、グループ行動が苦手らしい。

「クラスのみんなで、カラオケ行くって」スマホを見て、亜弓ちゃんが言う。

「今から？」

「行く？」

「行かない」ヒナちゃんは、首を横に振る。

「……行ってもいい？」申し訳なさそうに、亜弓ちゃんはヒナちゃんを見る。

　どうしてもカラオケに行きたいわけではなくて、そこには好きな男の子も参加しているのだろう。

「いいよ」

「ありがとう！」

「わたし、勉強したいから、このまま残るね」

「うん、後で電話する」残っていたクリームソーダを一気に飲み干す。

「じゃあね」

ヒナちゃんに手を振られて、亜弓ちゃんは走り出すように店から出ていく。雨は降りつづいているが、踊りだしそうなほど、足取りが軽い。

「ありがとうございました」背中に向かって言う。

亜弓ちゃんのグラスだけ片づけた方がいいか迷っていたら、北村さんが伝票を持って立ち上がったので、レジに入る。

「ありがとうございます」伝票を受け取る。

「女の子たちは、楽しそうでいいね」

「すいません。うるさかったですか？」

「いや、イヤホンしてたし、気になるほどじゃなかったから、大丈夫」

「気になったら、言ってくださいね」

「ありがとう」

会計を済ませ、北村さんも店を出る。

トレーを持ち、先に北村さんのいた席を片づける。

コーヒーカップとグラスをトレーに載せて、ダスターでテーブルを拭き、忘れ物がないか確かめながら、テーブルとソファの位置をまっすぐに直す。

テーブルの下に、写真が一枚落ちていた。

裏返しになっているので、そのまま拾う。

ランチタイムの後に見た時はなかったはずだから、北村さんの落としたもので間違いないだろう。パソコンの他にファイルを出していたから、そこから落ちたのだと思う。見て確かめる必要はないと思ったが、写真だから見えてしまう。

そこには、ドレスを着た女の人たちが写っている。

と思ったが、違う。

それは、ドレスを着た男の人たちだった。

美月が見ていたアニメに出てくるお姫さまのようなドレスを着て、メイクもしている。シャンデリアのぶら下がった、ナイトのコンサート帰りに瀬川さんと行ったカフェとよく似た、男だけでは入りにくいと感じる店で撮られたものだ。店ではなくて、どこかのスタジオとかなのかもしれない。

十人くらいいて、その真ん中に北村さんが座っていた。

薄紫色の柔らかそうな素材に小花がちりばめられたデザインのドレスを着て、金髪のロングヘアのかつらを被《かぶ》り、上目遣いでカメラを見ている。身体が大きくて肩幅があるからか、お世辞にも「似合っている」とは言いにくい。ハロウィンの仮装か仕事関係のパーティか何かなのだろうけれど、見てはいけないものを見てしまったという気持ちが胸の中に広がっていく。

啓介さんや絵梨さんには、見られない方がいい。

レジに持っていき、封筒に入れる。

表に「北村さん、忘れ物。個人的なものみたいなので、中は見ないでください。次に来た時に返す」とメモしておく。

書き終えたところで、ガラス扉が開く。

走って戻ってきたのか、北村さんが息を切らして、入ってくる。

いつもの余裕はなくなり、髪もジャケットも雨に濡れていた。

「落とし物、なかった？」北村さんが僕に聞く。

「……これ」写真の入った封筒を渡す。

「見た？」

「いや、あの、写真なので、見えてしまって」

「これ、あれだから、ハロウィン」

慌てすぎだし、口調も焦っていて、そうではない何かとしか思えなかった。けれど、ここは、そう信じた方がいい。疑えば、面倒くさいことになる。面倒くさいことには、できるだけ巻き込まれたくない。

「はい、大丈夫です」

「……大丈夫じゃないよね？」

「いや、その」

僕と北村さんのやり取りが聞こえたみたいで、厨房から啓介さんが顔を出す。

「どうした？」

そう聞かれ、僕と北村さんは、顔を見合わす。

「大丈夫です」なぜか、声を揃える。

「鳴海くん、また今度話そう」封筒をカバンに入れ、北村さんは店から出ていく。
「何かあった？」心配そうに、啓介さんが聞いてくる。
「ないです」
「何かあれば、ちゃんと言ってよ」そう言いながら、厨房に戻っていく。
丸い窓の向こうを見て、深呼吸をする。
赤い傘をさした人が通り過ぎていく。
スカートを穿《は》いているが、女性だろうか、男性だろうか。
気持ちを落ち着かせ、下げてきたカップとグラスを流しに置く。
合わせて洗うために、亜弓ちゃんの使ったグラスも下げてしまおう。
トレーを持ち、奥の席へ行こうとしたら、ヒナちゃんが泣いていた。
声を上げず、静かに涙を流している。
見なかったことにして、カウンターの中に戻る。

3

肌の色よりも明るめのクリーム状のものを顔全体に塗り、それよりも少し濃い色をした液体をスティックの先に付けてニキビの跡やシミの上に点々と押し付けていき、肌の色に合わせた粉で全体を馴染ませる。何本ものペンや小さな筆を使って眉毛を描き、まぶたに色を重ね、極細の筆ペンのようなもので目の周りに線を引いて、マスカラを塗りながら睫毛《まつげ》を上げる。頬には、薄いピンク色の粉をはたく。

鏡に向かう北村さんの顔が少しずつ変わっていく。

他にも、いくつかのクリームを塗ったり、粉をはたいたりしていたけれど、何をなんのために使っているのか、よくわからなかった。マスカラ以外は、名前も知らない。僕がファンデーションだと思っていたものは、どうも違う何からしい。

「ここで、ちょっと待ってて」北村さんは鏡の前を離れ、隣の部屋に行く。

「はい」

息を吐き、窓の外に視線を向ける。

タワマンの高層階にある一室だ。

エントランスには男性と女性一名ずつのコンシェルジュが立っていて、姉の住むマンション以上にセキュリティが厳重だった。

壁一面の窓からは、大きな橋のかかった海が一望できる。

晴れた空の下、海は青さを増したように見えた。

橋の向こうには、倉庫や工場が並んでいる。夜になったら、工場夜景がキレイだろう。

「君は、メイクしないの？」女性が声をかけてくる。

タメ口だけれど、僕よりも年下にしか見えない。

小柄で、黒い髪のサイドも後ろも刈り上げたショートカットをしている。黒地に何色もの蛍光色の絵具を投げつけたような模様の胸元が大きく開いたワンピースを着ていて、寄せられた胸の谷間が見えていた。わざと見せているのだろう。頬や目の周りも、ワンピースの模様に合わせたのか、蛍光のピンク色で塗られている。アニメかゲームのキャラクターみたいだ。

十代にしか見えないけれど、手にはスパークリングワインの入ったグラスを持っているので、大人ではあるようだ。

この部屋にいる人は、彼女以外も、年齢ばかりではなくて、性別もよくわからなかった。

多分、ほとんどの人が男性なのだけれど、みんながしっかりメイクをして、ドレスや女性アイドルグループの衣装のような服を着ている。街によくいそうな女子大生やOLみたいな服の人もいた。広いリビングにはメイク道具やかつらと鏡が並んでいて、寝室で着替えられる。キッチンでは、この部屋の主《あるじ》と思われる真っ赤なワンピース姿の男性が料理を作りつづけていて、冷蔵庫とダイニングテーブルにはいくつもの種類のお酒も用意されている。それぞれで、好きなように飲み食いして、お喋りを楽しんでいた。

目の前にいる彼女も男性なのかと思ったが、胸は本物だろうし、声が女性だ。

「僕は、いいです」

「興味があるから来たんでしょ？　かわいい顔してるし、似合うと思うけど」

「いや、僕は付き添いというか、見学というか」

僕以外にも、男性のままの格好の人は何人かいる。

しかし、後でメイクをしたり着替えたりするのかもしれない。

写真を見てしまった後、北村さんはしばらく来ないかと思ったのだが、次の日の夜にブルーに来た。啓介さんのいない時間だ。女装を趣味とする人の集まりに、たまに参加していると説明された。僕の反応が薄かったからか、一度来てみなよと誘われた。マスコミ業界で働く人を中心とした集まりだから、秘密は守られているということだ。写真を落として、僕にばれているじゃないかと思いつつも「行きます」と返事をした。

「コトリ、この子には、手を出さないで」隣の部屋から、北村さんが出てくる。

写真の時とは違い、今日はドレスではなくて、薄紫色の膝下まで丈のあるワンピースだった。ナイトのコンサートで、瀬川さんが着ていたものとデザインが似ている。鏡の前に座り、髪を後ろに流してからネットで押さえ、茶色い髪で肩まで長さのあるかつらを被る。

「興味ない奴、なんで連れてきたの？」

「来たいって、言ったから」

自分で希望したわけじゃないと思ったが、反論しないでおいた。

この場を楽しんでいる人たちにとって、不快になることは言わない方がいい。

「この子は、コトリ」北村さんが僕に紹介してくれる。「普段は、ヘアメイクの仕事をしてる。ここでは、頼めばメイクをしてくれるし、自分でするためのアドバイスもくれる。仕事で、スタイリストも兼ねることがあるから、服のことも相談できる」

「よろしく」コトリさんが僕を見て、笑う。

「よろしくお願いします」そう返したものの、お願いすることは何もない。

「名前は？」

「鳴海です」

「なるみちゃん？」

「違います。鳴海は、苗字です。鳴海優輝です」

「優輝くんね」

「家族以外に下の名前で呼ばれるのは、ちょっと苦手です」

子供のころは友達に「なるちゃん」と呼ばれていた。小学校の高学年以降は、中学や高校や大学や会社、どこで知り合った人にも「鳴海」か「鳴海くん」と呼ばれている。下の名前で「優輝」や「優輝くん」と呼ぶのは、家族と親戚だけだ。

「じゃあ、鳴海で」コトリさんは、つまらない奴と言いたそうな目をする。

「なんで、呼び捨てなんですか？」

「わたしのことは、コトリでいいから」

「はあ」

またここに来ることはないから、どちらでもいい。

これ以上こだわるほどのことではない。

メイクをしていた人に呼ばれ、コトリさんは僕と北村さんの前を離れる。

「何か食べた？」北村さんが僕に聞く。

「いえ、何も」

「せっかくだから、食べた方がいいよ」

「会費とかは？」

「タダ、タダ、気にしなくていい」

「いいんですか？」

「自分の作った料理を食べさせたいだけの人もいるから」

オリーブオイルやにんにくのいい香りがしている。

ダイニングに行くと、テーブルにはローストビーフやハーブと一緒にオーブンで焼いたチキンが並んでいた。キッチンでは、真鯛《まだい》をさばき、アクアパッツァの仕込みをしているところだった。


お兄さんやおじさんと呼んでいいのか、お姉さんやおばさんと呼んだ方がいいのかわからない人たちに「これ、食べなさい。あれも、食べなさい。お酒が飲めないんだったら、自家製のジンジャーエールやレモネードもあるから」と、次から次に食べ物と飲み物を出され、お腹がいっぱいになったところで、元の服装に戻った北村さんと一緒にマンションを出た。

腹ごなしに少し歩き、駅ビルの地下にあるコーヒーショップに寄っていくことにした。

書店の一部になっているチェーン店で、売物の本や雑誌を席で読めるようになっている。しかし、実際に読む人は、あまりいないのだろう。旅行雑誌を開き、相談している女性のグループや恋人同士が何組かいるくらいだ。他の人たちは、パソコンで仕事をしていたり、スマホを見ていたり、お喋りしたりしている。土曜日だから、ほとんどの席が埋まっていた。電源を使える席が人気のようだ。奥のソファ席がちょうどあいたので、そこに荷物を置いてから、カウンターで注文をする。

北村さんはホットコーヒーを頼み、僕はアイスコーヒーにした。

買ったものを持ち、席に戻り、向かい合って座る。

「今日、ブルーは休んで平気だったの？」北村さんが聞いてくる。

「土日は、休みやすいんです。絵梨さんや啓介さんのお母さんが来てくれるので。役所や近くの会社は休みだから、ランチもそんなに混みません」

「そうなんだ」

「はい」アイスコーヒーを飲む。

苦味は弱くて軽い酸味があり、さっぱりとした味だ。

外の暑さよりも、マンションの中の熱気にやられて、身体が熱を持っている。お腹に詰め込まれたお肉や魚の間をアイスコーヒーが通り過ぎていくのがわかる気がした。

「どうだった？」カップを持ち、北村さんはコーヒーを飲む。

「いや、うーん」

ここで話して大丈夫なのかと思ったが、周りの人は、自分たちの話や仕事に集中している。チェーン店で、たくさんの人が気軽に利用する場の匿名性《とくめい》もあり、誰も他の人なんて気にしていない。

「大学の授業で、ジェンダーの勉強をしていたんです。専門ではなかったので、少しだけですが。自分なりに色々と考えてきたつもりでした。でも、現実として関わったことがなかったので、知らない世界を見たような気分です」

「気持ち悪いとかは、思わなかった？」

「……思いません。そう思う理由がないです」

人間の心理として、理解できないものに遭遇した時に「気持ち悪い」と感じるのだと思う。初めて見る遠い国の植物とか、普段は見えない虫のお腹とか、失敗して食べ物とは思えない色になった料理とか、命が危ないというほどではないけれど、危機感を覚えるものを前にすると「気持ち悪い」と思わず言ってしまう。「怖い」に近い感情だ。

写真を見た時は、急なことだったから、驚きはした。でも、世間で「普通」や「常識」とされているわけではない服装をしていたからって、そのことに「恐怖」を覚えることはない。

北村さんもマンションにいた人たちも、みんなが僕に優しくしてくれた。

「あの部屋にいた人たちも俺も、ゲイっていうわけではないから」

「はい、それは、なんとなくわかってます」

お酒を飲んで、性的なジョークを言う人もいた。その対象は、基本的に女性のようだった。僕に対して「かわいい」と言ってきた人もいたけれど、それは「女装が似合いそうで、羨ましい」という意味らしい。「若い子は、顎《あご》が弱いから」としつこく言われもした。どんなにメイクをしても、顎がしっかりしていると、男らしさが残る。僕の顔は顎が小さくて、メイク映《ば》えするということだ。でも、誰も、実際にメイクすることは強要してこなかった。

「今日みたいな集まりって、よくあるんですか？」

「あの部屋での集まりは、三ヵ月に一回くらい。それぞれ、他の集まりに行ってる人もいる。俺が行くのは、あの部屋と少人数の集まりだけ。他では、あんな大人数で集まらないで、もっと狭いところに、こっそり集まってる」

「そうなんですね」

「若い子たちは、そのまま出歩いたりSNSに写真載せたりしてるけど、三十歳を過ぎると、なかなか難しいからな」

「北村さんも、二十代の時は出歩いてたんですか？」

「大学卒業するまでは、たまに。十五年くらい前のことだよ」

「へえ」

北村さんの年齢を知らなかったが、啓介さんや絵梨さんと同じくらいなのだろう。会社に勤めていたころの上司や先輩たちを考えると、三人とも若く見える。

「美大だったし、今ほどSNSも盛んじゃなかったから、内輪のジョークっていう感じだった。あと、高校生の時の文化祭とか体育祭とか」

「なんで、出歩くのやめたんですか？」

「大学卒業して広告代理店に就職した時に、あれは学生の時の遊びと思って、女装自体やめたんだよ。それで、会社を辞めて、フリーになってから、またはじめた。その時は、三十歳を過ぎてたから、とても外は歩けないって思って。仕事にも影響するかもしれないし」

「さっき、僕はジェンダーのことを言ってしまいましたが、女装は北村さんにとって、趣味や遊びということですか？」

「いや」北村さんは首を傾げ、そのまま黙り込む。

「あっ、すみません。話さなくていいです」

趣味や遊びだとしても、セクシュアリティの問題だとしても、親しいわけではない僕が聞いていいことではなかった。

「いいよ、気にしないで」コーヒーを飲み、また少しだけ黙る。「趣味や遊びだったら、大学を卒業した時に完全にやめてるんだよ。でも、その後も、ずっと気になっていた。会社員だったころも、ハロウィンとか結婚式の余興とかで仮装する機会があると、お姫さまやアイドルみたいな格好をしていた。高校一年生の体育祭で、クラスの男子全員でチアリーダーの衣装を着ることになって、人生で初めてスカートを穿いた。嫌々だったはずなのに、これが本来の自分だって納得する気持ちになった。それに、趣味や遊びでしかなかったら、もっと堂々として、SNSに写真載せたりできていたかもしれない。隠そうとするのは、俺のセクシュアリティに関わることだからなのだと思う。女の子が好きだし、女性になりたいわけではないけれど、女の子みたいな服を着てメイクがしたい。全然似合わないのに」

そこまで話し、北村さんは軽く笑う。

僕は、笑えなかった。

写真を見た時も今日も、北村さんを見て「似合っていない」と思ってしまった。本来の自分を求めて、楽しんでメイクをして、好きな服を着ている人に、そんなふうに思ってはいけない。

「前にブルーで落とした写真」

そう言いながら、北村さんは黒いバッグを開けて、ファイルから一枚の写真を出してテーブルに置く。

「はい」改めて写真を見ると、マンションにいた人が何人か写っていた。

「ほとんどの人が隠していることだから、普段は写真を撮っても、プリントしたりしない。それぞれがスマホやパソコンで、厳重にデータを管理している。落としたりしたら、大変だから」

「そうですね」これには、うまく笑って返せた。

「でも、これだけは、特別なんだ。この俺の隣に写っている人」北村さんは、写真の真ん中辺りを指さす。

そこには、ピンク色のドレスを着た人が座っている。美月やレイラちゃんの喜びそうな、お姫さまのドレスだ。着ている人は結構な高齢のようだ。唇もピンク色に塗り、照れたように笑っている。

「亡くなったんだよ、この写真を撮ったすぐあとに」

「えっ?」

「今日の集まりにいた人たちを紹介してくれた人。もともと仕事で知り合ったのだけど、秘密厳守の全員が仮名しか名乗らない集まりで偶然に会った。それから、たくさんのことを話した。長く闘病していて、年齢も若くはない。そろそろとは言われていたから、まだ出歩けるうちにと相談して、みんなで集まった。会社を経営している人で、厳しい家で育ったらしい。ドレスはトランクルームに隠して、自分の両親にはもちろん、妻や子供たちにも言えないまま、一生を終えた。死んだ後に親族に見られる可能性があるから、スマホやパソコンにデータも残せない。それまで、写真も一枚だって撮らなかった。誰かが撮る端っこにも、写り込まないようにしていた。これは、最後だからと言って、みんなでスタジオを借りて撮った。プリントしたものを一枚ずつ持って、データにはしないことが約束になっている」

「……そんな、大事なものを落としたんですね」

「……そう」

深刻な問題で、誰にでも話せるわけではないことなのだと思いながらも、僕も北村さんも笑ってしまう。

「鳴海くんみたいに、普通の子には、一生関わらないでいい話だよな」笑ったまま、北村さんは言う。

「あっ、いや、えっと……」

話してもらっておきながら、自分のことを話さないのは、ずるい気がしてしまう。けれど、そういうことではないし、話す勇気も出なかった。

本当は、もっと気軽に話してみたい。

でも、偏見で見られることがあるとわかっていて、それがどういう思いになることか実体験として理解している北村さんだって、僕を「普通の子」と決めつけるのだ。

どうするべきか、気まずさを感じていると、コトリさんが大きく手を振りながら店に入ってきた。

衣装やメイク道具が入っているのか、重そうな黒いバッグを抱えている。黒い髪は地毛のままではなくて、染めているみたいだ。照明の光が当たると、青く見えた。

「鳴海も、まだいたんだ?」

「はい」

「どうすんの?」コトリさんは、北村さんに聞く。

「もう出る」北村さんは、コーヒーを飲み干す。「鳴海くん、またブルーで」

「今日はお邪魔させてもらって、ありがとうございました」ふたりに対して、お礼を言う。

「じゃあ」

北村さんは席を立ち、コトリさんと一緒に出ていく。

抱きつくようにしてコトリさんは北村さんの腰に両手をまわし、北村さんはコトリさんの肩を抱く。キスしそうなくらい顔を近づけ、どこかへ行くのか、駅の出口の方へ戻っていった。

アイスコーヒーを飲み、小さく息を吐く。

僕は、北村さんの彼女を見たことがある。

ブルーにふたりで来たことはないが、仕事帰りと思われる彼女が北村さんを迎えにきた。スーパーで買い物してきたエコバッグを提げ、丸い窓の外から笑顔で手を振っていた女性が北村さんの姉妹や友人には見えなかった。

背が高くて、仕事のできる女性の見本のような格好をした人だ。

先週も見たけれど、別れたのだろうか。


土曜日だから電車はすいているだろうと思ったのに、意外と混んでいた。

遊びにいった帰りの家族連れ、これから遊びにいく恋人同士、誰に彼氏ができたとはしゃぐ女子高校生たち、夏の浮かれた空気が充満している。どこかで花火大会があるのか、浴衣《ゆかた》を着た人が何人かいた。

ドアの近くに立ち、イヤホンで音楽を聴きながら、外を眺める。

まだ明るくて、電車は住宅街の中を抜けていく。

北村さんに「普通の子」と言われたことが、胸の奥に引っ掛かっていた。怒りや悲しみではなくて、自分が嘘をついた申し訳なさみたいなものだ。でも、十代のころから今まで、数えきれないくらいの嘘をついてきた。

まだ小学校の低学年だった子供のころ、友達同士で恋愛について話すことなんて、ほとんどなかった。誰が誰を好きらしいとからかうように言う人がたまにいる程度だ。僕は、何も考えずに友達の話を聞き、笑っていた。高学年になったころから、誰が好き？　という話題が出るようになった。でも、照れたりするばかりで、男同士で真剣に話すことではなかった。状況が大きく変わったのは、中学生になってからだ。誰かを好きになることも、性欲があることも、当たり前になった。男同士の会話に、日常的に下ネタが飛び交うようになる。

もともと僕は、クラスの中心で騒ぐタイプではない。勉強も運動も美術も、何をしても平均ぐらいだ。見た目は「かわいい」と言われることがたまにあるが、目立つようなイケメンではない。みんなが騒いでいる端っこが僕の立ち位置だった。

友達の話に「自分と違う」と思いながらも、端っこで笑っていればよかった。中には「ああいう話、苦手」と言っている友達もいたから、自分だけではないのだと考えていた。期待していたほど身長は伸びなかったけれど、身体は順調に大人になっていった。そのうちに、心も追いつくだろうと考えていた。

しかし、何も変わらないままだった。

何人かの友達に彼女ができて、それまで想像でしかなかったことが現実へと変わっていった。「苦手」と話していた友達も、女の子と付き合うことに興味を持つようになる。高校生になると、男同士の間では「童貞卒業」が共通の目標になった。達成できなかった友達が多かったが、高校を卒業して久しぶりに会った時には、そうではなくなっていた。二十歳を過ぎるころには、童貞であることは、少数派のヤバい奴みたいな扱いになった。ネットニュースには「性に興味のない若者が増えている」とか書かれていたけれど、僕の周りでは少数派だった。若さもあったのだと思う。まだ経験がないという友達に対し、差別的なことを言う奴もいた。

自分のことを正直に言えないまま、僕は周りに合わせて、笑っていた。

誰かに「鳴海は？ 彼女、どうなの？」と聞かれたら「今は、いない」と返した。みんなの知らない時に彼女がいて、一通り終えていると思わせることで、逃げたのだ。大学三年生の終わりに、バイトの飲み会で「初体験は、いつ？」と全員が話すことになった時も「大学に入る前の春休み」と、迷うことなく嘘をついた。自分のことをみんなの前で話すタイプではないと思われていたから、細かく聞かれることはなかった。

性欲が全くないわけではない。

けれど、それは、生理現象でしかなくて、友達と同じではなかった。コトリさんが胸元の開いたワンピースを着ていたが、目の前で見たところで、何も感じない。裸の女の子と狭い部屋でふたりきりになったとしても、平気だと思う。マスターベーションは数ヵ月に一度、身体に溜まったものを排出する作業でしかなくて、女の子に対する興奮とは結びつかなかった。その時には、セックスをすることを想像しても、実際にしたいわけではないのだ。ドラマや映画の中の出来事に興味を持つようなもので、現実的ではなかった。探偵になりたいと夢見たとしても、事件に巻き込まれたくはない。

恋愛感情に関しては、全くない。

高校生や大学生の時、遊びにいこうと誘われて、何度かデートをしたことはある。女の子に対して「かわいい」とは思うし、僕と会うためにお洒落してきてくれたことは嬉しいし、一緒にいることは楽しかった。でも、その感情と男友達に対する感情の差がどこにあるのかがわからなかった。難しく考えないで、付き合ううちに好きになれると思い、何度か会ってみた。けれど、相手の女の子が僕に向ける感情を自分が抱けないことに、罪悪感を覚えるばかりだった。最後は、相手に「鳴海くん、わたしのこと好きじゃないでしょ」と言わせてしまった。嘘で「そんなことはない」と言っても、相手を傷つけるだけだということは、わかっていた。

性や恋愛のことを考えなければ、僕は「普通の子」だ。

でも、性や恋愛のことが大事にされる世界で、僕は「普通の子」ではない。

外が少しずつ暗くなり、住宅街に並ぶ建売住宅やマンションに明かりが灯《とも》っていく。

そのうちのひとつに、僕が妻や子供たちと住むことはないのだ。

夏休みに入り、お昼を少し過ぎたころには、高校生や大学生の女の子たちがブルーに来るようになった。レトロ喫茶店のブームは静かにつづいているようだ。

お喋りする声が響く中、ヒナちゃんはひとりでカウンター席に座り、夏休みの宿題を進めている。

午前中に予備校に行き、お母さんが作ってくれたお弁当を食べてからブルーに来て、レモンスカッシュを飲みながら勉強することが日課になっている。制服ではなくて、私服で来る。今日は、襟のある水色のワンピースを着ていた。

「鳴海くん、数学できる?」ノートから顔を上げ、ヒナちゃんが聞いてくる。

「……できない」僕は、首を横に振る。

高校生の時、成績は中の上くらいだった。

どの教科も、得意も苦手もなくて、全てで平均よりも少しいい点数を取っていた。部活にも入っていなかったし、遊びまわるタイプでもなかったので、みんなが性や恋愛に悩む間も、真面目に勉強をしていた。そのころ、自分には性欲も恋愛感情もないのだと、はっきり自覚していたわけではない。けれど、このままなのかもしれないとは感じていた。親に迷惑をかけず、ひとりでも「普通」に生きていくために、大学に行くことは、絶対だ。大学を出て、できるだけ安定したところに就職した方がいいと考えていた。

好きで勉強をしていたわけではないから、大学受験が終わったのと同時に、ほとんどのことを忘れた。成績もいい方で、日ごろの態度にも問題がなくて、ボランティアのゴミ拾いに参加したりもしていたので、指定校推薦《すいせん》で合格した。だから、高校三年生の秋には、受験勉強は過去のことになった。日本史で暗記したことは、大河ドラマを見たりして思い出すことはあるけれど、数学は少しも憶《おぼ》えていない。因数分解ですら、解ける自信がなかった。

「ヒナちゃん、理系なの？」

「うーん、迷ってる」シャーペンを置き、レモンスカッシュを少し飲む。「文系と理系の間みたいな、商学部とか経済学部がいいかなって考えてる。経済学部だと、選択科目で地歴の他に数学も入るところがあるから。あと、推薦を考えたら、どの科目も一通りできた方が良さそうだし」

「経済に興味あるんだ？」

「お金の勉強しておいたら、将来安心かなって思って」

前に絵梨さんが同じようなことを話していた。経理の仕事を「結婚するつもりもなかったから、女ひとりでも一生食べていける仕事」と考えて、選んだということだった。ヒナちゃんは、そこまで考えているわけではないだろう。けれど、見た目は柔らかくても芯の強い子だから、自立したい気持ちはあるのだと思う。男女平等や多様性と言われていても、女性が男性と同じように稼ぐことは、まだ当たり前にはなっていない。

仕事をするということについて、個人ではなくて、性別で論じられること自体に違和感を覚える。

家電メーカーに勤めていたころ、上司が親切心で「女の子は、残業しないで早めに帰っていいから」とか「女の子は、重い荷物を持たなくていいよ」とか言うことがあった。同期の女性社員は「あいうことから、差別が広がる。わたし、鳴海くんよりも力あるのに」と話していた。「それは、ないよ」と笑って返したものの、腕相撲をしたら、あっさり負けてしまった。僕が弱いわけではなくて、彼女は他の男性社員も次々に倒していった。特別に鍛えているわけではなくて、子供のころから強かったらしい。

「ちゃんとね、自分ひとりの希望や将来を考えていきたいの」ヒナちゃんが言う。「高校は、一緒のところに行こうって、亜弓と約束して選んだ。それで、良かったと思ってる。でも、大学は、将来に影響するだろうし、亜弓と一緒というわけにはいかない」

「そうだね」

バレー部の男の子と付き合うことになり、亜弓ちゃんはブルーに来なくなった。彼氏とは、ファストフード店やファミレスに行っている。夏休み前は、ヒナちゃんと一緒に来て、彼氏が部活中だから待っていると話していた。休みに入ってからは、ヒナちゃんと亜弓ちゃんは会ってもいないようだ。

「鳴海くんは、どうやって進路決めたの？」

「指定校推薦で入れる中で、一番いい大学」

「何それ？」ヒナちゃんは、呆れた目をする。

「大学に行くって決めてたけど、何がやりたいかまで考えてなかったから」

「男の人は、それでいいのかもね」

「うわっ！　差別」

僕が笑いながら言ったから、ヒナちゃんも笑う。

「そんなに考えないで決めた大学だったけど、入ってからは、ここで良かったんだと思えたよ」

「そうなんだ」

「ヒナちゃんは、将来安心とか考えなければ、やりたいことはあるの？」

「子供のころは、正義のヒーローになりたかった」

「えっ？」

「日曜日の朝に放送されてる戦隊ヒーローものって、五人の中に女の子がひとりかふたりいるでしょ。ピンクだったり黄色だったり。かわいさもかっこよさもあって、憧れだった。でも、役者になりたいわけじゃないし、現実で怪人と闘うことなんてないから」

「そうだね」

「人を助ける仕事って考えると、医者とか弁護士とか警察官とか、そういうこともいいなって思った時期もあるけど、ちょっと違うかな」

「あまり考えすぎないで、興味のある方に進めばいいんじゃないかな。たくさんのことを勉強しておけば、選択肢も増える」

「……うーん」悩んだ顔をしながら、ヒナちゃんは数学のノートに目を落とす。

指定校推薦で入れて、家から通えて、環境の良さそうなところと考え、いくつかの候補から大学を選んだ。学部は、何をするのかわからないと思いつつ、限定されていないのがいい気がして、社会学部にした。就職に有利なところと考えると、国立や偏差値の高い私大になる。がんばって勉強しても、自分の偏差値が七十まで上がるとは考えられなかった。ここで充分と目標もなく決めた大学だったけれど、そこで僕は自分を理解していった。

大学二年生の秋、長い夏休みが終わり、学祭の準備がはじまったころだ。窓の外では、黄色く染まった葉が舞い、ダンスの練習をする音楽や看板を組み立てる音が響いていた。

ジェンダーの授業で「アセクシュアル、アロマンティック」という言葉を聞き、自分の心に名前が付けられた気がした。

その瞬間、時間が止まり、全ての音が聞こえなくなり、自分と先生しかいなくなったように感じた。

セクシュアリティはグラデーションであり、言葉の定義もはっきり決まっているわけではない。僕は「アセクシュアル」を「性欲のない人」、「アロマンティック」を「恋愛感情のない人」と定義することにした。名前が付いたことで、そのグループに属する人は、世界のどこかに僕以外にもいるのだと思えた。それで、僕の悩みが解決するわけではなくても、ひとりではないというだけで、救われるものはあった。

「鳴海くんのせいで、集中力切れちゃった」ヒナちゃんはノートを閉じて、スマホを見る。

「少し休んだ方がいいってことだよ」

「そうだよね」スマホを見ながら、グラスに残っていたレモンスカッシュを飲み干す。

おかわりを用意してあげたくなるけれど、ここは店だから、そういうわけにはいかない。グラスの水だけは、氷が溶けきっていたので、新しいものと交換する。

「ありがとう」ヒナちゃんはスマホから顔を上げる。「何か頼んだ方がいい？」

「気にせず、ゆっくりして」

僕の店ではないけれど、啓介さんも同じように言うだろう。

啓介さんは、厨房にこもり、トマトソースの仕込みをしている。

いつもは、少し早めにレイラちゃんのお迎えに行くのだが、夏の間は遅くすることになった。店も忙しいし、外は倒れそうなほどの暑さだ。ブルーは、前に立つビルの陰に入るため、陽当たりが良くない。それでも、丸い窓にレースのカーテンをかけ、冷房を全力でつけている。

席の間を通り、他のお客さんの水も注いで、カウンターに戻る。

「亜弓、彼氏とプール行ってるんだって」スマホを置き、ヒナちゃんは水を飲む。

「昼間のプールは、暑いだけじゃないかな」

プールには、子供のころから行っていない。中学校の体育の授業で入ったのが最後だ。想像としては楽しそうに思えても、そうでもないだろう。

「彼氏と一緒だったら、どこでも楽しいんじゃないの」

「そういうものか」

「わたし、そういうのって、わかんないんだよね。女友達だけで遊んでいた方が楽しいって思っちゃう」

「人それぞれだから」

前に、亜弓ちゃんが先に帰ってしまった時、ヒナちゃんはひとりで泣いていた。見なかったフリを通し、理由は聞いていない。

亜弓ちゃんに彼氏ができれば、一緒にいられなくなる。それだけではなくて、自分が取り残されるような気分にもなったのではないかと思う。

彼女たちよりも十歳以上も上の大人として、何か話せたらいいのだけれど、言えるようなことがなかった。

厨房から啓介さんが出てくる。

「鳴海くん、買い出しお願い」

「はい」

「これ、駅前のスーパーで、夕方になってからでもいいから」

「今、行ってきます」メモと買い出し用の財布を受け取り、レジ下からエコバッグを出す。

ヒナちゃんが「いってらっしゃい」と手を振ってきたので、手を振り返して、裏口から出る。

思えば、コトリさんばかりではなくて、ヒナちゃんと亜弓ちゃんも僕にタメ口で話す。

ブルーで出すケーキやピザトーストに使うパンは、駅の向こうのパン屋に配達してもらっている。

先代のころからの付き合いらしい。忙しくて配達が難しい日は、僕や啓介さんが受け取りに行くこともある。野菜や炭酸水やジュースも、商店街に昔からある八百屋《やおや》や酒屋に頼んでいる。コーヒーに関するものは、県内の専門店と取引をしている。他にまとめてネット注文しているものもあるが、細かいものはスーパーで買う。

商店街に出て、スーパーまで歩く。

痛いほど日差しが強いので、できるだけビルや街路樹の陰に入るようにする。

高齢の男性が青い鳥の柄の刺繍《ししゅう》が入った白い日傘を差し、駅の方へゆっくりと歩いていく。

数年前まで、日傘は女性だけがさすものというイメージだった。今年は、七月のはじめから真夏日がつづいていることもあり、男性でも日傘をさしている人をたまに見かける。去年も一昨年《おととし》も、異常気象としか考えられないくらい暑かった。数年のうちに、この暑さが「異常」ではなくて、「正常」になっていくのかもしれない。

僕も、日傘を買ってみようかと思ってネットで調べたのだけれど、レースや刺繍の施《ほどこ》された女性向けのデザインのものが多い。かわいいものを女性向けと考えるのは、偏見だ。さっきの男性の日傘だって、奥さんに持たされたものとかではなくて、自分で好んで買ったものかもしれない。でも、自分がそれを欲しいかと考えると、やはり違った。男性向けのデザインのものは、シンプルな黒やネイビーのものばかりで、素材は違っても、見た目は雨傘と変わらない。若い男性で、日傘をさしている人は、まだ少ない。いたとしても、メンズメイクをしているような二十歳前後の子だ。それをバカにする声も聞いたことがある。日焼け防止ばかりではなくて、熱中症予防のためにもさした方がいいと思っても、晴れた日に雨傘にしか見えない日傘をさして歩く度胸はなかった。

とにかく、僕は「普通の子」に見られたいのだ。

自分の性や恋愛について、誰にも言わないのは、自分自身が偏見の強い人間である証拠だ。

そのくせ、誰かに「普通の子」と言われると、引っ掛かってしまう。

スーパーに入り、冷房の風を浴びて、身体を冷やす。

メモを確認しながら、生クリームやタバスコやピザトースト用のチーズをカゴに入れていく。それぞれ、ほんの数円ずつではあるけれど、先月よりも値上がりしていた。ブルーは、啓介さんの実家の持ちビルだから、テナント代がかからない。今は、バイトが僕だけで、人件費もそれほどかかっていない。喫茶店ブームが去ったとしても、市役所で働く人や地元の人が来るだけで、やっていける。会社勤めをしていた時に貯《た》めたお金で、最低限の開店資金はあるのだけれど、考えが甘いという気がしてくる。

誰かに雇われていた方が楽だ。もしも会社が倒産しても、別のどこかへ行けばいい。適当に嘘をつきつづけながら、家電メーカーにいた方がよかったのかもしれない。でも、嘘は、あと何年も持たなかっただろう。「彼女は?」「結婚は?」「誰か紹介してやろうか」という言葉を躱《かわ》すことが難しくなる。

三十歳を過ぎても、結婚をしていない人は社内にたくさんいた。二十代のうちに結婚している方が少数だった。けれど、それは、いつかひっくり返る。彼女がいない奴より彼女がいる奴が増えたように、童貞の奴より経験を済ませた奴が増えたように。定年まで勤めないとしたって、高校や大学よりも長い年月を会社で過ごす。アラフォーと言われる年齢を過ぎた独身の先輩たちが何年もからかわれている姿を見て、自分の未来を見た気持ちになった。仕事ができて、感情的になったりせず、品のない冗談を言ったりもしなくて信頼できた先輩は、結婚をしていなくて彼女もずっといないから「何かが足りない、みんなでいじって笑っていい人」と扱われていた。

社内のコンプライアンスとして、個人の性や恋愛に関する発言を控えるように言われていたが、それを理解しきれない人はいたし、そういう話題を徹底的に避けることも、人付き合いとして難しかった。誰かの結婚や出産のお祝いをすれば、そういうことに縁のない人も出てくる。腫れもの扱いしないで、いじってあげることも愛情だと話す人もいた。からかう側の人が「明るくて、いい人」と慕われ、出世していった。

嫌なことばかり考えてしまうのは、暑さのせいだろう。

いつもより、身体が疲れやすくなっている。

お金のことが心配だからでもないし、自分がみんなと違うからでもないし、北村さんに誘われた集まりに行ったからでもない。

会計を済ませ、エコバッグに詰め、外へ出る。

日陰を選び、来た道を戻る。

十九時を過ぎ、やっと空が暗くなったのに合わせるように、お客さんが誰もいなくなってしまった。こういう時は、早めに閉めてもいいことになっている。早退扱いにはならないで、二十時までの分の時給はもらえる。もう少し待って誰も来なかったら、啓介さんに「閉めます」と連絡をしよう。

レジに置いてある店のスマホを取り、ＳＮＳでブルーを検索する。

おすすめに、他の喫茶店やカフェの情報が流れていき、どのように関連したのか、性や恋愛に関する情報がまぎれるように流れてくる。

マッチングアプリの広告、女装した「男《おとこ》の娘《こ》」という男性たちの画像、海外のセクシュアリティに関するニュース。

日本で「同性婚」は法律で認められていないが、市区町村によっては「パートナーシップ宣誓制度」が利用できる。制度の手続きをすると、通信会社や航空会社や生命保険で配偶者と同様のサービスが受けられたりするらしい。いくつかの国や地域では「同性婚」が法律で認められているし、世界中で「多様性」が理解されていくのだろうと思っていた。

しかし、そういうわけでもないようだ。

未成年が学校で同性愛や性転換について話すことを禁止する法律が制定された国もあるし、トランスジェンダーの十代の女性が殺される事件も起きている。事件は「差別を理由とした『ヘイトクライム』である証拠はない」と言われているが、納得できないものが残る。ニュースにならないような差別は、世界中でつづいている。

セクシュアリティのこと、恋愛のこと、男女差別のこと、それぞれの問題があり、ひとつにして語るべきではないのかもしれない。

でも、全ての根本は繋がっている気がする。

ガラス扉が開き、疲れ切った顔の女性が入ってくる。

一瞬、知らないお客さんだと思ったが、瀬川さんだった。

眼鏡をかけ、化粧はしていないみたいで、髪は後ろでゆるく結んでいるだけだ。出勤用のベージュのバッグの持ち手に紫色のスカーフが巻かれていなかったら、誰かわからなかったと思うくらい、いつもと雰囲気が違う。

「いらっしゃい」スマホを置く。

「まだ営業してる？」

「八時までだから、大丈夫」

「コーヒーフロート」そう言って、瀬川さんはカウンター席に座る。

「お腹すいてないの？　カレーやミートソーススパゲティだったら、すぐ出せるよ」

「いい、甘いものが食べたい。でも、甘すぎるのは嫌。できれば、かき氷が食べたい」

「ないよ」

「じゃあ、やっぱり、コーヒーフロートで」

「先にお水、どうぞ」

水を注いだグラスを出すと、瀬川さんは一気に飲み干し、バッグからスマホを出す。

顔を顰《しか》めてスマホを見ているので、僕は何も言わずに水を注ぎ足し、コーヒーフロートの準備をする。

グラスに氷を入れ、アイスコーヒーを注ぎ、バニラアイスを載せる。

長いスプーンとストローと一緒に、瀬川さんの前に出す。

「いただきます」スマホを置いてスプーンを取り、瀬川さんはアイスを食べる。「なんかさ、暑すぎるよね。夏の間、全然休みがないのに、夏休み取る人はいるし、もう死んじゃうんじゃないかって思う時がある。日本人も、ヴァカンスを取るべきだよ」

「仕事、忙しいの？」

「仕事も忙しいし、推しにも会いにいかないといけない。平日は仕事、土日は遠征で、もうしんどい」

「推しに会いにいくの、控えたら？」

「そしたら、なんのために生きてるか、わからなくなる」

本当に疲れが溜まっているのだろう。

瀬川さんは、アイスを少しずつ食べながら、泣いてしまいそうな声で話す。

「夏休み取ればいいじゃん」

「有休は、推しの平日公演の時に分散して使いたいから」

「そっか」

「あと、夏に夏休みが取れるのは、子供のいる女性社員が優先みたいな考えの会社なの。古いっていうわけではなくて、女性にも働きやすい職場を目指してるんだって。だから、残業も少ないし、有休を使いやすいのは助かるんだけどね」

「ふうん」

いつもアイドルのことばかり聞いているので、瀬川さんがどんな会社に勤め、なんの仕事をしているか、詳しくは知らない。今までに聞いた話やブルーに来るタイミングを考えて、月曜から金曜勤務の事務系の仕事ではないかと思っている。会社の規模はわからないけれど、どこでも同じような問題があるのだという想像はできた。

ハラスメントや男女差別をなくし、女性も社会進出をするという中で、会社の方針は変わっていくものの、現場の社員はうまく対応しきれずに振り回される。

あと何年か、会社勤めをしていたら、状況は変わっていたのかもしれないと考えたこともある。

振り回されつづけ、間違えながらも、いつか誰もが仕事しやすい環境ができていく。でも、僕の「恋愛にもセックスにも興味ないんです」が当たり前のこととして受け入れてもらえるまで、何年かかるのか考えると、気が遠くなった。そのころには、僕はそういう話題も振られない年齢になっていそうだ。

「化粧する気力もない。化粧しても、汗で溶けていくし」アイスを食べ終え、瀬川さんはグラスにストローをさす。「社内の冷房強すぎて、目が乾くから、コンタクトもできない」

完全なスッピンというわけではなくて、眉毛は描いているようだ。しかし、それも、端の方が消えていた。

「化粧しなくても、別人ってほど変わるわけじゃないから、いいんじゃない」

「それは、それで、違うんだよ。化粧するのがどれだけ大変か、わかってないでしょ。女だけ、化粧しないといけないんだから、不公平だよね。時間だって、お金だってかかるの。その大変さをわかっている女の上司から、マナーとして化粧はするようにとか言われるから、本当に嫌になる」

「化粧する大変さは、なんとなくわかるよ」

北村さんの前に並んでいた、クリームや粉の入った何本もの瓶を思い出す。実家にいたころ、母親や姉の化粧水や乳液が洗面所に並んでいた。姉は、パックしたまま、テレビを見たりしていた。普段のスキンケアから、男とは比べられないくらいの手間をかけている。僕は大変と感じるほど髭も生えないし、最低限のことしかしていない。乾燥するとかゆくなるので、化粧水やリップクリームを使うくらいだ。

「ああ、あれか、彼女か。彼女が化粧しているところを見たりしてるか」

「いや、姉がいるから」

嘘に「姉」を使いすぎだ。

両親や姉にも、自分の性や恋愛のことは、話していない。

女性関係を問われる面倒くささを避けるために「姉」を使っていると知ったら、姉はどう感じるのだろうか。

「鳴海くんは、お姉ちゃんっ子っぽいよね」

「そう？」

「シスコンでしょ？」

「いや、どうだろう」

お姉ちゃん大好きとは思わないし、すごく仲がいいわけでもない。十代のころに「シスコン」と言われていたら、何も考えずに否定していた。でも、今は、海里と美月のためにも、元気でいてほしいと強く願っている。

「ごめん、愚痴こぼしにきたみたいだね」

「いいよ、暇だったし」

閉めてもいいと言われても、早く帰って給料をもらうことには、抵抗がある。瀬川さんだったら、話しながら閉店作業もできるから、ちょうど良かった。

洗い物を厨房の流しに持っていき、カウンターの周りを片づけていく。

「前に話してた、自分の店を開きたいって話、どうなってんの？」瀬川さんが聞いてくる。

「えっ？」

「ナイトのコンサートの後、話してたじゃん。どこに出すとか、どういう店にするとか、決まってるの？」

「全然」首を横に振る。

話した後、何度か瀬川さんはブルーに来ているけれど、話題に出ることはなかった。だから、忘れているのかと思っていた。

「どこか行きたいカフェって、もうないの？　コンサートの後に行ったカフェみたいな、男だけでは入りにくい店とかあるんだったら、一緒に行くよ」

「忙しいんでしょ？」

「八月の終わりまでは、忙しい。九月に入れば、余裕ある。ここ閉めてからだと遅いけど、開いてるお店もあるでしょ。土日でも、いいし」

「うーん」

「あっ、彼女と行くってことだったら、気にしないで」

「いないから」

「お姉ちゃんと行く？」

「姉は結婚して、子育て中で、秋には三人目が産まれるし、ふたりで出かけるほど仲良くはない」

「じゃあ、どう？」瀬川さんは、自分の顔を指さす。

「一緒に行ってくれれば、助かるけど」

スマホには、気になるけど入りにくいカフェや喫茶店のリストがある。

かわいらしい雰囲気の店以外にも、夜遅くまで営業していてお酒を出すような店も、入りにくいと感じていた。できれば、そのお酒がどんなものかも知りたいのだけれど、僕はほとんど飲めない。

「土日だったら、車も出せるよ」

「運転、できるの？」

「遠征や聖地巡礼で、運転することもあるから」

「聖地巡礼？」

「ドラマやＭＶのロケ地を見てまわるの」

「そうなんだ」

「ここ、土日は、休めない？」

「事前に頼めば、大丈夫」

「じゃあ、行こうよ」

「……お願いします」

「決まりね！」

さっきまで、疲労感しかなかった瀬川さんの顔が明るく輝き出す。

甘えるようで申し訳なく感じる気持ちがあるが、楽しそうにしているからいいのだろう。

車があれば、今まで「行けない」と決めてしまっていたところまで、行けるようになる。

4

ビルの地下にあるカフェで、ワンフロア使っているから、かなり広い。照明は、昼間よりも少し落としているみたいで、全体的に薄暗い。奥の席までは、よく見えなかった。壁一面の本棚には、写真集やデザインに関する本が並んでいるが、読んでいる人はいないようだ。クラフトビールを売りにしていて、お酒を飲む人がほとんどなので、お喋りする声が響いている。店の真ん中にある広めのソファ席には男女混合のグループ、端のテーブル席には女性のふたり組か恋人同士が多い。男性と女性だからって、必ず恋人というわけではないのだろうけれど、ふたりの距離が近かった。客層は、二十代前半から四十代前半くらいで、仕事帰りと思われる人が多い。同じビルにシネコンが入っているからか、ひとりで軽くごはんを食べて出ていく人もいる。

「ひとりでも、来られたかもしれない」店の中を見回し、アイスティーを飲む。

シロップは入れていないのだけれど、甘い香りがした。茶葉にりんごや桃みたいな香りのフルーツが入っているのだろう。

「そうだね」瀬川さんは、ピンク色のビールを飲む。

ベルギーのビールで、ベリー系のフルーツが入っていて、アルコール度数は低いらしい。飲む前には、ナイトとは違うグループのメンカラがピンクのメンバーのアクスタを出し、スマホで写真を撮っていた。

「なんか、申し訳ない」

「なんで？」

「ひとりで入れないところに付き合ってもらうっていう話だったから」

「そんなん気にしないでいいよ。ひとりで入れる人もいるけど、鳴海くんは入りにくいって思ってたんでしょ。それに、ふたりの方がたくさん頼めるし」

「ありがとう」

瀬川さんにカフェに付き合ってもらう約束をして、最初から車を出してもらうのは悪い気がしたから、ここを選んだ。都内でも、瀬川さんの会社から電車で一本で出られるということで、ちょうどいいと思った。ランチの時間帯に来たことはあっても、夜は雰囲気が変わるだろうから、気になっていた店だ。昼間は、仕事の打ち合わせみたいな人たちや本を読んでいる人が多かった。

「コンサートの後に行ったお店も、ここも、鳴海くんのイメージするお店とは、違うでしょ」

「うーん、そうだね」

「こういう広いお店は、実はチェーン店だったりするから」

「そうなんだよね」

広さがあり、従業員も多くて、コンセプトの決まっているようなカフェは、個人経営ではなくて、それを企画している会社がある。そういうところで何年か働いて、店長に昇格するみたいな方法も、自分で店を持つためのひとつの手段だ。でも、僕の目的は、ただ店長になることではない。

「ポテト、おいしい」フレンチフライを食べながら、瀬川さんが言う。

「料理、どれもおいしいね」

「うん」うなずきながらも、フレンチフライを食べつづける。

料理は、アメリカのダイナーをイメージしているようだ。ハンバーガーやボリュームのあるサンドイッチがメインになっている。フレンチフライは細めで、軽めに揚げられている。他に、酒のつまみになるようなものやデザートも種類が豊富だ。こういう店ではないと思っても、参考になることはあった。

「最近は、コンサートとかないの？」僕から聞く。

「夏のツアーがまだつづいているグループもあるけど、わたしはしばらくはない。いきなり舞台が決まったりしない限り、年末までないかな。冬に備えて、働いてお金を稼ぐ時期」

「そうなんだ」

「ツアーの全通とかしてみたくても、それができる予算も時間もないから」

「ぜんつう？」

「ツアー、全国どこへでも全ての公演に行くの」

「チケット、手に入らなくない？」

ナイトばかりではなくて、瀬川さんの好きなアイドルのほとんどは人気があり、どのグループもチケットは簡単に手に入らないはずだ。

「友達が取ったチケットの同行者として行ったりもあるから、何回も行く人はいる。転売とかで買う人も多いけど」

「転売って、駄目なんじゃないの？」

「駄目だよ。それでも、売る人もいれば、買う人もいるんだよ。わたしは、ずるいことはしないって決めてる。お金積みだしたら、キリがなくなる」

「そういう問題？」話しながら、僕はチーズバーガーを食べる。

バンズは甘めで、しっかりとチーズらしい香りのするチェダーチーズが使われている。ひと口食べると、肉汁が溢れる。

「お金の問題以上に、ファンとして正しくありたいっていうのが強いかな」

「ふうん」紙ナプキンで口元を拭く。

「前にさ、リアコの話をしたじゃん。コンサートの後のカフェだったたか、帰り道だったたか」

「うん」

どこで話したのか、僕も思い出せなかったけれど、コンサートの後で話したことは憶えている。

「あの時は、自分は違うみたいに話したけど、わたしもそうなんだよね。付き合えるなんて思ってないよ。でも、本気で好き」

「……そうなんだ」どう返すべきか迷いつつ、チーズバーガーをもうひと口食べる。

「おかしいでしょ？」瀬川さんは自信がないような、少し寂しそうにも見える顔をする。

「おかしくないよ」食べかけのチーズバーガーをお皿に置き、指先を拭いてから、アイスティーを飲む。

「はっきり言っていいんだよ」

「おかしいって言う人がいることもわかる。でも、僕は、そういうふうには考えないし、思いもしない」

夏になったばかりのころにも、同じようなことを話した気がした。

あの時は、北村さんが相手だった。

北村さんは、集まりに行った後も、何度かブルーに来ている。集まりについて話すことはない。たまに、彼女と待ち合わせしている。コトリさんではなくて、前からよく来ていた女性の方だ。

「そっか」小さくうなずき、瀬川さんはビールを飲む。

「アイドルに恋愛感情を抱く人のことは、フィクトロマンティックって言う」

「何？　何ロマンティック？」眉間《みけん》に皺《しわ》を寄せ、聞き返してくる。

その表情を見て、話さない方がよかったのかもしれないと思ったが、取り消すこともできない。

「フィクトロマンティック、フィクトセクシュアル。アイドルというよりも、架空の人物に対して、恋愛感情や性的な魅力を感じる人のことは、そう言われている。アイドルは生身の人間だけれど、彼らの普段の生活や本音を知ることはできない。アニメや漫画のキャラクターといった、フィクションの存在に近いと思う。同じような人は世界中にたくさんいて、ちゃんと言葉のあることだから、何もおかしくはない。たとえ、同じような人がいなくて、言葉のないことだとしても、僕は人の感情をおかしいと言って、笑ったりはしない」

「……ごめん」グラスを置き、瀬川さんは小さく頭を下げる。

「あっ、こっちこそ、ごめん」意識せず、言葉が強くなってしまった。

「そういうこと、詳しいの？」

「大学で少し勉強しただけで、詳しくはない」

「そうなんだ」

「うん」

「まあ、とにかく、リアコだから、たくさん会いたい気持ちもあるけど、正しくありたい」

「それがいいと思う」

「先のことを考えて、不安になる時もあるし、自分と友達を比べてしまうこともある。でも、しばらくは彼氏もできないと思うし、結婚もしないだろうから、鳴海くんのカフェ巡りに付き合ってあげるよ」

「お願いします」頭を下げ、残りのチーズバーガーを食べる。

瀬川さんは、今はアイドルにリアコだとしても、過去には彼氏がいたのだろうし、将来的には結婚したいと望んでいる。

自分とは違うのだと考えると、胸の奥が少しだけ痛んだ。

彼女がひとりでいる間、少しだけ付き合ってもらおう。

この世界には、ひとりでは行けないような場所がたくさんある。


九月も半ばになるのに、真夏の暑さがつづいている。

丸い窓の向こうには、夏の服装の人たちが通り過ぎていく。

このまま、永遠に夏がつづくのではないかという気がしてくる。

冷房で身体が冷えてしまうのか、ホットコーヒーや紅茶を頼むお客さんもいる。だが、やはり、アイスコーヒーやレモンスカッシュやクリームソーダがよく出る。一日に何度も、アイスコーヒーを作らなくてはいけない。

冷ましておいたアイスコーヒーのピッチャーを厨房から持ってきて、カウンター下の冷蔵庫に入れる。

中学校や高校は夏休みが終わり、二学期が始まっている。ランチの後は、パソコンで仕事をしているお客さんや打ち合わせらしきグループのお客さんが多くなる。もう一本作って冷ましておいた方がいいか迷うけれど、夕方以降は混まないだろうから、少し様子を見てからにする。

「夏、いつ終わるんだろうね」窓の外を見て、絵梨さんが言う。

「来月前半までは、暑いみたいですよ」話しながら、カウンターの周りをダスターで拭く。

今日は、啓介さんは保育園の集まりに行っているから、絵梨さんが店に出ている。

啓介さんは、保育園の役員をしている。会社勤めをしているようなお母さんたちに比べて、時間の融通が利く。押し付けられたりしたわけではなくて、張り切って立候補したようだ。お父さんは何もしないという家ばかりではないけれど、送り迎えもバザーの参加も基本はお母さんという家が圧倒的に多い。どんなことにも積極的に参加する啓介さんは、他のお母さんたちから評判がいい。ママ友の集まりにも、よくブルーを利用してもらっている。

「先週、休み取った日、つぐみちゃんと会ってたでしょ?」

「つぐみちゃん?」

「瀬川さんところのつぐみちゃん」

「ああ、瀬川つぐみか」

高校生の時から「瀬川さん」と呼んでいて、下の名前を気にしたこともなかった。クラスの女子には「つぐみちゃん」と呼ばれていたかもしれない。男子の誰かに「つぐみ」と呼ばれていた気がするけれど、あれは彼氏だったのだろうか。相手が誰だったのかは、思い出せなかった。

「ふたりで、どこか行ってたの？」

「会ったこと、なんで知ってるんですか？」

「駅で見かけた。同じ電車に乗ってたんじゃないかな。声かけようと思ったんだけど、邪魔したら悪いから」

「そうですか」

カフェに行った日、瀬川さんの仕事が終わった後に会い、二軒行った。二軒目は、雑居ビルに入る狭い店で、パステルカラーの雑貨の並ぶかわいいカフェだ。飲み物も料理も、全てがアニメの中から出てきたみたいだった。お客さんは、女の子ばかりで、ひとりでは入れなかっただろうから、瀬川さんに来てもらって助かった。

あまり遅くならないようにしたけれど、駅に着いた時には二十三時近くなっていた。

そんな時間まで、絵梨さんはどこで何をしていたのだろう。

電車でどこかへ行ったのであれば、啓介さんの実家の仕事関係ではないと思う。すごく気になるわけではないし、僕に聞く権利があるのか、迷いがあった。

「デート？」絵梨さんは目を輝かせて、聞いてくる。

「そういうこと、気軽に聞かない方がいいですよ」

「えっ？」目つきが一気にくもる。

「ここが企業だったら、三十代後半の上司が二十代の部下に、そんなふうに聞けば、セクハラになります」

「ああ、そっか、そうだね」声を小さくしていく。

「いや、なんか、すみません」

うまく返して終わりにすればいいのだろうけれど、自分が嫌だと感じることは、ちゃんと伝えておきたかった。

適当に誤魔化してしまえば、それはずっとつづいていく。

「啓ちゃんにも、聞かない方がいいって言われたんだよね」

「そうなんですか？」

「でも、気になったから……」

「残念ですけど、僕と瀬川さんは、絵梨さんがおもしろがれるような関係ではないです。行きたいカフェに付き合ってもらっただけです。ひとりでは、入りにくいお店もあるので」

「ふうん」興味なさそうにうなずく。

「絵梨さんは、そんな時間に何をしていたんですか？」

「そういうこと聞くの、セクハラだよ」笑顔で、僕を見る。

「セクハラになるような、用事だったんですか？」

「セクハラ、セクハラ、絶対に言えない」両手で口を覆い、大きく首を横に振る。

「本気で気になってるわけじゃないから、別にいいですよ」

「わたしは、本気で気になってた。鳴海くんとつぐみちゃんが付き合ってたら、仲人頼まれちゃうかなって」

「頼みません」

「仲人、ちょっとおもしろそうって思ったのに」そう言いながら、絵梨さんは厨房に入り、グラスで水を飲む。

会社勤めをしていた時は、上司に仲人を頼む先輩もいた。今は、結婚式をしない人も増えているし、必ず仲人が必要なわけでもない。本人や相手の実家のしきたりによるみたいだった。頼まれた上司は、面倒くさいことになったと文句を言いつつも、嬉しそうに笑っていた。

「そういえば、お姉さんの赤ちゃん、もうすぐ産まれるんじゃないの？」絵梨さんは、カウンターに戻ってくる。

「予定では、来月の半ばです」

「手伝いに行ったりするの？」

「産まれる前に、買い物に付き合うように言われてます」

海里の時は、予定日の一ヵ月くらい前から、なんとなく落ち着かない空気になり、産まれてからは大変そうだった。お義兄さんにも友達にも愚痴れないことを誰でもいいから話したいと、姉は夜中に僕に電話をかけてきた。半分眠りながら聞いて数分だけ寝落ちしてしまったものの、気づかずに話しつづけていた。美月の時も、男の子と女の子の違いもあり、悩むことはあったようだ。三人目は、もう余裕みたいだ。あと数週間で産まれるのに、大型ショッピングモールの荷物持ちに来るように頼まれた。

「休みたかったら、いつでも言ってね。わたしかお義母さんが店に出るようにする」

「ありがとうございます」

「今どきっぽい、寛容さでしょ」

「そうですね」思わず、笑ってしまう。

「気にせず、本当に休んでいいから」

「はい」

「赤ちゃん、楽しみだね」

「すっごく楽しみです」

恋人ができることもないし、結婚することもなければ、子供なんて可能性も考えられない人生だ。姉が三人も産んでくれたことで、子育てに手伝い程度の参加をさせてもらえた。甥っ子と姪っ子の成長を楽しみにして、生きていくことができる。できれば、あと何人か産んでもらいたいけど、さすがに難しそうだ。

「こんにちは」ガラス扉が開き、ヒナちゃんが入ってくる。

「いらっしゃいませ、あいてる席にどうぞ」

「あっちにします」店全体を見回してから、窓側の席を選ぶ。

「どうぞ」

夏休み中、ヒナちゃんはよく来ていたけれど、二学期がはじまってからは来なくなっていた。

制服だから、学校帰りだ。

ひとりで来たということは、亜弓ちゃんはまだ彼氏と付き合っているのだろう。

「ご注文は、お決まりですか？」水の入ったグラスをテーブルに置く。

「うーん、アイスティーにする」

「かしこまりました」

カウンターに戻り、グラスに氷を入れてから、アイスティーを注ぐ。

「ヒナちゃん、体調悪いんじゃない？」絵梨さんが横に立ち、小さな声で僕に聞いてくる。

「ちょっと顔色悪いですよね」小声で返す。

「夏バテかな」

「そうかもしれませんね」

ぼんやりした顔で、ヒナちゃんは窓の外を見ている。

また泣き出してしまうのかと思った。


昼間は真夏の暑さでも、夜には涼しさを感じられる。

それでも、扇風機だけというわけにはいかず、部屋の冷房をつける。電気代が気になるけれど、体調を崩して病院に行ったり、バイトを休んだりすることを考えれば、安いものだ。

テレビをつけ、配信されているアニメを流しながら、テーブルの上に通帳とスマホと財布を並べる。

ノートに、今の自分の財産を書いていく。

月に一度、確認するようにしている。

会社勤めしていた時に貯めたお金は、引っ越しに使っただけで、そのまま残っている。高い買い物はしなかったし、実家に住んでいたのもあり、結構な額が貯まっている。アルバイトだから、切り崩しながら生活することも覚悟していたが、ブルーの給料で充分に生活ができている。あまるほどではなくても、足りないということもない。賄いが出るから食費を削れて、休みの日に使うのもカフェ代と交通費ぐらいだ。あとは、季節ごとに、シャツや下着を何枚か買い足す程度にしか、お金を使わない。

今月の終わり、僕は二十九歳になる。

去年の春、会社を辞めた時には、一年くらいブルーで勉強させてもらってから、自分の店を持つための準備を本格的に進め、三十歳になるまでにオープンさせたいと考えていた。

あと一年あるが、オープンできる気がしない。

開店資金程度の貯金はあっても、余裕があるわけではない。けれど、お金のことは、どうにかなると思う。不安材料としてわかりやすいから、考えてしまうだけだ。数字でしかないのだから、減っていくこともあれば、増えることもある。

もっと自分でしか決められないことが、どうにもなっていない。

どういう店にしたいのか、どういう飲み物を出すのか、どういう料理を売りにするのか、どういうデザートを作るのか、どういう人たちに来てほしいのか。

考えてみても、真っ白な空間が広がるばかりだ。

僕の想像力や知識が足りないとか、料理もできると言えるほどではないとか、デザートなんて作ったこともないとか、問題はたくさんあるのだけれど、そういうことでもない。

どうしてもカフェが開きたいわけではないのだ。

うるさく感じ、テレビを消す。

どこの駅からも遠い、車やバスでしか行けないような場所に、ショッピングモールがある。

国道を進んでいくと、どこまでもつづくように感じられるピンク色の建物が現れる。

子供のころは、たまに家族で来ていた。母親と姉と買い物をしたり、父親とゲームコーナーで遊んだりした。小学生になったばかりの時に、駐車場で母親とはぐれてしまったことがあった。二度と帰れないのではないかと思って恐怖に襲われ、泣き叫んだ。大人になったら、狭く感じる場所もあるけれど、今でも充分すぎるほどに広い。中学生や高校生になってからも、服や漫画を買いにきたりしていた。何度も来ているのに、いつまで経っても、全体像が摑《つか》めない。改装や店の入れ替わりを繰り返しているため、久しぶりに来たら、見たこともない店が増えていて、知らない場所のようだった。

お義兄さんが運転手兼子供たちの世話係で、モールに入ってからは別行動を取り、海里と美月を芝生エリアに連れていった。おもちゃや子供服の店が並ぶ先のテラスに、すべり台やブランコなどの遊具が揃っているらしい。五年くらい前に改装した時にできたエリアで、僕や姉が子供のころにはなかった。

僕は、姉の後ろについて歩き、意見を求められたら姉の気に入る答えを返し、全ての荷物を持ち、大きくなっているお腹に危険がないように警護する。

「この店、前からあった？」

北欧デザインの雑貨を扱った店で、大人向けのものばかりではなくて、子供の食器や家具もある。姉は、ピンク色のクマや水色の車の形をしたお皿を手に取り、素材を確認する。

前は、こんなお洒落な店はなかったはずだ。

キャラクターグッズの店とか安い服や靴が雑に積まれた店とか巨大迷路みたいな百円均一の店とかしか、記憶にない。他に憶えているのは、おもちゃ屋と本屋ぐらいだ。全体的に、もっと薄暗くて、寂れていた気がする。

「改装していくうちに、変わったんだよ」

「そうなんだ」

「前に来たのって、何年前？」

「高校生の時に、お母さんと来て、スニーカー買ってもらったのが最後だと思う。お母さんに安いやつで充分って言われて、ここに来るまでの車で揉《も》めた」

当時流行っていたスニーカーが欲しくて、それを買ってもらえる約束だった。それなのに、直前で「そんな高いものじゃなくてもいいんじゃないの？」と言われた。たしか、高校三年生の誕生日の直前だったはずだから、十一年前のちょうど今ごろだ。

「その話、なんとなくだけど、憶えてるよ」姉は、お皿を二枚とも棚に戻す。「優輝、わがまま言ったりしないし、手のかからない子だったから、お母さんは嬉しかったみたいだよ。流行りのスニーカーを欲しがったことも、そういうことにちゃんと興味があるんだねって話してた」

「ふうん」

なぜ、あの時、流行りのスニーカーを欲しがったのか、思い出せなかった。

ダサいと見られたくはないが、お洒落にすごく興味があるわけではない。中学校を卒業するまでは、母親と姉に服を選んでもらっていた。自分で選ぶようになってからは、その場に合わせ、良くも悪くも目立たない格好を心がけている。

北村さんみたいに、自分の服装によって、本来の自分なのかどうかとか考えたこともない。

スニーカーは、流行りが去った後も、気にせずに履いていた。

みんなの欲しがるようなものを自分も欲しがってみただけなのだろう。

「お皿、海里と美月に買おうかな」

「いいんじゃない」

「産まれたら、しばらくはどうしても赤ちゃん中心の生活になるから、ふたりには寂しい思いさせると思うんだよね。でも、おもちゃを買ってあげちゃうと、調子に乗りそうだから、生活の中にこっそり楽しみを作ってあげられるといいかな」

「姉ちゃん、僕が産まれた時、寂しかった？」

「寂しかったけど、弟ができた喜びの方が大きかったかな。新しいおもちゃみたいに考えてたし」

「そうなんだ」

「小さくて柔らかくて、どんなぬいぐるみや人形よりも、かわいかった。何よりも、大事にしようって決めた」

「いい話っぽくしてるけど、意地悪されたことも、憶えてるから」

「あれ？　そんなことした？」とぼけた口調で言い、姉はクマと車のお皿をもう一度手に取る。

「色々されたから」

「ええっ、でも、かわいがりもしたでしょ。わたし、優輝がいなかったら、二十代で母親になることを選ばなかったと思う。仕事に専念して、研究者になった。でも、それよりも、できるだけ早く母親になりたかった。また赤ちゃんのいる生活がしたいっていう気持ちがずっとあった。この子で、最後だけど」

　姉は、今にもはち切れそうに膨らんでいるお腹を見る。

　意地悪もされたけれど、姉は常に僕の味方だった。近所の子たちやいとこたちと遊んでいて、僕がついていけなくても、いつも待っていてくれた。気が強くて頭が良くて、自慢のお姉ちゃんだ。小柄なのに、誰よりも大きく見えた。

「お皿、僕が買おうか？」

「いいの？」嬉しそうにして、姉は僕を見る。

「まさか、そのために、いい話したの？」

「違うよ」

「この二枚でいい？」棚の奥から、お皿の入った箱を取り、裏を見る。

見間違いかと思うほど、値段が高い。

こんなお洒落な店ではなくて、百円均一でも同じようなものは売っている。

「無理しなくていいよ」

「百均でいいんじゃない？」

「お母さんと同じこと言わないで」姉は笑いながら、僕の肩を叩《たた》く。

「いや、そうだね」

無理な額ではないし、海里と美月以上に姉が喜ぶだろうから、買おう。

レジに行き、会計を済ます。

特別にしないで、普段の生活でさりげなく使いたいと言われたから、プレゼント包装はしないでもらった。

「ありがとう」

「どういたしまして」

「ちょっとお茶飲んでいこうか。それくらい、奢るよ」

「お義兄さんと海里と美月のことは、迎えにいかなくていいの？」

「まだ大丈夫。いつもは、ほぼワンオペなんだから、今日は休ませてもらう」

雑貨屋を出て、姉はフードコートの方へ歩いていく。

三人目が産まれたら、お義兄さんは一ヵ月の育休を取る予定だ。休みの日には、家族で出かけているみたいだし、子育てに協力的な方ではないかと思う。でも、父親なのだから、協力では駄目らしい。

僕が子供のころ、母親が専業主婦という友達は少なかった。うちと同じようにパートに出ている家が多かった。父親と同等に働いている家もあった。それぞれで状況は違ったけれど、子育ても家事も母親の仕事という空気は、今以上に強かった。そのことを問題視する声は、当時も上がっていたのだろうけれど、子供には気づけない話だった。

啓介さんと絵梨さんは、父親が主に子育ても家事もして、うまくいっているように見える。得意なことは人によって違うのだから、夫婦や家族によって、バランスは変わるべきだ。

「混んでるね」フードコートを見回し、姉が言う。

いくつもの椅子とテーブルが並んでいて、飲食店がそれを囲んでいる。パッと見た印象としては、昔のままだったけれど、お店は変わったようだ。ラーメン屋やファストフードがあったところは、インドカレー屋や韓国料理店になっていた。端の方には、広めのソファ席もあり、家族連れや高校生ぐらいの子たちがくつろいでいる。

「買ってくるから、ここにいて」周りが騒がしいので、声が大きくなる。

席を取り、荷物を置く。

子供たちのものばかりではなくて、姉はちゃんと自分のものも買っていた。

「お願い」そう言って、姉は小さなバッグからお財布を出す。

一瞬だけ、子供のころにお母さんから買い物を頼まれた時のことを思い出した。

「何がいい？」

「向こうのクレープ屋にあるクリームソーダ。メロンソーダじゃなくて、レモンスカッシュの上にソフトクリームが載ってるの」

「了解」

奥にあるクレープ屋に行き、列ができていたので、並ぶ。

頼まれたクリームソーダをふたつ買い、席に戻る。

「お待たせ」テーブルに置いてから、財布を姉に返す。

「ありがとう」ストローをさして、少しだけソーダを飲んでから、ソフトクリームを食べる。

「いただきます」

メロンソーダではなくて、レモンスカッシュなので、甘すぎず爽やかだ。ソフトクリームは塩バニラ味で、ほどよい塩味がある。歩き回って疲れたところに、染みる味だった。

「身体、大丈夫？　疲れてない？」僕から聞く。

「大丈夫。いつもは、子供ふたりを連れて歩いてるんだから、これくらいは全然平気」

「そうか」

「これから三人って思うと、ちょっとうんざりする時もある」

「まあ、楽ではないよな。いつでも、呼んでもらっていいから」

「助かる」姉はソフトクリームを食べて、微笑む。「頼りすぎたら悪いとは思ってるんだけどね」

「いいよ、別に」

「無理な時は無理って、言ってくれていいから」

「うん」

「お母さんとお父さんには、かわいい孫が三人もいるから、優輝は気にしないで、自分の好きなようにしていいんだからね。今後のこと、迷っているんだったら、好きなだけ迷いなさい。何かあれば、実家に戻ってもいいし、しばらくうちに来てもいい」

「どうしたの？　急に」

「最後かもしれないから、言っておこうと思って」

「最後？」

「出産って、何が起こるかわからないから」

「……うーん」

三人目だから、余裕そうにしているけれど、不安なこともあるのだろう。

母親は、命がけで子供を産む。

これからのことも、自分が恋愛できないということも、僕は家族に何も話していない。

命をかけて産んでもらい、人生をかけて育ててもらった。

それなのに、申し訳ないと考えてしまうことは、よくある。

保育園のママ友がブルーに集まって、啓介さんも一緒に話している。来月の運動会での役割分担について相談しているようだ。働いているから子供を保育園に預けているのに、行事にも参加しないといけないなんて大変ではないかと思うが、運動会もお遊戯会も何もしないというわけにはいかないのだろう。土曜日のお昼過ぎでも、話し合いに参加しているのは、当然のように母親ばかりだ。父親が子供を見てくれているわけではなくて、子供たちは別のテーブルでジュースを飲んで、遊んでいる。レイラちゃんは、絵梨さんと一緒に出かけたみたいで、そこにはいなかった。

追加の注文はなさそうだから、僕は店の様子を気にしつつ、厨房でランチの仕込みをする。ミートソースを作るために、玉ねぎを刻む。

機械でやれば一瞬でできるのだけれど、それだと細かくなりすぎて、煮込んだ時に柔らかくなってしまう。挽き肉に合わせて、食感を残すために、手で粗《あら》めのみじん切りにしていく。

ブルーでバイトをはじめたころは、みじん切りなんてできなかったし、玉ねぎを切るたびに涙を流していた。家電メーカーに勤めていた時に扱った商品で、ちょうど良くみじん切りできる機械がないか考えた。だが、僕の知る中には、ミリ単位で調整できるようなものはない。そのうちに、慣れていき、涙は出なくなった。

みじん切りした後は、オリーブオイルを引いたフライパンで、挽き肉と合わせ、焦げないように弱火で時間をかけ、炒める。

カフェを経営する場合、大きなお店にしないのであれば、出せる料理は限られる。

事前に準備をして、ごはんにかけて出すだけでいいカレーがカフェメニューに選ばれる理由は、よくわかる。カレーとパスタにすると、ブルーと同じになってしまう。それでもいいのだけれど、僕はカレーもミートソースもナポリタンも、啓介さんから教わった。自分の経営する店で、ブルーの味を出すわけにはいかない。しかし、僕の味を作ることを考えると、それだけで何年もかかってしまう。

「お疲れ」啓介さんが厨房に入ってきて、グラスで水を飲む。

「集まり、終わったんですか?」

「いや、まだ喋ってる」店の方を指さす。「旦那の愚痴ばかりになってきたから、オレはちょっと席外した」

「休みの日に集まらないといけないなんて、大変ですよね」話しながら、炒めた挽き肉と玉ねぎに調味料を足していき、トマト缶を入れる。

「スマホで済ませることもできるから、わざわざ集まらなくてもいいいんだけど。家でも職場でも、話せないようなことを吐き出したいんじゃないかな。子育てしながら働くことの大変さとか、変わらない世の中に対する苛立《いらだ》ちとか」

「変わらない世の中?」

「昔よりかは、女性でも働きやすくなってきているし、出世もできるようになっている。でも、まだ充分ではないから。出世できるっていっても、女性の役員を三割にすることが目標とかで、半々ではない。平等ではないことに対して、疑問を抱かない人もいる。そもそも、どうすれば平等になるのか」

「なるほど」トマトを潰しながらかき混ぜ、火を一番弱くして煮込む。

会社勤めしていた時、同期は男女半々だったけれど、先輩は男性の方が多かったし、課長以上は男性ばかりだった。女性で役職に就いている人や役員もいたけれど、三割にも満たなかった。四十代以上の女性は、採用も男性より少なかったし、結婚や出産を理由に辞めた人が多かった。

姉は、三人目を妊娠した時に、会社を辞めた。話を聞き、しょうがないことだと思ったし、子供たちのためにもそうした方がいいと両親も言っていた。それは、間違っていたのかもしれない。それでは、産める子供の人数や時期が限られてしまう。でも、近くに住んでいるのだから、両親や僕がサポートすることもできる。詳しくは知らないけれど、お義兄さんの実家は、とても裕福らしい。マンションの頭金《あたまきん》も、うちよりもかなり多めに出してもらったようだ。なので、金銭的なサポートだって、頼める。大きな会社だったし、産休や育休も問題なく取れたみたいだ。気まずく感じたのは、姉の気持ちの問題であって、嫌みを言われたわけではない。同じ条件を揃えられる人は、とても少ない。だが、これだけの好条件でも、三人目で「辞める」という選択肢を選ぶことになり、周りは当たり前に受け入れた。

「帰りますね」

声が聞こえ、啓介さんは厨房から出る。

「ありがとうございます」

ひとりひとり会計を済ませ、子供たちを連れて、店から出ていく。

僕も厨房を出て、カップやグラスを片づける。

暑さは残っていても、日は短くなってきていて、空はオレンジ色に染まっていた。

流れるように、他のお客さんも出ていき、誰もいなくなった。

子供たちが遊んでいるうちにずれたテーブルや椅子をもとの位置に戻していく。

「絵梨から聞いたけど、カフェ見にいったりしてるんだって？」啓介さんも、他のテーブルや椅子をまっすぐに並ぶように、調整していく。

「あっ、はい」

「オレに話したことじゃないから、嫌だったら、聞かないでおくけど」

「いえ、大丈夫です」

「今後のこと、どうするか、決まった？」

「いや、それが全然」

「こういう店がいいみたいなことは？」

「逆は、見えてきています。こういう店は、無理だろうなみたいなこと。広いとか従業員が多いとか色々なメニューがあるとか」

「それは、金銭的な問題？」

「それもありますけど、僕はそういうことがしたくて、自分のお店を持ちたいと考えたわけではないと感じています。たくさんのお客さんが来て、お酒飲んでいる人もいて、盛り上がっていて。そういう場が苦手なわけではないです。僕自身、お酒はあまり飲めないので、楽しそうにしている人たちは、羨ましい。ただ、自分の店と考えると、もっと静かな場所にしたいんです。誰かの居場所になれるように」

「うん、うん」啓介さんは、小さくうなずく。

小さな音でかけているクラシックに、厨房でミートソースを煮込む音が微かに聞こえてきて、重なり合う。

「従業員は僕とバイトがひとりかふたりぐらいで、客席数は少なくて、メニューもカレーとかミートソースとか最低限にして、無理なく営業していく。お客さんがたくさん来そうな場所ではなくて、路地裏みたいなところで、限られたお客さんが来てくれればいい。そう考えていくと、僕が初めて来たころのブルーみたいになってしまう」

「うちみたいでも、いいんじゃないの？」

「それは、なんか申し訳ない気がして」

「うちの二号店っていうことにしてもいいよ。暖簾分けみたいなことで。店名は変えていい」

「うーん」

「店を出す場所も、うちの持つビルで良ければ、テナント料を少し安くできる。他の場所でも、相談に乗れる。お金に関しては、優秀すぎる経理もいる」

「はい」

「好きなようにやりたいだろうから、こうした方がいいとか言う気はない。でも、誰かに頼りたいって思うことがあれば、頼ってもらっていい」

「ありがとうございます」頭を下げる。

「悪い人も多いから、騙《だま》されないように気を付けて。何かあれば、オレでも絵梨でも、ちゃんと話して」

「わかりました」

「うちは、ずっとバイトしてもらっていてもいいから、焦らずに考えなよ」

テーブルと椅子を並べ直し、片づけを終えて、啓介さんは「ちょっと休憩してくる。お客さんが来たら呼んで」と言い、裏口から出ていく。

僕は、ミートソースの状態を確かめて、洗い物を済ませる。

二年前の夏、八月の最高に暑かった日曜日、僕は初めてブルーに来た。

駅から十五分くらい歩いたところに、広い公園がある。

お花見スポットとして有名な芝生の広場の奥に、野球場とサッカー場と屋内プールが並んでいる。

外にいるだけで危険を感じる暑さの中、なぜか会社の草野球に参加することになった。

社内には、退社後や週末に、チームを作って野球やフットサルやバスケをしている人たちがいた。中学や高校で運動部だった人が中心になっている。練習だけの時もあれば、同業他社のチームと試合をすることもあるようだった。僕は、同期や先輩に誘われて、正式にチームには入らなくても、たまにフットサルやバスケの練習に参加していた。二十代から三十代前半の社員がほとんどで、初心者でも教えてもらえた。他に、卓球やボウリングに行くこともあった。

その中で、野球には参加しない方がいいと言われていた。

野球チームには伝統があり、小学生のころから大学を卒業するまで野球部だった人ばかりが揃っていて、男性の正社員しか入れない。四十代から五十代の社員も監督やコーチとして関わり、本気の練習をつづけていて、厳しい上下関係がある。どういう状況かよくわからなかったが、できるだけ近づかないようにしていた。

土曜日の夜、部屋でゲームをしていたら、野球チームに所属する広報部の先輩から「明日の試合に、出られないか？　たしか、野球場の近くに住んでいたよな？」と、電話がかかってきた。そのころは実家にいたから、近いというほどではないけれど、電車で十分くらいだから、遠くもない。子供のころ、プールに行ったことがあり、場所もわかる。急なことで、断る理由が思い浮かばなくて「出られます」と返してしまった。

試合は、朝八時からだったのだが、すでにかなり暑かった。「こんな暑い日に、なぜ？」と思いながら、公園へ向かった。甲子園《こうしえん》では高校生たちが野球をしていて、ネットでもテレビでも、熱中症などの危険性が問題になっていた。駅から歩きながら、すでに帰りたいと考えていた。

公園に着くと、ユニフォームを渡された。運動しやすいTシャツとジャージ素材のパンツで行ったのだけれど、その必要はなかったようだ。隅のベンチで、サッと着替えた。相手チームは、営業でお世話になっている大手家電量販店だった。定期的に試合をしているらしい。僕がいなくても、九人は揃っていた。なので、誰かがケガをしたり、投げられなくなったりしない限り、試合に出なくてもいいということだった。補欠として呼ばれたことに不満は覚えつつも、日陰のベンチに座ってスポーツドリンクを飲んだりしていればいいだけであることには、安心した。

しかし、そんな気楽な気持ちでいられる場ではなかった。

ベンチでは、自分たちの攻撃のたびに、男の嫌なところを煮詰めたような会話がつづいた。

男子校ノリと本人たちは言っていたのだけれども、そんな軽い言葉で片づけられることではない。女性社員の誰がかわいいかという話にはじまり、胸の大きさやウエストや足の細さを批評する。酒を飲んで一度だけ寝たことがあるという暴露から、その時の状況を細かく説明していく。「飲ませれば、誰でも簡単にやれる」と言って、大きな声を上げて笑う。そこから、誰と寝たいかと、それぞれ発表し合う。答えない若手社員を「童貞かよっ！」とからかう。腰を振る性的な動作をして、また大声で笑う。それ以外に、社内の誰と誰が付き合っているみたいな話もあったが、その噂話がかわいく思えるほど、下品な話がずっとつづいた。下ネタでしかない親父ギャグも飛び交っていた。

僕は、できるだけ存在を消し、何を聞かれても「いやー」と首を傾げて誤魔化し、試合が進むことだけを願いつづけた。

五回裏から、「疲れた」という営業部の社員と交替して、センターに入り、打席にも立った。塁《るい》に出れば、あの会話に参加しないで済むと思ったが、バットは空《くう》を切っただけだった。

試合終了後、飲みにいこうという誘いを「すみません、ちょっと暑さで頭が痛くなってきました」と嘘をついて断り、ひとりで歩いて駅に向かった。

できるだけ日陰を歩こうと思って裏の道に入り、迷ってしまった。スマホで地図を調べても方角がわからず、めまいを起こしそうになったところで、ブルーを見つけた。

青いタイル張りの壁と丸い窓が水族館みたいに見えた。

カフェはもとから好きだった。でも、ブルーのような古い喫茶店には、入ったことがなかった。いつもの自分だったら、気になっても入れなかったかもしれない。その時は、何も考えないで、吸い込まれるようにガラス扉を開けた。

そのころ、すでにレトロ喫茶店ブームははじまっていたみたいなのだけれど、その波はまだブルーまで届いていなかった。

カウンターに啓介さんがひとりでいて、お客さんは常連らしき年配の男性と四十代くらいの女性のふたり組しかいなくて、静かだった。好きな席でいいと言われ、窓側の席に座り、クリームソーダを頼んだ。クーラーとアイスクリームと紫色のソーダで身体を冷やすと、気持ちも落ち着いていった。啓介さんが何か言ってくれたわけではないし、何かが起きたわけでもないけど、その時に急に「こういう場所だったら、生きていけるのかもしれない」と感じた。

アセクシュアルやアロマンティックの人の集まりというものがあるらしい。限定せず、性的マイノリティの人を対象とした集まりもあるようだ。

情報としては知っているが、僕は参加したことはない。

そこに行けば、自分と同じような悩みを持つ人と出会えて、楽になることもあるのだろう。その出会いに心を救われる人は、きっとたくさんいる。自分も、行ってみたいという気持ちはあった。しかし、同時に、生き方を決められてしまう気がした。

世界には、人種や宗教や貧しさを理由にして、住む場所を限定される人がいる。

日本では、そういうことはあまりないように見えるけれど、そんなことはない。ご法度とされて、話題に出せないこともあり、ないことにされているだけだ。そこまでのことではなくても、お金持ちばかりが住む地域みたいな場所はある。セクシュアリティに関しては、新宿二丁目《しんじゅくにちょうめ》辺りにはゲイの人向けのお店がたくさんあるようだ。その中には、他のセクシュアリティ向けのお店もあるらしい。僕は行ったことがないから、テレビやネットで見ただけの情報しか知らない。北村さんは、女装を趣味とする人で「狭いところに、こっそり集まっている」と話していた。

みんなと同じではないからって、場所を決められ、隅に追いやられているように感じてしまう。

わかり合える人だけで生きていくことを、正しいとは思えない。

大学でちょっとジェンダーの勉強をした程度で、何もわかっていないのだろう。そこにいる人たちには、それぞれの考えがあり、否定する気はない。でも、僕にとっては、違和感を覚えてしまうことだった。

僕は、僕の好きな場所で、生きていきたかった。

そう思い、残りのソーダをストローで啜《すす》りながら、できるだけ早く会社を辞めようと決めた。

外が暗くなってきたが、お客さんが来ないままだ。

土曜日でも、こういう日はある。

一年半働き、たとえ暇な日がつづいても、不安にならなくていいことを知った。波があり、お客さんの少ない日もあれば、不思議なくらい混む日もある。暇な時には、忙しい時にできない仕事を進めればいい。アルコールスプレーとダスターを持ち、テーブルの天板ではなくて、脚を拭いていく。焦げ茶だから、目立たないけれど、意外と汚れている。

キレイになっていくことに喜びを覚え、鼻歌を歌いながら掃除を進めていたら、ガラス扉が開いた。

聞かれてしまったかもしれないと思いながら、テーブルの脚元から立ち上がると、ヒナちゃんがいた。

私服で、夏休みに来た時と同じ、水色のワンピースを着ている。

「いらっしゃいませ。こんな時間に来るの、珍しいね。模試の帰りとか？」恥ずかしさを隠すため、一気に話す。

しかし、ヒナちゃんは、僕の話なんて聞こえていないようだった。

カウンターの前に立って、両手を握りしめて堪《こら》えようとしながらも、両目から大粒の涙を零《こぼ》す。

「どうしたの？」ヒナちゃんの前に立つ。

「……鳴海くん、わたし、どうしたらいいかわからない」

「どうした？　誰かに何かされた？　怖いことがあった？　ケガしたりしてない？」

「そういうことじゃない」涙を流しつづけながら、ヒナちゃんは大きく首を横に振る。

「向こう座ろうか」

カウンターだと、椅子が高くて落ち着かないから、窓側の席に案内する。

「……ごめんなさい」

「いいよ、他にお客さんがいないから、好きなだけ泣きな」

「……ありがとう」

「啓介さんか絵梨さんを呼んでもいい？」

他の人には泣いているところを見られたくないかもしれないとも思ったけれど、ふたりきりという状況は、よくない気がした。

「……うん」ヒナちゃんは、小さくうなずく。

「ここにいてね、何か飲む？」

「レモンスカッシュ」

「無理せず、泣いていていいから、ちょっと待ってて」

カウンターに入り、啓介さんに〈店に戻れますか？〉とメッセージを送り、氷を入れたグラスにレモンスカッシュを作って、輪切りのレモンを添える。

「どうぞ」

テーブルにレモンスカッシュを置き、僕はヒナちゃんの横にしゃがみ込む。

ヒナちゃんは、肩にかけていたショルダーバッグを下ろして、ハンカチを出して涙を拭き、ティッシュで洟《はな》をかむ。

けれど、涙は止まらずに、流れつづける。

裏口の開く音が聞こえて、啓介さんが店に入ってくる。状況を察してくれて、黙ってカウンターの中に立っている。

「……わたし、どうしたらいいかわからなくて」泣きながら、ヒナちゃんは話す。

「どうした？　何かあった？」

「……言えない」

「誰か、男の子に酷《ひど》いことをされたわけじゃないんだよね？　そうだったら、正直に言ってほしい。僕や家族には言えないってことであれば、誰か話しやすい人を呼ぶから」

「そうじゃない」さっきと同じように、首を横に振る。「本当に違うから、それは心配しないで」

「わかった。じゃあ、理由は無理に話さなくていい。話したいようであれば、僕で良かったら、なんでも聞く」

強く見えても、まだ十代なのだ。

胸の中に秘めていること、悩んでいることは、たくさんあるだろう。

前に、泣いているところを見た時に、聞いてあげればよかったのかもしれない。

5

美月と並んで立ち、ベビーベッドで眠る瑠璃《るり》を見つめる。

姉夫婦の三人目の子供は女の子で、「瑠璃」と名付けられた。

まだ退院してきて一週間しか経っていないから、小さな口を開けて眠ってばかりいる。

「るうちゃん、かわいいでしょ」美月が自慢するように言う。

「るうちゃん？」

「瑠璃だから、るうちゃん」ソファに座る姉が言う。

「るうちゃん、かわいいね。とってもかわいい」

新生児期は、四週間ほどで終わる。その間に、身長が伸びて体重も増え、髪や眉が生えてきて、目が開くようになり、人生の中で最速の成長をしていく。免疫や抵抗力が未熟で、気温の変化や日差しに弱いため、一ヵ月健診までは外出しない方がいい。そのため、姉やいとこや親しい友達が出産しないかぎり、新生児にはなかなかお目にかかれない。

しばらく慌ただしいだろうから、もう少し待った方がいいかと思ったのだけれども、母親から「休みの日に行けるようだったら、少しだけでも行ってあげて」と、電話がかかってきた。姉が瑠璃を見ている間、美月と遊んであげてほしいということだった。海里は幼稚園に通っていて、お義兄さんが送り迎えをしている。美月は、まだ保育園にも幼稚園にも入っていなくて家にいる分、目の前でずっと母親が妹にかかりっきりで、寂しい思いをするんじゃないかと言われた。

しかし、そんなに心配しなくても、大丈夫だったようだ。

誰よりも、美月が瑠璃に夢中で、お姉さんの顔をしてずっとベビーベッドのそばにいる。お義兄さんが「海里のお迎え、美月も一緒に行こう」と声をかけたのだけれど、全力で首を横に振っただけだった。

「何かしてほしいことある？」姉に聞く。

「お風呂と洗面所とトイレの掃除して、乾燥機に入っている洗濯物を畳んで、美月と海里のシーツと枕カバーを洗って、冷蔵庫と冷凍庫の中を整理して、シンクを磨いて、燃えるゴミをまとめて下のゴミ捨て場に出しにいって、郵便受けを確認してきてほしい」

「多いよ」

「そこで、美月と瑠璃を見張っていてくれれば、それでいい」眠そうにして、クッションに顔を埋《うず》める。

夜中におっぱいをあげないといけないし、これから何ヵ月も眠れない日がつづく。海里も美月も、おとなしく言うことを聞いてくれず、ぐずることはまだあった。お義兄さんの育休が終わったら、瑠璃を抱いて美月を連れて、姉が幼稚園の送り迎えに行かないといけなくなる。僕はバイトがあり、母親もパートがあるから、毎日は手伝いにこられない。一ヵ月の育休では、どう考えても足りない。

「ごはんとか、どうしてんの？」

「お母さんが色々と作っておいてくれてる」

「お義兄さんは、作れんの？」

「作れるけど、うちのお父さんと同じ。たまに、カレーやシチュー作ってくれるぐらい」

「そうなんだ」

「作ってくれんの？」

「うーん、どうしようもなくて困ったら、呼んで。ないよりはマシっていうぐらいのものは、用意できる」

「家でも、料理してるの？」

「一応、自分が食べるものぐらいは」

ひとり暮らしをして、一年半以上経ち、レパートリーは増えてきている。将来的に、自分の店で出すことも考えながら作ってはいるが、誰かに食べてもらったことはない。自分で作ってみると、入れなくてはいけない調味料の多さに驚く。姉が食べるものは、瑠璃の母乳に繋がる。姉にも海里にも美月にも、へたなものは食べさせられない。僕が作るよりも、ブルーでミートソースをわけてもらったりした方がいい。

「少し寝るから、何かあったら叩き起こして」クッションを抱いたまま、姉はソファに横になる。

「わかった」

「すぐに、海里とパパも帰ってくるから」

「了解」

姉が寝てしまい、美月も眠そうにする。

「お昼寝する？」

「ううん」美月は、首を横に振るが、瞼《まぶた》が下がってくる。

「ちょっとだけ眠れば」

「るうちゃん、見てる」

「僕が見てるから、寝ていいよ」

「……うん」

小さくうなずいて、美月はよじ登るようにしてソファに上がって横になり、姉のお腹に入るみたいにして丸くなる。

さっき姉に言われた家事のうち、どれかひとつでも終えておこうかと思ったが、瑠璃から目を離すことを怖く感じた。

ほんの数分、目を離した隙に赤ん坊が亡くなってしまったという話は、たまに聞く。

ショッピングモールに行った時、姉と僕が買い物をしてクリームソーダを飲んでいる間、海里と美月は芝生エリアで大はしゃぎだったみたいで、お義兄さんはぐったりしていた。その後も、海里は突然走り出し、美月は気になるものがあると何も言わないで立ち止まり、何度もふたりの姿を見失いそうになった。僕も、同じようにして、母親からはぐれたのだろう。

病気になったり、事故に遭ったりしなくても、大人になるということは、奇跡なのだ。

姉のマンションからまっすぐにアパートへは帰らず、ブルーに寄る。

先月の半ば、いつもよりも遅い時間に来たヒナちゃんは、何も言わないで一時間くらい泣いたり、泣きやんだりを繰り返した。危ない目に遭ったということでないのであれば、無理に理由を話させる気はない。高校二年生なのだから、友達のことや恋愛のことや進路のこと、悩みはたくさんあるだろう。亜弓ちゃんや他の友達に話せないで、自分の中に溜め込んでしまったのだと思う。

その日は、「また来ます」とだけ言って、帰っていった。けれど、それから一ヵ月近くブルーに来なかった。一昨日の夕方、久しぶりに来て、話を聞いてほしいと頼まれた。僕でいいのかと思ったが、いいということだ。バイト中に接客をしながら聞くことではない気がしたから、別の日にすることにした。しかし、未成年の女の子とふたりきりで会うわけにはいかない。啓介さんにも相談して、僕が休みの日にブルーで会うことになった。お客さんの少ない時間帯の方がいいから、平日の夕方にした。

だが、もう少し早い時間にした方がよかったのかもしれない。

陽の沈む時間が思った以上に早くて、ブルーに着いた時には、すでに外が暗くなっていた。

「こんにちは」裏口ではなくて、表のガラス扉から入る。

「いらっしゃい」カウンターには、啓介さんがひとりでいた。

絵梨さんか啓介さんのお母さんがレイラちゃんを見ているのだろう。

店内には、仕事の打ち合わせをしている女性のふたり組と文庫本を読んでいる男性しか、お客さんがいない。ヒナちゃんは先に来ていて、奥のゲームテーブルの席に座っていた。

学校帰りで、冬服のネイビーのブレザーを羽織っている。

「ごめんね、遅くなって」ヒナちゃんの正面に座る。

「大丈夫」僕を見て、首を横に振る。

啓介さんが水の入ったグラスを持ってきてくれたので、僕はアイスコーヒーをお願いして、ヒナちゃんはアイスティーを頼む。

落ち着かないと思ったけれど、僕は客として来ているので、席で飲み物を待つ。

すぐに啓介さんが持ってきてくれて、それぞれ少しだけ飲んで、小さく息を吐く。

「話す相手は、鳴海くんじゃなくてもいいの」ヒナちゃんが言う。

「うん」

「でも、話せる相手が鳴海くんしか思い浮かばなかった。友達や家族には話せないし、先生にも話せない。啓介さんや絵梨さんは、あいさつはしても、気軽に話せるわけじゃない。鳴海くんは、友達っていうわけじゃないけど、話せる気がした」

「気にしないでいいよ」

ヒナちゃんが何か悩んでいることはずっと気になっていたし、僕に話すことで楽になれば、それでいい。何か言ってほしいとかではなくて、誰かに話して、考えを整理したいのだろう。

話す覚悟を決めたみたいで、ヒナちゃんは僕の目を見る。

「わたし、亜弓のことが好きなの」

「……ん？」

「好きなの」

「……うん」

自分自身には他の人と同じような恋愛感情がないし、性欲もないのに、人のことは当たり前みたいに、普通に恋愛をしていると見てしまう。話を聞こうと決めて来たものの、よくある女子高校生の悩みを聞くだけという気持ちでしかなかった。

「ずっと好きだったの」僕の反応は気にせず、ヒナちゃんは喋りつづける。「中学生の時は、ただの友達って思ってた。友達として仲良くて、いつも一緒にいられれば良かった。亜弓も、わたしのことを友達として好きでいてくれることが嬉しかった。ふたりでカフェに行ったり買い物に行ったりできれば充分で、それ以上を望んだことはない。でも、高校に受かったころから、変わっていった。触りたい、触ってほしいと思うようになった」

「うん」

どうしてあげればいいかわからないが、否定することはないと示すために、はっきりと相槌《あいづち》を打つ。

「亜弓は、中学生の時もクラスに好きな男の子がいたから、同じ気持ちになれないことはわかってた。わたし自身、亜弓に対する気持ちが何かよくわからなくて、一時的なことだと考えるようにした。女子高出身の人がテレビで、高校生の時に同性の先輩に憧れたりしたって話していて、そういうものと同じなのかなって思ってた。中学生の時と同じようにふたりで遊んでいて、このままでいられればそれでいいって、自分に言い聞かせた。けど、気持ちを抑えることを難しく感じるようになっていった。女の子同士って、気にせずに触り合ったりするから」

「そうだね」

「もっと触りたいっていう気持ちが強くなった」下を向き、また泣いてしまうかと思ったが、息を吸い込んで涙を堪える。「けど、亜弓の気持ちは、別の男の子に向いている。好きだっていう話を聞きながら、うまくいかなければいいって願ってた。そう願う自分のことは嫌いなのに、気持ちを切り替えられない」

「そういうことは、みんなあるよ」

安っぽいことを言ってしまったと思ったけれど、ネガティブな感情を持つのがヒナちゃんだけではないと、伝えておきたかった。

「夏休み前から、亜弓には彼氏ができて、前みたいに一緒にいられなくなった。たまに遊びにいけても、彼氏とのことばかり聞かされる。わたしと会うのは、彼氏が部活に出ている間の暇つぶしでしかない。別れればいい、彼氏に傷つけられて泣きながらわたしを頼ればいいって、ずっと考えている。でも、ふたりは仲が良くて、夏休みの終わるころには、彼氏の家にも行くようになった。そこで、何をしているか亜弓に聞いてるけど、それは話せない」

「いいよ、それは亜弓ちゃんのことだから、聞かない」

「わたしは、それがすごくショックだったの。亜弓がわたしよりも先に進んでしまったことではなくて、他の誰かと亜弓がそういう関係になったことが耐えられなかった」

「ちょっとお茶飲みな」

話す準備はしてきたのだろうけれど、整理しきれていないみたいで言葉が強くなっていき、怒りや悲しみが広がってしまいそうだったから、一度止める。

「……うん」ヒナちゃんはグラスに手を伸ばし、ストローでアイスティーを飲む。

「帰り、大丈夫？」

「駅まで、車で迎えにきてもらう」

「そっか」

「ごめんね、変な話をして。おか」

「待って」

「……えっ？」僕が言葉の途中でさえぎってしまったから、ヒナちゃんは驚いた顔をする。

「おかしいでしょ？　って、言おうとしたんだろうけど、そんなことはないから。変な話とも、思ってない。多分、ヒナちゃんが僕に話せるって思ったことには、それなりの理由がある」

「……うん」

「今、ヒナちゃんの周りでは、男女が恋愛をすることが普通で、そういう人しかいないように見えるかもしれない。でも、世の中は意外とそうでもない。同性が好きな人はたくさんいるし、自分の身体と心の性別が違う人もいるし、身近な人よりもアイドルが好きな人もいるし、恋愛感情や性欲のない人もいる。だから、ヒナちゃんの亜弓ちゃんに対する気持ちは、変なことでもないし、おかしなことや笑われることでもない」

「うーん」

僕が一気に話してしまったから、ヒナちゃんは理解できなかったみたいで、首を傾げる。

もっと冷静にうまく説明したいのだけれど、僕も当事者ではあっても、人に教えられるほどの知識があるわけではない。

ただ、ヒナちゃんに「おかしいでしょ？」とは、言わせたくなかった。声にして発したら、その言葉の根っこが強くなってしまう気がした。大人になる前に抜き取っておかないと、それは呪いになって、彼女の心に根を張りつづける。

「僕の周りにも、前は男女の恋愛を普通とする人しかいないように見えた。高校生の時も大学生の時も社会人になってからも。けど、そうではなかったのかもしれない。自分をおかしいとか普通ではないとか考えてしまって、誰にも言えないで、周りに合わせて普通のフリをしていた人もいたのだと思う。会社を辞めて、普通という枠から逃げ出したら、悩んでいる人は他にもいるんだと見えるようになった」

僕が直接話を聞いたのは、北村さんと瀬川さんとヒナちゃんだけだけれど、北村さんに連れていってもらったマンションで会った人たちとか他にも、自分の性や恋愛について人に話せず、悩んでいる人はたくさんいる。

「うん」

「だからって、気にしないでいいよと言う気はない。そんな簡単なことではないから。気にして、悩んでしまうことは、どうしようもない。それぞれで悩みは違って、他の誰かが全てを理解できるはずがない。でも、それをおかしなこととか変なことと思わないでほしい」

「なんとなく、わかった」

「ごめん、うまく説明できなくて」気持ちを落ち着けるために、アイスコーヒーを飲む。

「そんなことないよ、ありがとう」

「どういたしまして」グラスを置く。

「おかしなこととは思わないようにする。ただ、それで気が晴れるわけでもない」

「うん」

「もう少し話してもいい?」

「僕は、平気。あまり遅くならないようにしようね」

「まだ大丈夫」ヒナちゃんは、スマホで時間を確認する。

まだ六時を過ぎたところだ。

予備校に行く日であれば、もっと遅くなることもあるだろう。僕だって、高校生の時に帰りが七時や八時を過ぎることはあった。

「子供のころ、戦隊ヒーローが好きだったって、前に話したの憶えてる?」

「憶えてるよ。ヒーローになりたかったんでしょ」

「女の子向けとされるアニメだって、キャラクターグッズだって、かわいいと思うし、好きなの。髪は長くしていたいし、パンツよりもスカートがいい。でも、強く惹かれたのは、男の子向けとされている戦隊ヒーローものだった。少年漫画が原作のアニメは、今でも見ている。亜弓が好きだからって、女性が恋愛対象ということなのかどうかは、わからない。今まで、男性を好きになったことがないだけで、これから先で好きになるかもしれない」

「うん」

「わたしは、女なのかな?　男なのかな?」

「……えっ」

何か返さなくてはいけないと考えても、言葉が出なかった。

打ち合わせをしていた女性たちが帰り、誰も声も音も発しなくなる。

啓介さん、音楽をかけ忘れていると思ったが、どうでもいいことだ。


アパートを探す時、数千円の違いだからと思い、風呂とトイレが別になっている部屋を選んだ。風呂とトイレが一緒だと落ち着かないし、掃除も大変そうだ。しかし、お湯を張り、ゆっくり浸《つ》かることはほとんどない。

浴槽を軽く洗ってから、久しぶりにお湯を張る。

足をまっすぐに伸ばせるほどの広さはないけれど、軽く曲げれば入れるので、窮屈さを感じることはない。

身体を温めて気を抜きながら、ヒナちゃんに聞かれたことを思い出す。

たとえ、女性を恋愛や性の対象としているとしても、ヒナちゃんは「女」ではないかと思う。

でも、無責任なことは言えないと考え、答えを返せなかった。

ふたりで黙り込んでいたら、啓介さんが「今日は、そろそろ帰った方がいいんじゃない？」と声をかけてきた。ヒナちゃんはお母さんにメッセージを送って、家で飼っているポメラニアンのことを僕と啓介さんに話し、帰っていった。ソファで眠るポメラニアンの動画を見て「かわいいでしょ」と話す姿は、女の子らしく見えた。だが、白くてふわふわの小さな犬を見て、僕と啓介さんだって「かわいい」と言っていた。

お湯に浸かっている自分の身体を見る。

大学生のころから、しっかり鍛えているわけではなくても、軽い筋トレをつづけている。ひとりで生きていくためには、お金以上に健康な身体が必要になる。細い方でも、全身に薄く筋肉はついている。男らしいと言えるほどではないけれど、どこからどう見ても男性の身体だ。大胸筋を本気で鍛えたところで、女性のように柔らかく胸が膨らむことはない。足と足の間にはトイレで用を足すことにしか使われていなくて、生殖に役立つ予定はないが、男性器がついている。

恋愛感情も性欲もないからといって、僕は自分が男性であることに疑問を覚えたことはなかった。

しかし、身体的に男性だから、必ず男性というわけではない。

瑠璃は、今はまだ自意識なんてないだろうし、それを周りに示す力もない。姉のお腹の中にいた時から「男性器が確認できないので、女の子でしょう」と言われていた。けれど、これから成長していく中で「自分は、男だ」と思うようになる可能性はある。

北村さんも、集まりに来ていた人たちも「ゲイではない」ということだ。身体は男性で心も男性で、恋愛対象は女性で、女性らしいとされる服装を好んでいる。しかし、そもそも、女性らしい服装とは、なんなのだろう。それは、社会が理性で決めたことでしかなくて、人間が本能的に求めたことではない。民族衣装やファッションとして、男性がスカートを穿くこともある。戦隊ヒーローものやアニメや漫画だって、男の子向けとか女の子向けとか分類されるが、そのどちらを好むかも、性別には関係ない。大ヒットした少年漫画の作者は、女性だった。

何によって、性別は決まるのか。

恋愛や性欲と同じように、グラデーションと考えていいのだろうか。

だが、ヒナちゃんを「身体も心も女性だけれど、女性に恋をして性欲を向けて、男の子向けのものも好きだから、少しだけ男性」と考えると、それは全然違うとしか思えない。北村さんは「身体も心も男性で、女性に恋をして性欲を向けているけれど、女の子みたいな服をたまに着るから、少しだけ女性」となるが、それも違う。僕の心は女性ではないと思うけれど、男性だとも言い切れない気がしてくる。

僕には、男性的とされる何かが足りていないのだろうと思うことは、よくあった。

中学生や高校生のころは「鳴海くんは、安全な感じがして、話しやすい」と、同じクラスの女子から言われた。大学生の時も「ふたりきりになっても、全然大丈夫そう」とゼミの女子に言われ、ひとりで暮らすアパートに本棚の組み立てに行った。本当に組み立てを手伝うだけで帰ったことを驚かれた。今だって、ブルーに来る女の子たちは、啓介さんには敬語で話すのに、僕にはタメ口で話す。ヒナちゃんは、話す相手を「鳴海くんじゃなくてもいい」と言っていたけれど、僕には女性を警戒させるような何かがないから、「話せる気がした」と考えてくれたのだと思う。性の目覚めの話であり、女性が年上の男性に軽く話せることではなかった。

考えているうちに、お湯が冷めてきてしまったので湯船から上がり、髪と身体を洗って、お風呂場から出る。

Tシャツを着てハーフパンツを穿き、もう肌寒いからパーカーを着ようと秋冬物の入った収納ケースの中を探していたら、スマホにメッセージが届いた。

パーカーを羽織りながら確かめると、北村さんからだった。

集まりに行く時に、連絡先を交換した。〈今月末の日曜日、前と同じところで、ハロウィンパーティするけど、参加しない？　仮装はしてもしなくても、大丈夫。たくさん食べてくれる人に来てほしいらしい〉と書いてあった。日曜日は、ちょうど休みだ。姉の手伝いのために、今月はいつもより多めに休みをもらった。午前中に姉のマンションに行き、午後はパーティに参加すればいい。〈参加します〉と返す。衣装を借りられるようであれば、仮装もしてみたかった。

マンションの場所はだいたい憶えていたから、北村さんと待ち合わせせず、ひとりで行った。オートロックを二回開けてもらい、コンシェルジュの人がいる受付を通り、エレベーターで上がっていき、玄関を開けてもらうと、金髪ロングヘアに袖が膨らんだ水色のワンピースを着て、白いエプロンをした女の子が出てきた。『不思議の国のアリス』のアリスのようだ。女の子みたいでも男性かと思ったけれど、コトリさんだった。

「いらっしゃい」

「お邪魔します」

「仮装してないんだ？」

「しなくてもいいって言われたから」話しながらスニーカーを脱ぎ、廊下を抜けて、奥のリビングダイニングに入る。

魔女やお姫さまがたくさんいて、ダイニングテーブルにはワインと一緒にジャック・オー・ランタンの顔に彫られたカボチャが並んでいる。キッチンで、帽子を被った魔女がカボチャを丸ごと使ったグラタンをオーブンで焼き、牛肉の塊をフライパンで焼いていた。

「鳴海くん」前にもいたお姫さまが赤ワインを飲みながら、手を振ってくる。

四十代半ばくらいみたいだが、肌がキレイだからか、ドレスを着ていても、違和感がなかった。

「こんにちは」

「トリックオアトリートって言って」

「トリックオアトリート」

「じゃあ、いたずらして！」そう言って、笑い声を上げる。

本当にゲイではないのか？　と疑問を覚える。普段は真面目な広告マンで、妻と私立中学に通う娘がいるらしい。家族には、女装趣味のことは話していない。娘と一緒にナイトのファンクラブに入っていると前に来た時に聞いたから、鑑賞する対象として、若い男の子が好きなのだろう。

僕としては、ここにいる人たちの恋愛対象が女性でも男性でも、気にならなかった。もしも口説かれたりしたところで、僕の方から好きになることはないので、断るだけだ。

「しません」

「しょうがない」ダイニングの椅子に置いていた紙袋から、紫色の袋に小分けにされたお菓子を出す。

「ありがとうございます」

午前中は、姉のマンションに行き、アニメの主人公になった海里とピンクのドレスのお姫さまになった美月を相手にお菓子をあげる側をしてきた。

リビングの隅に荷物置き場ができていたので、そこにリュックを置かせてもらう。テーブルの上に並ぶメイク道具は、ハロウィンのイメージのオレンジや紫の他にも、仮装用の濃いめの色が揃っていた。北村さんは、まだ来ていないのか他の部屋で着替えをしているのか、見当たらない。

「鳴海くん、お肉焼けるから、食べなさい」キッチンから魔女に声をかけられる。

「はい」ダイニングテーブルの端に座り、自家製レモネードをもらい、並んだ料理を食べる。

ひたすら料理をする人、ワインを飲みつづけながらお喋りをする人、メイクをする人、持ってきたドレスがいまいちで着替えを繰り返す人、魔女やお姫さまの格好のままで大きなテレビでサッカーゲームをする人、それぞれが好きな服装で、自分のしたいことをしている。

いつもは、自分の趣味に合わない地味なスーツや仕事に合わせた服を着て、働いているらしい。数ヵ月に一日だけ、この部屋に隠れている間しか、自分の一番好きな自分にはなれない。

「お肉、おいしい？」コトリさんが来て、僕の隣に座る。

「おいしい、全部おいしい」

僕が言うと、キッチンで魔女が嬉しそうにする。

魔女は、この部屋の持ち主で、六十歳を過ぎている。十代の終わりからファッション関係の仕事をしていて、世界中で買い集めたドレスやメイク道具をここに来る人たちに貸している。

アイランドキッチンになっているため、料理番組みたいに材料や手順が見えた。どれも、素材の味を活かせるように、調味料は最低限しか使われていない。肉の臭みを消す他に、香りづけとして、ハーブを活用している。魚や肉ばかりではなくて、野菜や果物も高級スーパーで買ってきたものだ。コストを考えると、そのままマネすることは難しいけれど、安い食材でも応用できそうだった。近所のスーパーでも、様々な種類のハーブが売られているから、今度調べてみよう。

「料理、興味あんの？」話しながら、コトリさんは自分のグラスに赤ワインを注ぐ。

「勉強中」

「喫茶店でバイトしてんだっけ？」

「そう」

「将来、自分の店を持ちたいとか？」

「教えない」できたてのカボチャのグラタンをもらう。

「何、それ？」

「そういうことを話すほど、親しいわけじゃない」

瀬川さんがそこまで親しいか考えると、違う気もしたけれど、別にいいだろう。

「やりたいことがあるんだったら、ここで話した方がいいよ。各方面に力のある男性が揃ってるから。色々とアドバイスもらったり、支援してもらったりできるよ」

「うーん、それは、いいや」グラタンは、カボチャの甘さがほど良くて、たっぷり入ったチーズのしよっぱさと合う。

「なんで?」

「そういうことを目的に、ここに来たくない」

ここにいる人は、マスコミ関係の大手に勤めている人やフリーで活躍している人が多いようだ。でも、ビジネスを目的とした場ではない。いつか、僕がアセクシュアルやアロマンティックの集まりに参加したとして、そこに自分の利益のために違う目的で来ている人がいたら、嫌な気持ちになるだろう。だから、ここでは、こっそり料理の勉強はさせてもらっても、仕事の話みたいなことはしたくなかった。

「何をしに、ここに来たの?」

「ごはん食べるため」

「それだけ?」

「あと、仮装もしてみたい」

「えっ?」コトリさんはグラスを置き、目を輝かせる。「何、着る? メイクもする? 男の子向けの衣装はないけど、いいの?」

「うーん」

会社勤めをしていたころ、キャンペーンや大手家電量販店での応援の時に、安い仮装セットのカボチャの着ぐるみやサンタクロースの格好をしたことはある。高校の文化祭では、クラスでお化け屋敷をやったが、僕は受付係だったから浴衣を着ただけだ。他に、特別な衣装を着た記憶がない。子供のころのハロウィンは、お菓子をもらったりしたけれど、必ずみんなが仮装するというわけではなかった。うちの両親は、そういう時に張り切るタイプではないから、オレンジ色のシャツに黒いマントを着けた程度だった。あとは、真夏に草野球に参加させられて着たユニフォームぐらいだ。

「ドレスがいい？　チャイナ服とかチアリーダーとかも、あるよ」

「足は、出したくない」

男でも脱毛することは珍しくなくなってきたけれど、僕はもともと毛が薄いから、何もしていない。すね毛の生えた足でチアリーダーは、美しくないだろう。

コトリさんの着ているアリスは、お姫さまではない。

もともと『不思議の国のアリス』は、原作者のルイス・キャロルがオックスフォード大学で講師をしていた時、大学の学寮であるクライスト・チャーチの学寮長の娘に語った物語だ。その娘の名前がアリス・リデルという。それを書き記したものが本になり、世界中に広がっていき、今も読まれつづけている。原作も読んだことがあるけれど、ディズニーアニメの印象が強い。子供のころ、姉と一緒に見た。女の子が主人公で、かわいらしい雰囲気でも、恋愛の要素はなくて王子さまも出てこない。冒険の物語であり、女の子向けとは感じなかった。

曖昧なところへ逃げたくなる気持ちはあるけれど、やるのであれば、徹底的にやりたい。

「お姫さまがいい。せっかくだから、ドレスが着てみたい」

前に見せてもらった写真で、北村さんの着ていたドレスがキレイで、印象に残っていた。

「任せて！　似合うと思う」嬉しそうにして、コトリさんはグラスに残っていたワインを飲み干す。

フランスの古着屋で買ったという紫色のレースにすみれの花模様のドレスがあり、それがサイズも入りそうだったので、貸してもらった。メイクは、自分では全くわからないため、コトリさんに任せた。肌の色がどうだとか目の形がこうだとか言われたけれど、ひとつも理解できず、されるがままだった。かつらはいくつか被らせてもらい、最終的に栗色の肩までの長さのものにした。かつらではなくて、ウィッグというらしい。

いつもの自分とは違っても、驚くほどではなかった。

部屋にいた人たちも、遅れて来た北村さんも「かわいい！　似合う！　羨ましい！」と言ってくれたけれど、僕の感想としては「まあ、こんなものだろう」というところだ。前に来た時に、顎が張っていると男らしさが残ってしまうと聞いたが、首や肩や胸も女性とは違い、女の子には見えない。いつもは気にならない喉仏が目立って見えた。メイクも、顔が変わるというレベルではなくて、肌がキレイに見えると感じた程度だ。恥ずかしいとは思わなくても、着慣れていないことに対する違和感が強い。

鏡で見て、他の人は入らないように、写真と動画を撮ってもらった。この部屋にいる人たちが「女性になりたいわけではない」と言いながらも、仕草が女性っぽくなる理由は、わかった気がした。ドレスや長い髪を美しく見せるための動きというものがある。普段のままの僕だと、ドレスを着ていたところで、男っぽさが出る。膝を揃え、背筋を伸ばし、指先まで気を遣い、首の角度を計算して撮った写真は、女の子に見えないこともなかった。

すぐに脱いでメイクも落としたかったけれど、もったいない気もしたから、汚さないように気を付けて、そのままごはんを食べて、サッカーゲームに参加した。時間が経っても、下半身に何も着ていないような感覚が残った。洗面所に手を洗いにいったら、メイクは崩れていた。

女の人の大変さが少しだけわかったという点では、すごく勉強になる体験だった。

そして、僕は服装によって、自らを発見することはないのだろうと思える体験でもあった。

お酒を飲む人たちは、まだしばらくいるようだったが、僕は着替えてメイクを落とし、先に帰らせてもらうことにした。

ただ顔を洗うだけではなくて、コトリさんの指示にしたがってアイメイクを落とし、毛穴の奥のファンデーションを取り除き、化粧水と乳液で肌を整えた。ウィッグでつぶれた髪は、コトリさんがセットし直してくれた。いつもは下ろしている前髪を上げただけなのだけれど、女装した時以上に、違う自分になった気がした。女の人は、アイシャドウやリップの色を変えることで、自分の些細《ささい》な変化を楽しんでいるのだろう。ＳＮＳを見ていると、「モテ」を考えたようなメイクの情報が流れてくるけれど、男の目ばかりを意識しているわけではないのだ。

「お邪魔しました」ワインやウィスキーを飲んでいるみなさんに、声をかける。

「また来てね」おじさんなのかおばさんなのかわからない人たちが手を振ってくる。

北村さんは、紫色のひざ丈の小悪魔をイメージしたドレスを着て、サッカーゲームに熱中していた。声をかけにくい雰囲気なので、またブルーに来た時に、改めてあいさつすればいいだろう。

スニーカーを履き、玄関から出る。

ドアを閉めると、部屋の中に響いていた音楽も話し声もゲームの音も消え、さっきまで目の前に広がっていた出来事が夢だったように感じられる。

食べ過ぎてしまったので、少し歩いてから帰ろうと考えながらエレベーターを待っていたら、コトリさんがアリスの格好のまま、小走りで追いかけてきた。

「どうしたの？　何か忘れてた？」

「ううん、わたしも帰ろうと思って」

「その格好で？」

「ハロウィンだし、大丈夫だよ」

「そうか」

「お姫さまのまま、外歩けばよかったのに」

「うーん、ちょっと無理かな」

もしも知り合いに会ったところで、「ハロウィンだから」で済むし、恥ずかしいことだとも思わない。街には、他にも仮装をした人がいるから、それほど目立たないだろう。二度とない機会かもしれないから、歩いてみればよかったという気持ちも、少しある。だが、疲れそうだ。借りたドレスは、レースを重ね、すみれの花模様は細かく刺繍され、繊細に作られていた。補修を繰り返し、大事に扱われてきたもので、それに合った振る舞いをつづけられる自信がない。

「今日、荷物少ないんだね？」僕から聞く。

前は、抱えるような大荷物だった。今日は、黒いリュックを背負っているだけだ。

小柄だから、普通サイズのリュックでも、かなり大きく見える。

並んで立つと、僕の胸の位置に頭があるので、美月やレイラちゃんほどではないけれど、子供といる気分になってくる。

「この前は、仕事の道具や人の衣装も持ってたから。今日は、自分の分だけ」

「そうなんだ」

エレベーターに乗り、エントランスのある一階のボタンを押す。

僕とコトリさん以外に乗ってこなくて、動いている感覚もないまま、階数表示だけが変わっていく。

「北村さんのコスプレの衣装も持ってたし」

「ん？」

「コスプレの衣装」僕の顔を見て、もう一度言う。

「前の時に着てたワンピース？」

たしか、前の集まりの時、北村さんは薄紫色のワンピースを着ていた。

「それとは、違う。セックスする時に着る用」

「ふうん」

「あれ？　もうちょっと驚いたりすると思ったのに。引きすぎて、何も言えない感じ？　それとも、バカにしてる？」

「引いてないし、バカにもしてない」首を横に振る。「北村さんは彼女がいるから、どういう関係なのかなって、考えてはいる。ただ、それは、コトリさんだけではなくて、北村さんのプライバシーにも関係するから、聞かない方がいいんだろうと思ってる。北村さんに彼女がいることも、コトリさんに言うべきではなかったかもしれないと悩んでいる」

「何言ってるか、よくわからないよ」

「僕だって、わからないよ」

一階に着き、扉が開いたので、エレベーターから降りる。

八時を過ぎているのに、コンシェルジュの人たちはまだいて、昼間と同じ笑顔で立っていた。

二十四時間、ずっといるのだろうか。

出る分には、自動ドアでしかないので、あっさりと外へ出られる。

周りには、同じような高層マンションや高いビルが並んでいて、風が強く吹く。

ビルとビルの間に、大きく膨らんだ満月が見えた。

昼間は暖かかったけれど、夜は肌寒い。

「寒くない？」

「大丈夫」コトリさんはリュックを開けて、黒いコートを出す。

膝下まで丈があるので、それを着たら、アリスの仮装はすっかり隠れてしまった。

「僕、ちょっと散歩していくから」

「じゃあ、わたしも一緒に行く」

「……なんで？」

「鳴海に合わせて、食べ過ぎた」

「一緒に行かなくて、いいじゃん」

「わたしが嫌いなの？」

「そうじゃないけど……」

話しながら、高層マンションの間を抜けていき、広い通りまで出る。通りを渡り、まっすぐに歩いていく。このまま進んでいけば、海沿いの公園に出られるはずだ。

車はあまり通らなくて、マンションやビルの明かりも遠い。

真っ暗ではないけれど、寂しい場所に感じた。

「さっきの、つづきを話してもいい？」周りの静けさに合わせるように、コトリさんは声を小さくする。「北村さんのプライバシーに関係するから聞きたくなかったら、やめておく」

「コトリさんが気にならないんだったら、話していいよ。僕は、誰にも言わない。最近、色々な人が僕に秘密を打ち明けにくるから、何を聞いても大した反応してあげられないけど」

「どういうこと？」

「話しやすい何かが僕から出てるのか、みんな自分のことを好きに話していく」

「それは、あるかも」高層マンションのさっきまでいた辺りを見上げる。「あの部屋にいる人たち、誰でも受け入れるわけじゃない。秘密厳守の集まりだから、興味本位みたいな人に来られると困る。わたしが行くことも、嫌がる人はいた。でも、鳴海のことは、最初からみんなが受け入れていた。鑑賞する対象として、かわいい男の子が好きな人もいるけど、それだけではない何かを感じ取ったんだろうね」

「何？」

「その理由、僕は自覚あるよ」

「先に、コトリさんの話を聞く」

「わかった」風に吹かれ、金色の髪が揺れる。

ウィッグなのに飛んでしまわないのだなと思ったが、それを聞くタイミングではない。

「北村さんに彼女がいることは知ってる。結婚も考えているって聞いてる。でも、彼女には、ああいう集まりに参加していることは話してない。衣装やメイク道具は、クローゼットの奥に隠してるって言ってた。仕事上、たとえ家族や恋人でも見せられないものはあるから、まだ公表できない仕事のサンプルが入ってるとか言ったら、彼女は触らない」

「うん」

「わたしは、セフレでしかない」

「うん」

「最初は、仕事関係の飲み会で知り合った。何度か飲みにいくうちに、寝るようになった。ラブホに、コスプレグッズが置いてあったりするでしょ？」

「……うーん」

うなずいているだけでいいかと思ったが、僕の知らないことで同意を求められてしまった。ラブホなんて、入ったこともない。ＡＶもほとんど見たことがなくて、男同士で盛り上がっている時には、こちらに振られる前に「ちょっとトイレ」とか言って、その場から逃げた。

「わかんないの？」

「いや、気にしないで、つづけて」

「コスプレグッズを北村さんはわたしに着せるんじゃなくて、自分で着たがった。チャイナ服とか婦人警官とかチアリーダーとか。それで、北村さんが女の子の格好をしたまま、セックスをするようになっていった。ある日、そうしている時が本来の自分だって思えるっていう話を聞いて、女装趣味のことも教えてもらった」

「だいぶ、北村さんのプライバシーを話してるね」

「そうだね」コトリさんは、軽く笑う。

コートは着ていても、身体が冷えてきそうだった。コンビニに寄って、ホットコーヒーをふたつ買う。

万人受けするように計算して作られているため、苦味も酸味も弱いけれど、安心して飲める味と香りだ。

歩きながら、カップで指先を温める。

通りは緩やかにカーブしていて、少しずつ海に近づいていく。

「北村さんの趣味のこと、彼女は知らないっていうし、優越感みたいなものが前はあったんだよね」

「うん」

「でも、いつまで経っても、セフレはセフレでしかなくて、ちょっと嫌になってきちゃった。それで、少しは嫉妬してくれるかなって思って、鳴海を追いかけて、出てきた」

コトリさんは僕を見上げて、照れたように笑う。

まともだ。

最近、僕に秘密を打ち明けてきた人たちの中で、コトリさんは最高に普通で、まともな人だ。見た目や振る舞いは奇抜でも、中身はよくいる二十代の女の子と変わらない。二十代前半から半ばであれば、年上の仕事ができるっぽい男性に遊ばれるなんて、珍しい話ではないだろう。相手の男に、人とはちょっと違う趣味があっただけだ。

「コトリさん、何歳なの？　言いたくなかったら、答えなくていいけど」

勝手に僕より年下だと決めてしまったが、年齢を知らなかった。

「二十四歳」

「そっか」

年齢を聞いたら、その見た目や振る舞いさえも、まともに感じられてきた。特別な自分への憧れを捨てきれない時期だろう。あと三年ぐらい経ったら、二十四歳の自分を黒歴史としているかもしれない。

「北村さんとは、別れた方がいいんじゃない？」

「やっぱり、そう思うよね」

「彼女と別れたとしても、コトリさんと付き合うことはないだろうし」

もしも、彼女と別れたところで、セフレが彼女に昇格することはない。昇格できたとしても、他にも女がいるのではないかと疑いつづけることになる。浮気をする男は、ずっとする。浮気をしない男は、全くしない。それは、友達を見て、知っていた。

「別れたら、鳴海が付き合ってくれる？」

立ち止まり、コトリさんは僕の腕をコートの上から摑む。

「……本気で言ってる？」

「……うん」

「ごめんなさい。無理です」小さく頭を下げる。

「ごめん！」声が大きくなって、手をはなす。「冗談だから、気にしないで。鳴海は、長く付き合ってる彼女がいるとか、そういうことでしょ。安いラブホで、コスプレグッズとか使ったりしないから、知らないっていうことでしょ」

「それも、違うのだけど……」

面倒くさいことに巻き込まれてしまった。相手の気持ちがあるから、面倒くさいとか思ってはいけないとわかっている。それでも、思ってしまう。僕は、女性にとって「無難で無害」な存在であり、モテるわけではないから、もう何年もこういう問題とは関わってこなかった。社会人になってからは、人数合わせのために騙されるように参加させられた合コンで、女の子にしつこく言い寄られたくらいだ。その時しか会わなかったから、顔も名前も全く憶えていない。

悩んでいるところに、たまたまいただけで、コトリさんは本気で僕が好きなわけではない。誰でもいいのであれば、他に行ってほしい。

しかし、たった二回しか会ったことがなくても、今日は一日お世話になったし、冷たくできないだけの情は芽生えてしまっている。

その情が恋愛感情に育っていけばいいのだけれど、それはない。

公園の手前まで来たところで、コトリさんは「そこから駅に入れるから」と地下鉄の入口へ走っていってしまった。その後ろ姿は、アリスが穴に落ちていくように、消えていった。

追いかければよかったのかもしれないけれど、追いついたところで、言えることがなかった。

海沿いの公園にはベンチが並んでいて、ライトアップされた大きな橋や遠くに並ぶビルや海に浮かぶ船を眺めることができる。恋人同士ばかりかと思ったのだけれど、意外とそうでもない。観光客の他に、家族連れもいた。満月だから、芝生にレジャーシートを敷いて、お月見をしているようだ。すぐ近くに灯台を模したタワーがあり、今日は紫色に光っている。それを写真に撮る女の子たちも多かった。アクスタや小さなぬいぐるみを持っているから、アイドルかアニメのイベントと関連しているのかもしれない。

夜の中、楽しそうにする人たちを見ながら、僕はベンチに座って冷めてしまったコーヒーを飲む。

喉に引っ掛かり、毒を飲んだような気分になった。

僕に恋愛感情があれば、コトリさんと付き合っていたのだろうか。

それはないとしても、もっと違う答えを返せたと思う。自分のことを話せず、相手が納得できるようなことも言えないで、気を遣わせてしまった。一時的な感情でしかないのだろうから、悩むことではないと思っても、割り切れないものが残る。北村さんも、瀬川さんも、ヒナちゃんも、コトリさんも、僕に話すことは勇気が必要で、簡単ではなかっただろう。それを黙って聞くしかできなくて、ずるい気がする。

一生、誰にも話さないつもりではない。

いつか、僕も、誰かに話したいとは思っている。

それなのに、バカにされることを恐れて、嘘をついて誤魔化すことばかり、うまくなっていく。正直に話そうとしても、心にブレーキがかかる。誰の話を聞いても「おかしくない」と伝えるのは、自分がそう言ってもらいたいからだ。ひとりで生きていくための方法をずっと考え、仕事をして、お金を貯めて、身体も鍛えてきた。でも、ひとりで生きていきたいわけではない。わかり合えるような誰かと出会い、一緒に生きていきたい。これから先、ずっとひとりで暮らしつづけるのだと考えると、雪山にたったひとりで置き去りにされたような気分になる。

なんとなく、コトリさんが相手だったら、話せるのではないかと考えていた。

でも、それは、奇抜な女の子を装っている彼女の表面を見て、判断しただけだ。

僕のことを知らずに「彼女は？　誰か紹介しようか？　早く結婚した方がいいよ」と言ってきた人たちと変わりがない。

暗い海に、満月がうつり、道ができる。

その道の先まで行って、僕が消えてしまっても、誰も気が付かないかもしれない。

6

車の中から、窓の外に広がる海を眺める。

雲ひとつない青空が広がっていて、海は太陽の光を反射させて輝いている。サーフィンをする人たちが波を待って、浮かんでいた。沖を白い船が通り過ぎる。水平線は空と重なり合う。

風を切って、駆け抜けていきたいけれど、渋滞にはまってしまった。

カフェ巡りをするため、瀬川さんに車を出してもらった。駅から離れたところにある、海を一望できるカフェが目的地だ。県内なので一時間くらいで行けるが、少し早めに出てきた。遠回りになっても、せっかくだから海沿いの道を通っていきたかった。最初はスムーズに走っていたのに、徐々に進まなくなり、完全に止まってしまった。日曜日で、観光客が来ているところに、事故が起きたようだ。

「入れるところあったら、裏の道に行こうか」瀬川さんは、ハンドルに手を添えたまま、前後を見て確認する。

「そうしようか」助手席として役立てるように、スマホで地図を調べる。

この道を進んでいけば、カフェまではあと五分もかからない距離だ。車が進みはじめたら、すぐに着く。裏の道は住宅街で、一方通行や細い道が多いみたいだった。

「ちょっと難しいかも」地図を覗き込んできて、瀬川さんは表情をくもらせる。

「地元の人しかわからない道とかありそうだね」

「どこか駐車場があれば、そこに駐めて歩いてもいいかな」

「他も見たいし、それがいいかも」

この辺りには、目的のお店以外にも、何軒かのカフェやコーヒー専門店がある。夏場は海水浴場になるから、通ってきた途中には広い駐車場があった。この先でも見つかるだろう。

「じゃあ、それで」ペットボトルを取り、水を少し飲む。

瀬川さんは、白とネイビーのボーダーの薄手のニットを着て、デニムのパンツを穿いている。足元は、白のスニーカーだ。コンサートの時とも会社帰りの時とも、服装が違う。長い髪は、後ろでひとつにまとめている。メイクも、いつもとは少し変えているのか、雰囲気が違って見えた。

「ガソリン代とか駐車場代とか、出すから」

「ガソリン代はいいよ。父親の車だから」

「いいの?」

「わたしも来たくて来てるから、気を遣わないでいい。出してほしい時には、請求する」

「わかった。気にせず、言って」

事故処理が終わったのか、車が進み出す。

あいている駐車場がないか探しながら、窓の外を見る。

「免許は持ってるんだっけ?」運転しながら、瀬川さんが聞いてくる。

「一応」

「ずっと運転してないの?」

「大学生の時は、たまに運転してた」

高校や大学には、車やバイクが好きで、できるだけ早く免許を取りたいと言っている友達もいた。そういう友達に流されるようにして、大学一年生の夏休みに教習所に通った。ないよりかは、あった方が便利だろうし、バイトや就職でも使えるかもしれない。スムーズに免許は取れて、父親の車を借り、ひとりでドライブに行ってみたりした。車でしか行けないところはあるし、夜の道を走ることは気分が良かった。通り過ぎていく街の光を見ていると、なんとなく自分が肯定された気がした。

しかし、電車の駅が近くて、通学にも通勤にも車は必要なかったため、運転する機会はあまりなくて、社会人になったころには全く乗らなくなった。

「帰り、運転してみる？」

「いや、無理、怖い。自分の家の車だったら、ちょっと試してみようと思うけど、人の家の車は責任取れない」

「そうか」

「瀬川さんが代わってほしいとかであれば、がんばるけど」

「いい。わたしも、怖いし」笑いながら、小さく首を横に振る。「でも、前は運転できていたんだったら、練習すればまた乗れるようになるんじゃないかな。自転車と同じで、忘れないらしいよ」

「うーん」

この先のことを考えても、運転はできた方がいい気がしている。

運転ができれば、いきなり店を出さなくても、キッチンカーという選択肢も考えられる。店を出す場所も、範囲を広げられる。買い出しに行く時も、車があった方が楽だ。

「それか、運転してくれる彼女を探すか」

「……それは、どうかな」

「あっ、そこ、駐車場だね」

「あいてるっぽい」

少し先に駐車場があるみたいで、看板が見えた。潮にさらされ、色あせている。

その下に「空車」と表示されたライトが出ていた。

予定より時間がかかったけれど、ランチのピークタイムを過ぎたため、少し並んだだけで店に入れた。一時間くらい待つこともあると、グルメサイトの口コミに書かれていたので、タイミングが良かったのだろう。

店内とテラス席が選べて、テラス席にしてもらった。

もう十一月だから寒いかと思ったけれど、陽が当たるため、暑く感じるくらいだった。風も穏やかで、ほとんどのお客さんがテラス席を選んでいた。

裏口は砂浜に直結していて、海を一望できるどころか、海水浴場の一部と言ってもいいところに立っている。

この辺りは、夏場は海水浴客がたくさん来るのだけれど、交通の便が良くないため、オフシーズンは観光客が減ってしまう。収入源がなければ人口も少なくなっていく。田舎というほどではないが、住宅街は古い家が多そうだったから、高齢化とかの問題もあるのだろう。数年前から、市は移住者を増やすため、支援をすることにした。普段の暮らしのことばかりではなくて、店を出す場合も相談に乗ってもらえて、資金の援助も受けられる。海は目の前だし、住宅街から少し離れれば畑も広がっている。シャッターが閉まったままだったお店や古民家を改装して、地元の食材を活かしたカフェや小さなレストランが増えていき、春や秋にも観光客が来るようになった。

「どうする？」メニューを見ながら、瀬川さんが聞いてくる。

「できれば、地元のものを使った料理が食べたい」

「じゃあ、ランチセットじゃなくて、アラカルトで頼む？」

「そうして、いい？」

「カルパッチョとかバーニャカウダとか、アクアパッツァもいいかな。お肉も地元産なんだ。牧場や養豚場もあるのか」

「そうらしい」

テレビで特集されているのを何度か見て、ネットでも調べてきた。ほとんどの食材が市内で揃う。昔からつづくお店も何軒か残っていて、パン屋や酒屋もある。新しいお店の中には、ベーグルやマフィンの専門店もあるようだ。コーヒーの専門店では、そこでしか買えない独自のブレンドのコーヒーを扱っている。

支援を受け、地元の人と交流しつつ、カフェを経営していく。

実家や姉の家にもバスと電車で行ける距離だし、ここは理想的という気がする。

だが、移住者は夫婦ふたりや小さな子供のいる家族が多いみたいだった。独身の人もいるようだが、紹介記事に載っていたのは、女性ばかりだった。男性もいたけれど、市内の出身で進学や就職のために出たものの、戻ってきた人だ。

「お肉も食べたいから、この牛と豚の炭火焼き盛り合わせも頼んでいい？」

「いいよ」

「ごめん、わたしが選ぶ場ではなかった」

「いや、選んでくれた方が助かる。僕が選ぶと、いつも似たものになってしまうから」

できるだけ多くのものを食べて飲んで勉強していこうと考えていても、なかなか難しい。ひとりだと、気になるもの全てを頼めないから、瀬川さんが来てくれることは助かる。

テーブルに置いてあったカードから二次元コードをスマホで読み込んで、飲み物と料理を注文する。モバイルオーダーができて、メニューも置いていないような店が増えてきている。楽ではあるけれど、苦手とする人も多いだろう。飲み物は、僕は自家製レモネードを頼み、瀬川さんはノンアルコールのモヒートにした。

「ちょっと先にお手洗い行ってくる」そう言って、瀬川さんは席を立ち、店内に入っていく。

ひとりになり、またぼんやりと海を眺める。

砂浜には、白い小犬を散歩させている家族連れがいる。

ヒナちゃんが見せてくれたポメラニアンとよく似ていた。亜弓ちゃんのことを聞いた後も、ヒナちゃんは何度かブルーに来た。カウンター席で勉強して、僕や啓介さんや絵梨さんと少しだけ話し、帰っていく。今も悩みが解決したわけではないのだろうけれど、言葉や表情に出すことはなかった。何か言ってあげたいとは思うものの、何も言えないままだ。

十代の時、自分の性や恋愛のことをすんなり受け入れられたわけではなかった。みんなとの違いに焦り、家族にも友達にも正直に話せないで、周りと合わせるため嘘をつくことに罪悪感を覚えるばかりだった。中学校には、制服のズボンや下着を脱がすような、性的ないじめをする同級生がいた。被害者にならず、加害者にもならないでいいポジションを必死で探した。高校生になると、明らかないじめはなくなったけれど、ファッションやメイクに興味のある同級生を「ゲイなんじゃないの？」とからかって笑う友達がいた。そのころ、テレビには「オネエ」と呼ばれる女装する男性同性愛者のタレントがよく出ていた。何も知らないで、テレビのマネをしていただけだ。悪気がない分、逃げることは難しい。ばれないようにしようと気を付けて、悩みを自分の中だけで大きくしていった。その大きさに、圧《お》し潰されそうだった。

性的マイノリティとされている人を見て、気持ち悪いと感じることはない。「そうなんだ」と思う程度で、差別することもない。テレビに出ている人たちは、それが芸として成立しているから、おもしろいだけだ。身近にいたら、笑うことはない。それでも、自分のことが気持ち悪かった。笑われる存在だと考えてしまう。今だって、自分を理解して、受け入れられたわけではないのだ。

知識を得て、言葉を知り、客観的に自分を考え、少しでも楽に生きていける道を探している。

店員さんが飲み物を持ってきて、すぐに瀬川さんが戻ってくる。

「写真、撮っていい？」瀬川さんは、貴重品しか入らないような小さなバッグからスマホとアクスタを出す。

「誰？　それ」

メンカラが青なのか、青いステージ衣装を着ている。

歌番組に出ていたりすると、意識してアイドルを見るようになったが、ナイト以外はまだ憶えられない。

「妹に借りてきた。ここ、前に妹の推しが情報番組のロケで来てたから」

「そうなんだ」

「わたしも、それ見て、来てみたかったんだよね」

「妹さんと来たらよかったのに」

「今度、来ようかな」

「仲いいよね？」

「二歳しか離れてないし、姉妹っていうよりも、推し活するために便利な友達っていうところだね。でも、友達とはしないようなけんかになることもある」

「ふうん」レモネードをひと口飲む。

北村さんに連れていってもらったマンションで飲んだ自家製レモネードの方がおいしかった。ここのは甘さが強い。マンションで飲んだものは、甘いばかりではなくて、軽い酸味とほどよい苦味があった。

お金のことや経営のことを相談に乗ってもらうのは悪い気がするけれど、料理は教えてもらいたかった。

でも、あの部屋に行くことは、もうないだろう。

気にするほどのことではないと思っても、コトリさんと会うのは気まずい。あの部屋で二回会っただけで、連絡先も知らないため、振ったままみたいになっている。何もなかったかのような顔をしていいことなのかどうかも、よくわからなかった。

「リアコって、どういう感じ？」料理のお皿を並べられるように、レモネードのグラスをテーブルの端に置く。

「何？　急に」瀬川さんは、アクスタをバッグにしまう。

「普通の好きと違うのかなって思って。話したくなかったら、話さないでいい」

「普通の好きと一緒だから、リアコっていうんじゃない？」

「そうか」

そもそも、「普通の好き」がどういうことかわからないけれど、それを聞くのは違和感があるだろう。

「でも、普通の好きとは、やっぱり違うけどね。付き合ったりできないって、わかってるから。わかってるんだけど、彼女いるんだろうなとかわたしたちは何も知らないのだろうなとか思うと、胸の辺りがギュッと苦しくなる」

「瀬川さんは、誰かを好きになると、ギュッと苦しくなるの？」

「ならない？」

「うーん」

そういう話はよく聞くが、誰に対しても、そう感じたことがない。

「今、わたしより下の世代だと、繋がれるかもしれないって考えているのか、問題のある行動を取る子も多い」

「……繋がれる？」

「付き合うまでいかなくても、顔を憶えてもらいたいとか友達になりたいとか、身体の関係だけでもいいとか」

「それは、あまりよくない気がする」

「SNSで、アイドルでも個人アカウントを持っていたりして、プライベートを載せたりするから、勘違いするんだろうね。アイドルって、もともと大スターっていう感じは出さないで、ファンの身近な存在に思わせようとするし。そういう中で、プライベートでどこに行ってるか特定して、近寄ろうとする人が増えてる。彼らの学校や地元の友達を探し出して、仲良くなろうとする人もいる」

「プライベートの場に行ってしまうのは、ロケ地に行くこととは全然違うのに」

「その境界線が見えなくなってしまうのがリアコなんだよ」グラスを取り、瀬川さんはノンアルコールのモヒートを飲む。「わたしだって、もう少し若かったら、考えたかも。今は、理性があるから」

「大人になったら、恋に理性が働くようになる？」

「ちょっと違うかな。自分よりも相手のことを考えるようになる。相手がわたしに求めていることは、ファンでいることであって、プライベートまで探ることではない」

「なるほど」

地元で採れた魚や野菜を使ったカルパッチョとバーニャカウダが運ばれてきたので、話が途切れる。バーニャカウダには、見たことのないピンクや黄色や紫色の野菜も入っていた。手で摘《つ》まんで食べるものだから、分けなくていいだろう。

お皿を取り、カルパッチョだけ取りわけていく。

「前にも取りわけてくれたけど、彼女にでも鍛えられたの？」

「なんで？」

「男の人で、サッとできる人、少ないと思う」

「そうかな?」野菜と真鯛を盛ったお皿を瀬川さんの前に置く。

「ありがとう」話しながら、カゴに入ったフォークを取る。「こういうことは、女のやることだって考えている人は、多いよ」

「考え方、古くない?」

「それでも、未だにいる」

「会社でやってたからかも。五年しかいなくて、ずっと下っ端だったから」

飲み会の席で、余計なことを聞かれないようにするため、取り分けたり飲み物が少ない人に注文を確認したり、細々《こまごま》と動くことを心がけていた。お酒もほとんど飲めないから、いい雑用係として使われていた。

「そうか。いただきます」

「いただきます」

手を合わせてから、カルパッチョを食べる。

ドレッシングに地元産の柑橘《かんきつ》系の果物が使われているみたいで、爽やかな香りがする。みかんやオレンジよりも、酸味がある。けれど、レモンほど酸っぱくない。

畑のある方には、野菜や果物の直売所もあるらしい。帰りに寄れたら、買っていこう。

「彼女ができたら、遠慮せずに言ってもらっていいから」話しながら、瀬川さんはバーニャカウダの紫色のにんじんみたいな野菜を摘まむ。「わたしも彼氏ができたら、言うから」

僕に彼女ができたり、瀬川さんに彼氏ができたりしたら、僕と瀬川さんの関係も変わるのは、おかしくないだろうか。でも、そう考えることの方がおかしいと思われるのだ。恋人との関係は、他の人間関係にも影響すると、当たり前のこととして、みんなわかっている。

そう理解しているのに、心の中に納得のできないものが残る。

その気持ちは、波の音に合わせるように、寄せては返すを繰り返し、引いていった後も、僕の心に跡を残す。

時間が経てば消えていくのだから、何も言わずに、やり過ごせばいい。

もう何年も、そうしてきたのだ。

「人はなぜ、当たり前に過去に彼女がいて、未来にも彼女がいると思って、話すのだろう」

「ん？　どういうこと？」瀬川さんは、次の野菜を取ろうとした手を止める。

「僕、瀬川さんに彼女について話したことはない。僕自身の恋愛については、一度も話してないはずだ。でも、瀬川さんは僕に彼女がいたという前提で話をする」

「鳴海くん、高校の時に彼女いたじゃん」

「えっ？」手に持っていたフォークを落としそうになり、お皿の端に置く。

「二組のバドミントン部かなんかの子と付き合ってなかった？　何かの時、体育祭とかかな、女子みんなで話していて、聞いたんだよね。鳴海くんのこと、ちょっといいぐらいに思っている子が何人かいたし、本気でショック受けてる子もいた」

「ああ、バドミントンじゃなくて、卓球部だよ」

「そうだっけ？」

「付き合ってないけど」

最初は映画に誘われて、何度かふたりで会ったが、手も繋がなかった。

中学校でも一緒だった子で、性格の良さは知っていたし、見た目もかわいらしいと思えた。時間をかけて、好きになっていけるかもしれないという期待があった。部活が終わるまで待っていたら、僕を見つけた瞬間に、彼女は嬉しそうに表情を輝かせた。その一瞬で「ああ、駄目だ」と思った。瀬川さんが言ったのとは、逆の意味で胸がギュッと痛くなった。関係をはっきりさせる前に、徐々に離れていった。

「そうなんだ。もう十年以上前のことで記憶が曖昧だから、ちょっと違う話だったかも。彼女のこと、悪く思わないであげてね」

「それは、大丈夫」レモネードを少し飲む。「多くの人は僕に対して、二十九年間で三人か四人くらいの女の子とは付き合っているだろう。それなりに真面目な付き合いをして、結婚を考えた相手も、ひとりはいたかもしれない。年齢的に、次に付き合う相手とは、結婚を前提とした付き合いになるっていうふうに考えて、それを前提に話すんだよ」

「……うん」

「でも、僕は、そんな過去を話したことはない」

北村さんもコトリさんも、僕をそう見ていただろう。今までに会ったたくさんの人たちがそう見てきて、それを前提にして、話しかけてきた。否定する隙もないまま会話は進み、僕は嘘を重ねることになる。

「大学生の時、女遊びしてたとか？」

「違う」首を横に振る。

「ゲイなの？」

「違う」首をさらに大きく振る。

アセクシュアルやアロマンティックの人の体験談を読むと、この「ゲイなの？」や「レズなの？」と聞かれることは、よくあることのようだった。恋愛感情や性欲がないということは、多くの人にとって理解しにくいし、可能性の選択肢にもないことで、同性愛者だと考えられるらしい。

「ごめん、今の話、気にしないで」海の方を見て、深呼吸をする。

「あのさ、わたしだって、アイドルが好きとかバカみたいって言われることは、よくある。バカにされるだろうって思ったら、話さないようにしてる。鳴海くんは、ちゃんと聞いてくれる人だっていう気がしたから、話せた。それでも、怖さはあった」

「うん」

「何かあるのであれば、話してくれていいから。話してって言われても、話しにくいだろうけど。聞いたことを誰かに話したり、バカにしたりはしない」

「……ありがとう」急に泣きそうになってしまい、また深呼吸をする。

「勝手な前提を作って話さないように、気を付けるね」

「……そうしてくれると、助かる」

「食べよう！　お肉も来るし」

「……うん」

瀬川さんに話せば、聞いてくれるだろう。

そしたら、少し楽になれるかもしれない。

でも、言葉にすることは、簡単ではない。恋愛感情も性欲もなくて、自分のことは男性だと自覚している。それだけのことだが、何かが違うと感じる。北村さんやヒナちゃんみたいに人に話し、言葉にしていったら、何が違うかわかるかもしれない。

僕には、その何かと向き合う勇気がまだないのだ。


朝起きた瞬間、不安に襲われることがたまにある。

胸の辺りが苦しくて、身体を重く感じる。体調が悪いわけではないし、どこかが痛むわけでもない。薄暗い部屋の中で、全身がベッドに沈み込んでいく。目は覚めていて、もう一度眠りに落ちることはできそうにないのに、起き上がれない。

ベッドに寝たまま手を伸ばし、テーブルに置いてあるスマホを取る。

もう少し早い時間かと思ったけれど、七時を過ぎていた。

そのまましばらくSNSを見る。年末公開の映画、おすすめのカフェや喫茶店、セクシュアリティに関すること、知らない誰かの家の子育て事情、いちごを食べるうさぎ。追いきれないほどの情報が次から次へと流れていくけれど、僕の求めている情報はどこにも載っていない。

何を求めているのかも、わからなかった。

スマホをテーブルの上に戻し、両手をついてゆっくりと身体を起こす。ベッドから出て、カーテンを開ける。よく晴れていて、部屋中に朝の光が広がっていく。トイレに入り、台所で手を洗ってうがいをしてから、グラス一杯の水を飲む。床が冷たかったから、靴下を履く。

そうしているうちに気持ちが落ち着いて、不安は少しずつ消えていく。

眠っている間に汗をかいたことによる軽い脱水症状が原因だったのだろう。それによって、怠《だる》さを覚え、めまいを起こした。朝晩は冷え込むため、冬用の身体を温める素材の掛け布団に替えたのだが、まだ早かったのかもしれない。

原因を理解したところで、小さな不安が胸の中に残る。

耳の奥から波の音が聞こえてくる気がした。

水をもう一杯コップに注ぎ、ベッドに座る。

昨日、瀬川さんになぜあんなことを話したのだろうという恥ずかしさ、もっと話せばよかったという後悔、その両方がずっと引っ掛かっている。

僕が急に、よくわからないことを話したから、瀬川さんに気を遣わせた。あの後は、アイドルのこととか仕事のこととか高校の同級生のこととか、いつも通りに話しながらごはんを食べて、コーヒー専門店や他のカフェも見てまわり、畑にあった無人販売所でみかんより少し黄色い柑橘系の果物を買った。帰りの車で、僕は少しだけ寝てしまった。瀬川さんは「寝てて、いいよ」と言ってくれた。アパートのすぐ近くまで、送ってもらった。

いつも通りだったと思い出せるということは、いつも通りではなかったのだ。

バカにされる以上に、僕が恐れていたのは、こういうことなのだと思う。

相手の秘密を聞けば、どうしたって変わってしまうことはある。

中学校一年生の一学期、仲良くしている友達がいた。小柄で教室の隅にいて、体育の授業やみんなで騒ぐことはあまり得意ではなくて、自分と似ているように見えた。別の小学校だったから、彼のことをよく知らなかった。同じ小学校の友達と一緒にいないで、ひとりでいることが多い。気にせず、僕から話しかけた。ゲームや漫画よりも、自然の中で遊ぶことが好きだと話していたので、日曜日にふたりで自転車で川に釣りにいったりした。虫やザリガニを捕まえたりもした。僕は、そういう遊びをあまりしてこなかったから、新鮮に思えた。少しも違和感を覚えなかったわけではない。でも、その違和感の正体がわからなかったし、わざわざ確かめることではない気もして、気づいていないフリをした。

ある日、彼から「母親の信仰で」と言われた。母親が新興宗教の信者で、禁止されていることがあるという話だった。好きかどうかの問題ではなくて、ゲームや漫画は買ってもらえない。多額の寄付をしたことで揉めて父親は出ていった。親戚ばかりではなくて、近所の人からも借金をしている。同じ小学校だった友達は、そのことを知っているから、話しかけてこない。「鳴海くんが友達になってくれて、嬉しかった」と言ってくれた。勇気を振り絞って、話してくれたのだと思う。僕が勧誘されたわけではないし、うちの両親に借金を頼んできたわけでもない。まだ十二歳でしかなかった僕には、新興宗教が何かなんてわからなくて、気にならなかった。けれど、彼がすごく気にしていることは、伝わってきた。

今まで以上に優しく接しようと思い、気遣ううちに、僕と彼の距離は離れていった。

夏休みになる前、彼は家庭の事情で引っ越すことになった。母親と離れ、祖父母と暮らすことが決まったのだ。引っ越し先は、聞かなかった。離れてしまうことに、心のどこかで安心していた。二学期になるころには、彼のことを忘れ、他の友達と最新のゲームで遊んでいた。僕が自分の秘密を自覚する前のことだ。それから一年くらいの間に、僕の身長は十センチ以上伸び、顔つきも変わった。同じように、彼も変わっただろう。今、会ったとしても、お互いに気づかない。

十五年以上も前のことだし、記憶は曖昧だ。

あの子は、幻だったのではないかと考える時もある。同級生と会っても、話題に出ることもない。けれど、あの時の話せば話すほどに理解が遠のき、何かが失われていく感覚は、今でも鮮明に思い出せる。

僕は、彼のことを「かわいそうな子」と考えていた。


ブルーに出勤したら、啓介さんが開店の準備をしていて、レイラちゃんがそれを手伝っていた。曜日を間違えたかと思ったが、今日は月曜日で、祝日や振替休日でもないはずだ。

「鳴海くん！」嬉しそうな顔をして、レイラちゃんは僕に駆け寄ってくる。

「おはよう」

「おはようございます」笑顔で、僕を見上げる。

「今日、保育園は？」

「……うーん」目を逸らし、下を向く。

「お休み？」

「ううん」小さく首を横に振る。

聞いてはいけないことだったのか、レイラちゃんは泣き出してしまいそうな顔をする。

「レイラ、向こうに座っていて」啓介さんが言う。

「鳴海くんと遊びたい」

「鳴海くんはお仕事に来てるんだから」

「遊びたい！」

「駄目、向こうにいて」店の奥を指さす。

「はあい」

泣きそうな顔のまま、レイラちゃんは言われた通りに店の奥に行き、ソファに座る。

「おはようございます」改めて、啓介さんにあいさつをして、レジ下に置いてあるエプロンを取る。

「ごめん、すぐに母親が迎えにくるから」話しながら、啓介さんはアイスコーヒーやアイスティーの準備をしていく。

「絵梨さんですか？」

「違う、オレの母親」

「そうですか」

「朝からレイラが保育園に行かないって大騒ぎして、絵梨とレイラが大げんかして、大変だったんだよ。それで、絵梨は仕事があるから、うちの実家に行って、交替でおばあちゃんが来る」

「はい」

「ぐずることはたまにあるけど、熱があるとか保育園でいじめられてるとかでなければ、いつもは無理にでも連れていく。行って友達と会ったら、意外と機嫌良く遊んでいる。でも、今回は、絵梨も悪いから」

「何かあったんですか？」

聞いていいことなのか迷いはあったが、話の流れとして、聞かないのもおかしいだろう。

「何か大きなことがあったわけじゃない。でも、絵梨の帰りが遅くなる日がつづいてた。レイラとしては、昨日はママとふたりで遊ぶつもりだったのに、絵梨は出かけてしまった。おばあちゃんが来てくれても、ママの代わりにはならない。その気持ちが今日の朝になって、爆発した」

「絵梨さん、仕事が忙しいんですか？」

姉の手伝いのために、今月も休みを少し多めにもらった。昨日は日曜日でお義兄さんがいたから行かなかったけれど、平日は海里のお迎えや買い物の手伝いにいっている。僕が休みの日には、絵梨さんか啓介さんのお母さんに店に出てもらうため、本来の絵梨さんの仕事がうまく進んでいないのかもしれない。

「いや、うーん」

僕を見て首を傾げ、啓介さんは厨房に入っていき、そのままランチのサラダの準備をする。

これ以上は、聞かない方がよさそうだ。

カウンター周りや厨房の開店準備はできているみたいだったから、店内に掃除機をかけていく。

椅子をずらして、隅のほこりまで取る。

レイラちゃんはソファから立ち上がり、僕についてきて、一緒になってテーブルや椅子の下を覗き込む。

「ママとけんかしたの？」掃除機をかけながら聞く。

「ううん」首を横に振る。

「けんかしたって、パパは言ってたよ」

「違うよ」レイラちゃんは、声を潜める。

「違うの？」

話しにくいから、掃除機の電源を切ろうかと思ったけれど、啓介さんには聞かれない方がいい気がした。厨房にいるままで、まだ出てきていない。

しゃがみ込んで、レイラちゃんと目線の高さを合わせる。

「けんかしたのは、パパとママ」僕を見て、レイラちゃんが言う。

「そうなの？」

「最近、パパとママ、いっつもけんかしてる。鳴海くんに、それを聞いてほしかった」

「そうだったんだ」

「昨日の夜も、レイラが寝た後にけんかしてた」

「寝てたんじゃないの？」

「寝てたけど、起きちゃった」

「……そうなんだ」

聞いたところで、どうしようもない。

啓介さんにも絵梨さんにも「けんかしたんですか？」なんて聞けない。

先週の金曜日、絵梨さんが店に来て、啓介さんとしばらく話していた。何を話しているかまでは聞こえなかったけれど、いつも通りに仲良くしているように見えた。レイラちゃんの言う「いっつも」とは、いつからいつのことなのか。僕よりも、おばあちゃんにでも言った方がいいんじゃないかと思うが、それができないから僕に話したかったのだろう。

「秘密ね」

「えっ？」

「今のは、秘密にして」口元に人さし指を当てて言い、レイラちゃんはソファに戻っていく。

ドラマか何かのマネで、嘘なのかもしれない。

それとも、そんな大袈裟に考えないでもいいけれど、誰かに知っておいてほしいというぐらいのことなのだろうか。

どんな家族であっても、多少のけんかは起こるものではないかと思う。うちの両親だって、たまにけんかしていて、母親が一週間くらい市内にある実家に帰ったことがあった。理由は、家事分担の問題と聞かされた。帰りを待つ間、父親の作った味の薄いカレーをずっと食べさせられた。姉と僕は、性別や年齢の差もあるから、あまりけんかをしたことはないけれど、子供のころに「お姉ちゃんの意地悪！」と泣いて訴え、頭を叩かれたことはある。何が原因だったのかは、思い出せない。瀬川さんは、妹さんと「友達とはしないようなけんかになることもある」と話していた。年の近い女同士だからこその激しさはありそうだ。それだけですぐに、離婚や家族の縁を切るという話になることではない。

だから、大丈夫ではないかと思うが、気がかりなことはあった。

半年くらい前、ナイトのコンサートの帰りに、絵梨さんらしき女の人が男の人といるところを見かけた。遠くからではっきり見えたわけではないから、見間違いだったことにした。けれど、あれは、やはり絵梨さんだったのかもしれない。あの日の朝、レイラちゃんは熱を出していた。お昼過ぎには下がったものの、安静にするようにと言われて、部屋で寝ていたはずだ。僕と瀬川さんが夜帰ってきた時に、絵梨さんが僕たちと同じ電車に乗っていたと話していたこともある。啓介さんの家の仕事とは思えないから、ひとりでどこかに出かけていたのだろう。

不倫の可能性を考えてしまう。

そうだとしても、それは夫婦の問題であり、話してくれたレイラちゃんには悪いけれど、やはり僕にはどうしようもない。

十一時になったので表に出て、ガラス扉にかかっている札を「開店中」にひっくり返す。


午後になり、風が強くなってきた。

空は晴れているから、雨が降ったりはしなそうだけれども、ビルの間を強い風が吹き抜けていく音が聞こえる。

気圧の変化で、頭がぼうっとするから刺激を求めるのか、ランチはカレーがよく出た。ブルーのカレーは、すごく辛いわけではないのだが、複数のスパイスが使われている。先代が試作を繰り返して作り上げたものらしい。玉ねぎやにんじんは摺《す》り下ろし、溶けてなくなるまで煮込む。そこに、崩れる寸前まで柔らかくなった鶏肉が浮かんでいる。

一食分に少し足りないくらい残っていたので、賄いはカレーを食べることにした。

賄いは、ランチタイムが落ち着いた後、その日に残っているものの状況を見て、好きなものを食べていいことになっている。

休憩室はないので、お皿にごはんとカレーを盛ったらカウンター席の端に座り、そこで食べる。外に出てもいいと啓介さんからは言われているけれど、バイトをはじめてから、ずっと店で食べるようにしている。お金の問題もあるが、ブルーの味をできるだけ知っておきたかった。作り方や材料を理解していくうちに、味に対する感覚も変わってきた気がする。

「鳴海くん、それ食べ終わったら、クリスマスツリー出してもらっていい？」啓介さんが話しかけてくる。「カレーの仕込みは、オレがやるから」

「いいですけど、ツリー出すには、まだ早くないですか？」

クリスマスまでは、まだ一ヵ月以上ある。

ブルーは、季節や行事に合わせて店内の装飾をすることはないのだけれど、クリスマスだけはツリーを出して、ガラス扉にリースをかける。

「レイラがいるから、一緒に飾りつけして」

「あっ、わかりました」

開店してすぐに啓介さんのお母さんが来て、レイラちゃんは二階に上がっていった。自分の孫でも、一日中ずっと相手をしているのは、大変だろう。

「ツリーは二階の倉庫」

「はい」

カレーを食べて、少しだけスマホを見て、洗い物を済ませ、裏口から外に出る。

風が吹き、街路樹やどこかの家の庭から、黄色く染まった葉が飛んでくる。

階段で二階に上がり、インターフォンを押すと、啓介さんのお母さんとレイラちゃんがすぐに出てきた。

「どうしたの？」レイラちゃんが聞いてくる。

「下で、一緒にクリスマスツリーの飾りつけしよう」

「する！」嬉しそうに目を輝かせる。

「ちょっとツリー取らせてもらいますね」啓介さんのお母さんに言う。

「どうぞ」

「お邪魔します」

二階には、啓介さんと絵梨さんとレイラちゃんが住んでいて、普通のマンションみたいな間取りになっている。以前は、人に貸していたらしい。啓介さんがブルーを継いで店の改装をした時に、この部屋に住んでいた人も引っ越したので、啓介さんと絵梨さんが住むようになった。玄関横の四畳半が倉庫になっていて、店に置けない備品もそこにしまってある。

家族のものも置いてあるので、春夏物の服の入った衣装ケースや何が入っているのかわからない段ボール箱や弾ける人のいないギターが積み上げられている奥から、クリスマスツリーや飾りの入った箱を出す。

箱を抱えて倉庫から出て、レイラちゃんと一緒に裏口から店に戻る。

厨房では啓介さんがカレーの仕込みをはじめていた。店内は、半分くらい席が埋まっている。お客さんの状況を気にしつつ、カウンターの横でクリスマスツリーの箱を開ける。

よくある緑色のモミの木を模したプラスチックのもので、高さは僕の身長よりも少し低いくらいだ。バラバラになって入っているため、まずは組み立てていく。レイラちゃんは、僕の横にしゃがみ込んで、箱からサンタクロースや鼻が赤く光るトナカイのオーナメントを出し、静かに見ていた。海里と美月だったら、この時点で「やりたい！　やらせて！」と大騒ぎすると思う。ふたりに比べると、レイラちゃんはおとなしいと感じる。女の子でひとりっ子だからだろうか。

ツリーを立てたら、オーナメントをひとつひとつ飾っていく。

もともとツリーに付属していたものではなくて、別に買ったみたいで、オーナメントは新しいものだ。赤とピンクと白のボール状のものの他に、クリスマスモチーフの人形やディズニーアニメのキャラクターのものがいくつかある。まずは、ボール状のものを掛けていく。

「僕が上の方をやるから、レイラちゃんは下をお願い」

「どこに掛けたらいい？」ピンク色のものを持ち、少し困ったような顔をして、僕に聞いてくる。

「好きなところでいいよ」

どこでもいいというのは、逆に迷うのだろう。レイラちゃんは、手に持ったままで、黙り込んでしまう。

「一緒に掛けていこうか？」

「うん！」安心した顔で、大きくうなずく。

ひとつひとつ相談して、少し離れて確認しながら、バランスを考え、オーナメントを掛けていく。手の届くところはレイラちゃんが掛けて、高いところには僕が掛ける。慣れてくると、レイラちゃんから「ここがいい！」と言ってくれるようになった。

ガラス扉が開き、お客さんが入ってくる。

北村さんだった。

ファッションに詳しくない僕でもわかるような、高そうなコートを着ている。黒くて、デザインはシンプルだけれど、シルエットがキレイだ。

「いらっしゃいませ」

「ツリー、もう出すの？」そう言いながら、北村さんは僕とレイラちゃんの横に立つ。

人見知りする子なので、レイラちゃんは隠れるように、僕にくっついてくる。僕が働きはじめたころも、なかなか話してくれなかった。何度か会って、少しずつ話し、仲良くなってからは「鳴海くん、鳴海くん」と慕ってくれるようになった。

「ちょっと早いんですけど」

「クリスマスのころにまた集まるけど、来る？」

「いや、僕は、もうやめておきます。やっぱり、あの部屋の人たちとは、ちょっと違うので。あの、違うっていうのは、差別的な意味とかではなくて」

「大丈夫、わかってるから」北村さんは、少し笑う。

「ごはんもおいしかったし、この前は洋服も貸してもらって、お世話になりました」

「あの部屋の人たち、みんな不思議なくらいに鳴海くんのことを気に入っていたから、もしも来たくなったら、いつでも言って」

「……はい」

「向こう、座っていい？」窓側の席を指さす。

「どうぞ」

席に座り、北村さんはコートを脱ぎ、バッグからパソコンや資料を出す。

「ちょっと待っていてね」レイラちゃんに言い、僕は手を洗う。

グラスに水を注ぎ、北村さんのテーブルに持っていく。

「ご注文、お決まりですか？」

「コーヒーで。啓介さん、いるの？」

「厨房にいるんで、大丈夫です」

バイトをはじめてから一年半以上経つのに、僕はまだコーヒーを淹れられないままだ。先代は全然お店にも来ないし、忘れられている気がする。

「コトリと何かあった？」

「……えっ？」

「ハロウィンの時、ふたりで帰ってたじゃん。その時、俺とのこととか、何か聞いた？」

「ああ、いや、えっと」何をどこまで聞いたことにしていいのだろう。

「聞いたんだ？」

「まあ、そうですね」

「コトリからも、もう集まりには行かないって言われたんだよ。それで、俺とも、もう会わないって」

「そうですか」

「他に好きな男ができたからって」

「……へえ」

「俺も俺で、彼女がいるから、そういう付き合いじゃなかったんだけどな」

「そういう付き合い？」

「遊びや浮気ともちょっと違うんだけど……」

「うーん」

「鳴海くん、コトリの好きな男についても、何か聞いてる？」

「いや、それは、ちょっと」わざとらしいほどに、大きく首を傾げてしまう。

だが、北村さんは、僕が嘘をついているとは思っていないようだ。コトリさんの「好きな男」は僕ではないかもしれないし、嘘と決まったわけでもない。あの告白は、一時の気の迷いであり、他に誰かいる可能性もある。

「コトリから、何か聞いたら、教えてもらえない？」

「彼女がいても、コトリさんのことも気になるんですか？」

「彼女は彼女、コトリはコトリ」

「そうですか」

「軽蔑してる？」

「してないわけじゃないけど、してないです」

二股をかけたり浮気したり不倫したり、友達からも聞いてきたし、テレビで見たりもしてきた。そういうことをする人は決まっていて、常識や倫理観の問題ではない気もした。恋人が複数人いることによって、バランスが取れる人もいるのだろう。

「僕、コトリさんとはハロウィンの時に一緒に帰って少し話しただけで、連絡先も知りません。SNSのアカウントとかも、教え合っていない。だから、もう会うことも連絡を取ることもないと思います」

「そうか。ごめんね、変な話して」

「大丈夫です。変な話でもないです。コーヒー、少しお待ちください」

小さく頭を下げて席から離れ、厨房にいる啓介さんに注文を伝える。

「鳴海くん」レイラちゃんが寄ってくる。

「お待たせ、つづきやろうね」

「うん！」

「次、これにしよう」リボンのかかったプレゼントの形をしたオーナメントを取る。

「レイラね、サンタさんに何をお願いするか、決めてるの」

カウンターでコーヒーを淹れる啓介さんには聞こえないように、レイラちゃんは僕に顔を近づける。

「何？」

「シルバニアのお家《うち》」

「そうなんだ」

「秘密だよ」人さし指を口元に当てる。

「今日は、秘密がいっぱいだね」

「……うん」

朝のことを思い出してしまったのか、レイラちゃんはまた元気がなくなってしまう。

お客さんがいなくなり、レジ締めをしていたら、ガラス扉の向こうから視線を感じた。見てみると、絵梨さんがいた。

「どうしたんですか？」レジから出て、ガラス扉を開ける。

「ただいま」

「お帰りなさい」

「全部、片づけちゃったよね」店に入ってくる。

「そうですね」

厨房は明日のランチの仕込みを終えて、カウンター周りの補充もしてある。あまったアイスコーヒーやアイスティーは廃棄した。

「ジュース、ちょっと盗むね」カウンターに入り、絵梨さんは冷蔵庫からオレンジジュースのパックを出す。「グラスは、あとで自分で洗うから」

「はい」

「レイラと飾りつけしたの？」クリスマスツリーを見ながら、オレンジジュースを飲む。

「そうです」

「ご機嫌斜めだったでしょ？」

「ずっとっていうわけじゃないですけど、落ち込んでるみたいでした」現金を数えて、レジ下の手提げ金庫に移していく。

「ふうん」

「あっ、サンタさんにお願いするもの、聞きましたよ」

啓介さんに伝えようと思っていたのに、忘れていた。秘密と言っていたが、サンタさんには教えてもいいだろう。

「何？」

「シルバニアのお家って言ってました」

「どのお家？」

「……どの？」

「シルバニアのお家って、たくさんあるの。赤い屋根だったり、木の形でブランコがぶら下がっていたり、三階建てでエレベーターがあったり」

「そこまでは、聞いてません」

「今度、聞いておいて」

「わかりました」

聞けるチャンスがあるかわからないが、難しいと言える隙がなかった。

ご機嫌斜めなのは、レイラちゃんではなくて、絵梨さんだ。お酒を飲んできたのか、目の焦点が合っていない。

「啓ちゃんは、何か言ってた？」

「クリスマスプレゼントですか？」

「違う！」声を大きくする。

「絵梨さんとレイラちゃんがけんかしたって、言ってました」

「……それだけ？」

カウンター席に座り、残りのオレンジジュースを飲み干す。

「啓介さんは、それだけです」

「……そう」

「レイラちゃんは、啓介さんと絵梨さんがけんかしてるって、言ってました」

言わない方がいいことかもしれないけれど、レイラちゃんは悩んでいるみたいだった。大人びたところはあっても、まだ小さな子供で、僕がどうにかしてあげられることはない。

「けんかっていうかね」溜め息をつく。「啓ちゃんって、いい上司でしょ？」

「とても」

常に優しいし、ほどよく気が抜けていて、僕の困るようなことは聞いてこない。困った時には、すぐに助けにきてくれる。自分で店ができるのであれば、ああいう人になりたい。

「夫としても、父親としても、いい人なの」

「はい」レジ締めも終わったし、閉店時間になったが、このまま聞いた方がよさそうだ。

「でも、いい人すぎるから、しんどいんだよね」

「そうですか」

「わたしが他の彼氏と会っていても、何も言わないし」

「……えっ！」

酔っぱらっているのだろうから、適当にうなずきながら聞いていればいいと思ったのに、急に大事なことを言われ、声を上げてしまう。

「えっ？」眉間に皺を寄せ、絵梨さんは僕を見る。

「他の彼氏とは？」

「……ごめん、鳴海くんに言ったらいけなかったんだ」下を向き、両手で顔を隠すように覆う。「聞かなかったことにして。全て忘れてもらえるかな？」

「……できるだけ」

他の彼氏と思われる男性といるところも見ているし、それは無理だ。

7

電車を乗り継いで一時間くらい、東京都内なのだけれど二十三区からは外れた駅で降りる。駅からの通りが商店街になっている。八百屋や肉屋や魚屋の他に、自転車屋や手芸用品店や小さなレストランも並んでいる。まっすぐに進んでいき、お店が途切れてきたところに、古い一軒家を改装したカフェがある。

ＳＮＳや雑誌で何度か見て、前から気になっていたお店だ。

三十代後半の女性がふたりで経営している。

内装は白を基調にしていてシンプルなのだけれども、ふたりで隅々までこだわって作り上げたことが感じられた。木のぬくもりが伝わってくるような椅子とテーブルが並び、ガラスの一輪挿しには黄色い花が飾られている。二十席もないので、ふたりでも余裕を持って接客できるだろう。余計なものがなくて、風通しがいい。

平日の夕方だからか、僕の他には、赤ちゃんを連れたご夫婦しかお客さんがいなかった。

ひとりだと伝えると、お好きなところにどうぞと案内された。窓側の席に座らせてもらい、カフェラテとフルーツケーキを注文する。

窓の外には、裏の公園が見える。

木々の葉は落ちて、その先で、小学校高学年くらいの男の子たちが集まり、ゲームをしていた。家で遊べばいいのにと思うが、大騒ぎするから、追い出されたのかもしれない。

ご夫婦は、近くのお店の人みたいで、旦那さんが赤ちゃんをあやしながら、年末年始の営業について相談しているようだった。席が離れているため、話し声が断片的に聞こえるだけで、気になるほどではない。赤ちゃんは、瑠璃より少し大きくて、生後半年というところだろう。よく眠っていて、抱っこから隣に置いたベビーカーに移される。

「失礼します」

店員さんがカフェラテとフルーツケーキをテーブルに並べていく。

カフェラテにはクマのラテアートが描かれていて、ドライフルーツが入ったケーキには生クリームが添えられている。ケーキも、お店で焼いているようだ。奥で、明日以降のための仕込みをしているのか、微かに甘い香りがした。

「ごゆっくりどうぞ」

小さく頭を下げて、店員さんはカウンターの中に入っていく。

もうひとりの店員さんと視線を交わし、何か話している。

ふたりとも、肩までの髪をひとつに結び、お揃いのベージュのエプロンをかけていて、身長も同じくらいで、よく似ている。姉妹のようにも見えるが、恋人同士だ。そのことを以前は隠していたらしいのだけれども、最近発売された雑誌でカミングアウトした。大々的に発表したわけではなくて、カフェや喫茶店を特集した雑誌のお店に関する取材の中で、サラッと「市にパートナーとして、届けを出した。これからは恋人であることをはっきり言っていきたい」と話していた。記事としても、そのことを特別には扱っていなかったから、インタビューまで読まなかった人は、気が付かなかったかもしれない。

僕は、行きたいけれど行けていないお店として、ずっとリストに入れていたから、全て読んだ。

いつからか、周りが騒がしくなってきたように感じていて、ひとりで静かに過ごしたいと思い、ここを選んだ。アパートではいつもひとりなのだけれども、どこか少しだけ遠くに行きたいという気持ちがあった。

カウンターの中で、店員さんたちは軽く会話を交わすものの、それぞれの仕事をしている。ブルーと似たつくりで、カウンターの奥にかかるカーテンの向こうに、厨房があるようだ。

あまり見ない方がいい気がしたから、外に視線を向け、フルーツケーキを食べてカフェラテを飲む。

冬至はクリスマスよりも少し前のはずだから、あと二週間くらいあるけれど、陽が沈むのが早い。

遠くの空が暗くなってきたと考えるうちに、街は夜に包まれていき、公園で遊ぶ子供たちは帰っていく。男の子ばかりだと思っていたが、女の子もいたようだ。髪型や服装ではわからなくても、手を振りながら「またね」と上げた声が違った。

ベビーカーで寝ていた赤ちゃんが起きてしまったみたいで、泣き声が響く。

「起きちゃったか、どうした?」優しく言い、旦那さんが赤ちゃんを抱き上げる。

思わず見てしまい、目が合う。

「すみません」

「いえ、気にしないでください。うちの姉も、子供を産んだばかりで、慣れてるので」

「ありがとうございます」

僕に向かって頭を下げてから、旦那さんは立ち上がり、赤ちゃんの背中を軽くなでたり顔を見たりして、あやしつづける。正面に座る奥さんが「ミルクかな？　おむつではなさそう？」と聞く。旦那さんが「ミルクかも」と答えると、店員さんが「お湯、いる？」と声をかける。奥さんが「お願いしていい？」と言いながら足元のカゴに入れたカバンを開け、ミルクを作るための用意をする。


ひとりで少し遠出して、気分転換したものの、その気持ちを沈ませるような雨が降っている。

冬の雨は、全てを冷やしていく。


ブルーの店内は、暖房をつけていても、建物の壁や床から冷気が湧き上がってくる感じがする。カウンター内に立っていると、足元が冷えていく。日曜日ということもあり、ランチの時間帯を過ぎると、ほとんどお客さんが来なくなった。レトロ喫茶店ブームは、完全に過ぎ去ったわけではないけれど、落ち着いたようだ。春夏のころのように、混むことはない。

奥の席で本を読む男性、パソコンで仕事をする女性、窓側の席でお喋りをする大学生くらいの男の子ふたり、追加の注文はなさそうだし、グラスの水も足りている。外を歩く人もいなくて、時間が止まっているような気がしてくる。


クリスマスツリーに巻いた雪の結晶の形をしたライトが点滅を繰り返す。

裏口が開き、二階にいた啓介さんが下りてきたのかと思ったら、絵梨さんだった。

「お疲れさま」厨房を通り、絵梨さんは濡れたコートをはたきながら、カウンターの方に来る。

「タオル使いますか？」

「ううん、大丈夫」カバンからハンカチを出し、濡れた毛先を軽く拭く。

髪を巻いていて、化粧もいつもと雰囲気が違う。どこがどうして違って見えるのかはわからないが、派手に感じた。目の周りやチークやリップの色を少しずつ変えたのだろう。

「どこか行ってたんですか?」

「デート」僕を見て、絵梨さんは笑顔で言う。

「そうですか」

先月、閉店間際に店に入ってきた絵梨さんに、啓介さん以外にも彼氏がいることを聞いた。「聞かなかったことにして」と言われ、その日はそれ以上は話さず、店を閉めて帰った。次の日に出勤してきても、啓介さんからは何も言ってこなかった。僕と絵梨さんがふたりきりになることは、なかなかない。いつも、啓介さんやレイラちゃんがいる。話す機会がないまま、僕は忘れたことにするつもりだった。

「啓ちゃんは?」

「ランチのお客さんが引いてからは、レイラちゃんと上にいます」

「そう」絵梨さんは自分で自分のコーヒーを淹れて、コートを脱いでからカウンター席に座る。

「前に、見ました」

「何を?」

「春になったころ、絵梨さんが男の人と一緒にいるところ。瀬川さんとナイトのコンサートを見にいった時です」

「ふうん」

「あの日、レイラちゃんは熱を出していたはずです」

「酷い母親だと思ってる？」

「……いえ」

絵梨さんは、母親として、何もしていないわけではない。啓介さんが忙しい時には、保育園の送り迎えに行っている。休みの日に、母と娘のふたりだけで、お出かけすることもある。土日は、基本的に絵梨さんがレイラちゃんを見ている。いつもは、それほど遅くならずに帰ってきているはずだ。どこまでしていれば、母親として充分なのかは難しいが、「酷い」ということはないだろう。レイラちゃんがひとりになることはないみたいだし、家族として問題がなければ、それでいいのではないかと思う。

家事をして、育児をして、仕事までして、今の母親はやらなくてはいけないことが多すぎる気がする。姉は今、家事と育児に専念しているけれど、仕事に戻れない焦りは、常にあるようだ。

「思わないの？」不満そうにして、絵梨さんは眉間に皺を寄せる。

「思われたいんですか？」

「責められてしまった方がいい時もあるじゃん」

「……どういうことですか？」

「啓ちゃんと鳴海くんって、ちょっと似てるよね」

「そうですか？」

「怒られてしまえば、楽なんだよ。でも、啓ちゃんって、怒らないから」

「ああ、それは、なんとなくわかります」

バイトをはじめたばかりのころ、どうしてもミスをすることはあった。ランチタイムに注文を聞き間違えてしまったり、ドリンクを用意するタイミングが遅くなってしまったり、現金払いのお客さんに釣銭《つりせん》を多く渡してしまったりした。謝ると、啓介さんは必ず「気にしないでいいよ」と言ってくれた。ミスがつづくと、その優しさがプレッシャーになった。会社勤めしていた時は、すぐにキレる先輩がいた。怒られることは苦手だったが、何を考えているのかはわかりやすかった。

「でも、けんかしたんじゃないですか？」僕から聞く。

「したんだけどさ、そのけんかも、ちょっとわけが違うんだよ」

「どのように？」

「普通、妻に他にも恋人がいたら、別れろってなるでしょ？」

「はい」

「それが逆なの。わたしがレイラも大きくなってきたし、もう他の恋人とは別れるって言ったら、うちのことと恋人とのことは別問題だって言われた。レイラが熱を出した時だって、わたしは行かないって言ったのだけど、相手に対する責任があるって」

「うーん」

「別に、嫌みみたいなことで、そう言ってるわけじゃないの。本気でそう言ってるの」

「啓介さんが言っていることも、正しい気はします」

僕も、夫婦でも恋人でもないが、瀬川さんといた時に同じようなことを考えた。僕と誰かの関係が違う誰かとの関係に影響することは、おかしい。それは、順位をつけるようで、失礼にも思える。しかし、そういうわけにはいかないことがあるとも、わかっている。

「もともと、わたしには常に複数人の恋人がいることを了承してもらった上で、結婚してるから」

「それ、僕に話していいんですか？　前は、啓介さんから話すなって言われているみたいに、言ってませんでした？」

「隠すの大変だし、もういいよ。わたしのことを、啓ちゃんが決める権利なんてないし」

「そうですけど、僕に聞く義務もないですよ」

「……ごめん。聞きたくなかったら、話さない」

「どっちでもいいです」

聞いてしまったら、働きにくくなるかと思ったが、そうでもなさそうだ。

お客さんは、それぞれ読書や仕事やお喋りに集中していて、僕と絵梨さんが話していることは、気にしていないみたいだった。僕も啓介さんも、お客さんと話すことはあるから、クレームを言われるようなことでもない。

「鳴海くんは、彼女のこととか全然話してくれないよね。今はつぐみちゃんとカフェ巡りに行ったりしているから、誰もいないんだろうけど、前は同じ大学の子とか会社の同僚とかと付き合ってたんでしょ。でもね、世の中には、色々な人がいて、ひとりとだけ付き合っていられない人もいるの」

「はあ……」

また決めつけられたと思い、気の抜けた返事をしてしまう。僕が驚いて何も言えなくなっているとでも思ったのか、絵梨さんは喋りつづける。

「そもそも、どんな生き物も、最大の目的は繁殖なの。子孫繁栄、種の保存のために生きて、進化する」

「はい」

「子供を産んだ後も、何十年も生きるのなんて、人間ぐらいだからね。他にもいるかもしれないけど、とても少ない」

「はい」

哺乳類では人間以外にもいる気がするけれども、サケは産卵後に数日で死んでしまうし、カマキリは交尾中にメスがオスを食べてしまう。人間だって、女性は楽に子供を産んでいるわけではない。どんなに医療が進歩しても、出産時に亡くなるリスクはある。

「今は、法律として、日本でも他の多くの国でも、ひとりの異性との結婚しか認められていない。そして、そのひとりとの間にしか、子供を産んではいけないことは、世間の常識になっている。決めることで、秩序は保たれている。でも、生物学的に無理があると思うの。何十年も生きる中で、ひとりかふたりしか産まない、多くても三人とか四人とか。時間が無駄になっているって感じない？」

「三人育てることは、大変そうなので、それが人間の限界というものなのではないでしょうか？　他の動物と違い、エサを与えていればいいだけではないので」

十人以上子供がいて大家族と言われる家もあるけれど、今の絵梨さんの話で、それは例外として考えた方がいい。あくまでも、日本の平均的な家庭について話している。

「成人までは、学校に通わせたりしないといけないからね」

「はい」

「けど、それは理性の問題であって、本能的にはもっと子孫を残そうという気持ちがあるはず。たくさんの恋人がいる方が自然だと思うの」

「うーん」

話がよくわからなくなってきたので、整理する。

理性や人間が作り上げてきたルールを考えない場合、もっと繁殖に積極的になることが自然という話だ。一夫一妻制《いっぷいっさいせい》の動物もいるはずだけれど、詳しくはわからなかった。たしか、オオカミやペンギンがそうだったと思う。人間に関しては、かつては一夫多妻制《たさいせい》が許されていたし、今も許されている国や地域はある。本能的に、一夫一妻制を選んでいるわけではない。

「そんなわけで、わたしには十代のころから、常に複数人の恋人がいるの。十人とかいるわけじゃないよ。多くても、三人。四人いた時もあるけど、スケジュール調整ができなかった。啓ちゃんは、そのことを高校生のころから知ってた。知ってる上で、十年以上友達でいて、三十歳の時に結婚した。そのことについて、家族ではない誰かに批判する権利はない。だから、鳴海くんも、批判しないで」

「していません」

「性病に気を付けること、他の人とする時は必ず避妊することが条件で、それも守ってきた。だから、レイラは啓ちゃんの娘。こういうこと話すと、またセクハラとか言う？」

「言わないでおきます」

絵梨さんは、啓介さんのことも知っている誰かに相談したかったのだろう。けれど、ブルーの常連客やママ友や啓介さんの両親に話せることではない。

「それで、家のことは主に啓ちゃんがやってくれているし、その都度ルールを話し合ったりして、うまくいってたの。でも、レイラのこれからを考えたら、やっぱり普通の夫婦みたいになるべきって思って、恋人と別れることにした」

「絵梨さんが別れたいから、別れるっていうことであれば、いいんじゃないんですか？　レイラちゃんがっていうのは、僕もちょっと違うという気はします。責任転嫁みたいです」

「……そうか」大きくうなずき、絵梨さんはすでに冷めているであろうコーヒーを飲む。

「ちなみに、絵梨さんみたいな人のことは、ポリアモリーと言います」

「知ってる」

「それは、失礼しました」

ただの不倫や浮気と言える関係で、啓介さん以外の人と付き合っているわけではない。恋愛感情がひとりではなくて、複数人に向く人もいる。そういう人のことを「ポリアモリー」という。言葉としては知っていたが、そうだと思える人には初めて会った。何人もの女の子と遊びたいだけなのに、「オレ、ポリアモリーだから」とふざけて言っている友達は、大学生の時にいた。軽く見せて本気なのかもしれないと思ったこともあったが、卒業するころにはひとりの女の子と付き合うようになった。

絵梨さんが本当にポリアモリーであれば、レイラちゃんのことを考えたからって、啓介さんひとりだけというわけにはいかないと思う。数年は大丈夫だとしても、またいつか、他の誰かに恋愛感情を抱くようになるかもしれない。啓介さんやレイラちゃんへの愛情が本物だとしても、それは理性だけで止められないことだ。止めようとして、精神的なバランスを崩してしまう人もいる。

「ごめんね、つまらない話をして」絵梨さんが言う。

「いえ、気にしないでください」

「離婚したりはしないから、安心して」

「はい」

「あと、シルバニアのお家、わかった？」

「まだ聞けていません」

レイラちゃんから聞き出さないといけないと思い、シルバニアのお家について調べた。洋服を着て、二足歩行をするウサギやクマの人形は、実家で姉も持っていた。美月も集めているから、姉のマンションでも見たことがある。お母さんとお父さんがいて、女の子と男の子がいて、赤ちゃんがいる。正式には「シルバニアファミリー」というので、必ず家族が揃っている。

「聞けたら、教えて。無理はしなくていいから」

「わかりました」

「これ、洗っておくね」カップとコートを持って立ち上がり、絵梨さんは厨房に入る。

「他の洗い物と一緒に洗うので、置いておいてください」

「じゃあ、お願い」

流しにカップを置き、コートは手に持ったままで、絵梨さんは裏口から出ていく。

夕方までにはやむという予報だったのだけれど、雨は強くなってきているようだった。


久しぶりに実家に帰ってきた。

姉のマンションから近いので、ついでに寄れる距離なのだけれども、なんとなく足が遠のいていた。

実家の二階には、姉の部屋も僕の部屋も、残っている。

引っ越す時、いるかいらないか決められなかったものを置いて出た。机の引き出しの中とかベッドの下の収納とか、整理することが面倒くさくて、そのままになっているところもある。二年近く経つから、必要ないものは捨てることにした。

姉は高校生や大学生のころに、机やベッドを買い替えていた。僕の部屋は、小学校に上がる前に買ってもらった学習机とベッドのままなので、見本のような子供部屋だ。カーテンも、小学生の時に母親が作ってくれた青地に車の柄のものがずっとかかっている。ここに暮らしつづけていたら、「子供部屋おじさん」と呼ばれるようになっていたのだろう。定期的に母が窓を開けて風を通し、掃除機をかけてくれているみたいだけれど、なんとなくかび臭い。

机の引き出しには、使いかけの消しゴムや薄汚れたシャーペンや折れ曲がった付箋が入っている。本棚には、漫画や小説の他に、高校や大学のノートと教科書が並んでいた。大学生の時に、ジェンダーの授業で使っていた本を取り、パラパラとめくっていく。勉強していた時は、自分のことに納得しながらも、遠いことのように考えていた。友達の多くは、自分にも周りの誰かにも関係ないこととして、授業を受けているように見えた。自分たちは理解してあげる側であり、理解を求める側ではない。

性や恋愛の指向によって差別されるということに、男子よりも女子の方がずっと敏感だったのだと思う。バイト先で、セクハラを受けている人もいた。大学内でも、教授や講師から学生への性差別が問題になったこともあった。学生同士のトラブルは、恋人同士のけんかから事件ではないかと思えることまで、あちらこちらで起きていた。授業の後の教室や学食で、女子が熱心に議論しているところを何度か見かけた。僕は、そこに入れなくて、高校生の時と変わらずに同性愛をジョークにするような男子たちと一緒にいた。

ドアをノックする音が聞こえて、母親が顔を出す。

「全然、片づいてないじゃない」呆れたように言いながら、部屋に入ってくる。

母は、姉よりも小さい。久しぶりに会ったら、前よりもさらに小さくなったように見えた。痩せたわけではないし、腰が曲がったりもしていない。僕の思い出の中で、子供のころに公園やショッピングモールで「お母さん、お母さん」と追いつづけたころの印象が強いからだろう。

「無理、片づかない」本を棚に戻す。

「必要なものは、何かあるの？」

「特にない。全部、捨てていい」

クローゼットの隅には、卒業アルバムや中学と高校の制服も残っている。この先、見ることもないし、着ることもない。多分、両親の部屋の押入れの奥には、僕の幼稚園の制服も残っている。海里が生まれた時、姉や僕が赤ん坊のころに使っていたという布団や洋服が出てきた。全てではないが、祖母が手縫《てぬ》いで作ってくれたものや姉と僕が気に入っていたものは、取っておいたらしい。捨てたと思っていた犬のぬいぐるみもあった。小学校を卒業するまで、ずっと一緒に寝ていたものだ。

僕としては、引っ越しの時に全て処分したかったのだけれども、母親の気持ちを考えると、捨てられなかった。

「机やベッドは、あった方がいいでしょ？」

「いらない」首を横に振る。

「うちに来る時、どこで寝るの？」

「ここに布団敷く」

「ベッドあった方がいいじゃない」

「机は、いらない」

帰省という距離でもないし、実家に泊まるのは、年末年始だけだ。両親としては、姉にはマンションの頭金の一部を出し、僕にこの家を残すつもりだったのだろう。けれど、僕には、子供部屋が二部屋と客間まであるような、一軒家は必要ない。母親だけは、そのことになんとなく気づいているのだと思う。

バイトや仕事で帰りが遅くなることはあっても、誰かの家に泊まることは、滅多になかった。友達や同僚と旅行に行くことは何度かあったけれど、誰と行くかはっきり伝えて、もしもの場合の連絡先まで教えていた。僕の人生のどこにも、彼女であっても彼氏であっても恋人らしき誰かの影がないことは、わかっているだろう。ひとり暮らしをすると相談した時に「本当にひとりで住むの？」と聞いてきた母親の気持ちは、できるだけ考えないようにしている。

「全部捨てるんだったら、外に運び出さないといけないし、お父さんもいる時だね」母親が言う。

「うん」

「お姉ちゃんの部屋も、片づけたいし」

「お姉ちゃんのものは、美月や瑠璃が使うんじゃないの？」

「優輝のものだって、海里が使うかもしれないでしょ」

「そっかあ、じゃあ、もうしばらく残しておいて」

慌てて処分しなくても、使ってくれそうな甥っ子と姪っ子はいる。学習机やベッドは新しいものを買ってあげた方がいいと思うけれど、本や漫画はいつか読みたがるかもしれない。三人がもう少し大きくなってから考えればいいだろう。両親は、僕と姉を二十代の時に産んでいるから、まだ若い。この家のことも、すぐに決めなくていい。

「引き出しの中のゴミみたいなものは、捨てなさい」

「ゴミのようで、ゴミじゃないんだよ」

「ゴミでしょ」話しながら、母親は机の上に置いていたゴミ袋を広げる。「ここに、燃えないゴミと燃えるゴミをちゃんと分別して入れて」

「それくらい、できるから」

「古いゲーム機は、どうするの?」

「動くかどうか確かめてから決める」

「動いたら、持っていくの?」

「……売る」

「お金、困ってるの?」

「そういうわけじゃない」

「何かあったら、すぐに言いなさいよ。アパート引き払って、帰ってきてもいいんだから」

「大丈夫だよ」

ショッピングモールに行った時、姉からも同じようなことを言われた。両親や姉から見たら、僕はいつまで経っても、家族で一番小さな子供のままなのだ。

玄関のドアを開けた時、台所の方から揚げ物をした後のにおいがした。

帰りには、鶏の唐揚げを持たされるだろう。

夕ごはんはビーフシチューで、帰りには鶏の唐揚げばかりではなくて、ポテトサラダや煮魚やロールキャベツも持たされた。年末にまた帰るのに、しばらく会えないかのように見送られた。家を出るまで、母親は「ちゃんと食べなさい。風邪ひいたりしたら、すぐに連絡しなさい」と何度も言っていた。

アパートに帰り、もらってきたものは、とりあえず全て冷蔵庫に入れておく。

父親は、大学を卒業して入社した会社に勤めつづけている。このまま、定年まで働くのだろう。役職定年という年齢は過ぎたはずだが、忙しくしているようだ。以前ほどではないみたいなのだけれど、今も週に何日かは帰りが遅くなる。夕ごはんを食べ終えた後、少し待ってみたものの、帰ってこなかった。

ベッドの前に座り、テレビをつける。

塩ラーメンだけを特集した番組で、都内の人気店が紹介されている。特に興味もないけれど、そのまま見てしまう。

両親は、会社の先輩と後輩だった。母親が入社してきた時、父親は一目見て「この人と結婚する」と決めたらしい。同僚に伝え、周りに協力してもらい、特に障害もなく付き合いはじめ、すぐに結婚を決めた。母親は「そういう時代だった」と、僕と姉に話した。女性社員は、男性社員の「お嫁さん候補」として見られ、それを受け入れる。結婚後も、母親は働きつづけ、姉を妊娠した時に会社を辞めた。そのまま、僕が小学校に入るまでは、専業主婦だった。

けんかすることもたまにあったけれど、仲はいい方だと思う。忙しい時でも、父親は結婚記念日や家族の誕生日を忘れることはなかった。そういう時代だったとしても、母親は何も考えずに結婚したわけではなくて、ちゃんと恋愛もしていた。僕の知る限り、父親も母親も、不倫していたことはない。

絵梨さんの話す通りに「どんな生き物も、最大の目的は繁殖」なのだろう。それは、ドキュメンタリー番組とかでも聞いたことがあった。だが、他の生き物と人間は、やはり違う。

僕も姉も、両親がいなくても困らないくらいには、成長した。孫の世話に、姉が母親を頼ることはある。しかし、どんな家でも、祖父母に頼れるわけではない。近くに住んでいないから頼れないというこことの方が多いのではないかと思う。なので、孫の世話は、人間にとって絶対とされている行動ではない。

子孫を残すために、できるだけのことを終えた後も、人間は何十年も生きつづける。

平均寿命が延びているから、子育てをする時間よりも、老後とされる日々の方がずっと長くなる。その時間は、ただ無駄に過ぎていくわけではない。僕や姉にお金をかけてくれながらも、両親は「老後の資金」をしっかりと準備している。そのお金で、ふたりで旅行したりすることも、考えているようだ。

単純に「生き物」と考えると、恋愛感情も性欲もない自分自身の存在が意味のないもののように思えてしまう。

けれど、同性同士のカップルは自分たちだけでは子供は産めないし、男女であっても妊娠できないことはある。今は、それぞれの生き方の選択肢として、子供を望まない人もいる。その全てに、意味がないとは考えられなかった。

たまに都心に出ると、人が多すぎると感じる。何十年や何百年かに一度、世界中で死に至るような感染症が流行する。増えすぎた場合、減らすことも種の保存には必要なのかもしれない。

ただ、それも関係ない。

僕は、僕個人として、意味を持って存在している。

周りにどう影響するかという問題ではないのだ。

いきなりアセクシュアルやアロマンティックの集まりに行かないでも、ＬＧＢＴＱフレンドリーを掲《かか》げているカフェであれば、入れるかもしれない。この前行ったカフェは、ふたりが恋人同士であると公表していても、そういう人のためのお店とは言っていない。あくまでも、近くに住む人たちや働く人たちをメインのお客さんと考えている。

オーナーが同性愛者であったり、性的マイノリティとされる人たちをサポートする「アライ」であったりして、カフェやバーとして営業しつつ、交流を目的としているようなお店は増えてきている。恋人を探すためではなくて、それぞれの悩みや考えを話すための交流だ。都内が多いけれど、検索してみると、県内にも中心部には何軒かあった。僕は、お酒がほとんど飲めないから、そもそもバーは入りにくい。カフェだったら入りやすそうだし、今後に繋がるような話も聞けるかもしれない。

そう考えて、何軒か詳細を調べ、休みの日に県の中心部まで出てきたのだけれども、入れなかった。

ガラス張りのお店で、外から中がよく見えた。

見た感じとしては、同じ通りに並ぶ他のカフェや居酒屋と変わらず、明るくて雰囲気のいいお店だった。常連と思われるお客さんと店員さんが楽しそうに話していた。ＬＧＢＴのシンボルであるレインボーフラッグを掲げ、レジの周りにはイベントや集まりの案内のチラシが置かれていた。ひとりでコーヒーを飲みながらスマホを見ているお客さんもいたし、店員さんや他のお客さんと交流しないで、好きに過ごしてもいい場だ。

とにかく入ってみようと思っても、ガラス扉に手を伸ばせなかった。

ずっと見ていたからか、お客さんと話していた女性の店員さんが出てきて「どうぞ」と言われた。

「すみません」と頭を下げて、逃げてしまった。

クリスマスまであと一週間になり、街中がイルミネーションで輝いている。

スマホで写真を撮り合う恋人同士や家族連ればかり、気になってしまう。友達同士でいる人もいれば、ひとりでいる人だって、少なくない。それでも、自分ばかりがひとりなのだと追い詰められていく。

ひとりでいることは、どうしても「寂しい」と感じる。

この寂しさは、死ぬまでつづくのだ。

歩くうちに、息苦しさを覚える。

カフェに戻り、誰かと話してみようかと迷っていたら、後ろからコートのフードを強く引っ張られた。

転びそうになりながら振り返ると、コトリさんがいた。

「鳴海！」嬉しそうにして、僕を見ている。

地毛なのかウィッグなのか、顎のラインで切り揃えられた髪は、水色になっていた。コトリという名前に合わせたのか、セキセイインコみたいな色だ。コートは黒で、ボタンを複雑に掛け違えたようにしか見えない、少し変わったデザインになっている。仕事帰りなのか、重そうなカバンを抱えていた。

「あっ、こんばんは」どうしたらいいかわからず、それだけ返す。

「何してんの？」

「ちょっと買い物に来て」

「何を？」

「甥っ子と姪っ子へのクリスマスプレゼント」

別に嘘はついていない。カフェに行く前にデパートに寄り、何がいいかは見てきた。姉の了承が必要だから、確認のメッセージを送ったものの、まだ返信が届いていない。

「もう帰るの？」

「うん」

「じゃあ、どこかでごはん食べようよ」

「……いや」

「大丈夫、この前みたいに変なこと言わないから」

「うーん」

「行こうよ、お腹すいてないの？」

「すいてるけど……」

「じゃあ、行こう！　そこの居酒屋でいいよね」

コトリさんは、僕の返事を待たず、先に歩いていく。居酒屋以外にも焼肉屋や定食屋が何軒か入る雑居ビルに入っていき、エレベーターを待つ。五階まで上がり、和風の個室居酒屋に入る。混み合っているようだけれど、広い店なので、席はあいていた。襖《ふすま》を閉めると完全な個室になるが、周りの席の声は聞こえてくる。

「お酒飲んでいい？」席に着き、コトリさんはテーブルに置かれたタブレットでメニューを見る。

「いいよ」

「鳴海は？」

「僕は、コーラで」

「お酒、全く飲めないの？」

「少しは飲める」

「じゃあ、飲めば」

「いや、いい」

「つまんない」

タブレットを見て、コトリさんはハイボールとコーラを注文して、食べ物も選んでいく。

走って逃げてでも、帰ればよかったという気がしてくる。

すでに酔っぱらっているというわけではなさそうだが、コトリさんの喋り方や態度がマンションの集まりで会った時と違った。妙に明るくて、周りが見えていない。お酒を飲んでも、あまり変わらないみたいだったから、仕事や恋愛で嫌なことでもあったのかもしれない。

「今日は、仕事？」僕から聞く。

「知り合いが雑誌の取材を受けるからって、ヘアメイク頼まれて」

「ふうん」

「あの集まりにも来てる人だよ」

「そうなんだ」

「鳴海とは、話してなかったかな。北村さんとゲームしてた人。あの集まりでは珍しく、女装することを公表してる。ＬＧＢＴＱに関する社会活動みたいなことをしていて、その取材だった」

「誰だろ？」

考えてみても、思い出せなかった。

ゲームをしていたのは、北村さんと同世代くらいの人だった。僕も参加したけれど、その時にいたのだろうか。

襖が開き、店員さんがドリンクとお通しを持ってくる。

乾杯して、少しだけ飲む。

「北村さんと別れたんだよね」話しながら、コトリさんはお通しの揚げ出し豆腐とひじきの煮物を食べる。

「北村さんから、聞いた」僕も、煮物を食べる。

「他に好きな人がいるから」

「それも、聞いた」

「他に好きな人がいるから」

「だから、聞いたって」お通しの小皿から顔を上げて、コトリさんを見る。

コトリさんは、何か言いたそうな顔をして、僕を見つめている。

アロマンティックの人の中には、周りの恋愛感情も全くわからない人がいるらしい。僕も、かなり鈍感な方ではあるけれど、多少はわかる。

「変なこと言わないっていう約束だよね」小皿を置き、コーラを飲む。

「言ってないじゃん」

「僕は、無理だから」

「わかってるよ、鳴海みたいな人がわたしなんか相手にするはずがないもんね」ハイボールを一気に飲んでいき、二杯目を注文する。

「そういうことじゃない」

「じゃあ、どういうこと？」

「友達として、コトリさんのことは嫌いじゃない。でも、恋愛として、好きになることはない」

はっきりと「恋愛感情がないから」と言ってしまえば、それで済むのだけれど、それとこれとは別問題という気もした。僕に恋愛感情があるとしたら、コトリさんを好きになっていたか考えると、そんなことはないだろう。

「タイプじゃないっていうこと？」

「まあ、そうかな」タブレットを見て、だし巻き卵とチーズ入りのいももちを追加で注文する。

「他を探すよ」

「そうして」

「北村さんにも戻らない」

「それは、好きにして」

襖が開き、二杯目のハイボールと食べ物がテーブルに並べられていく。

「集まりには、もう来ないの？」コトリさんは、軟骨の唐揚げに手を伸ばす。

「行かない」

「みんな、会いたがってるよ」

「僕は、違うから」

「本音では、あの人たちのことを気持ち悪いって、思ってるんでしょ？」

「そんなことはない」首を横に振る。

「わたしには、正直に言っていいよ。北村さんがバイト先のお客さんだから断れなかっただけで、気持ち悪いおじさんたちって、うんざりしてたんじゃないの？」

「……そんなことないよ」

「いやいや、いい子ぶらなくていいから」ハイボールを飲み、コトリさんは声を大きくする。「だって、気持ち悪いじゃん。あの人たちだけじゃなくて、LGBTQとか言ってる人たちも、みんな気持ち悪い。北村さんが女装してやってる姿とか、マジで毎回笑いそうになる。サイズの合わないセーラー服着たままでやって、上に乗ってとか言ってくるの」

「何、言ってんの？」

「鳴海はさ、大学出て普通に働いてきて、ああいう人たちのことをちゃんと知らないんだろうけど、残念な人たちなんだよ。社会に適応できないから逃げてるだけ。同性愛とか、大変なんだろうなとは思うよ。でも、あの集まりにいるおじさんたちは、違うじゃん。ちょっと変わっている自分にいつまでも酔ってる。かわいそうな人たちだよね」

「……どうしたの？　何かあった？」

「何もないよ」二杯目のハイボールも飲み干す。「あの異様さをおもしろいって思って、鳴海もあの部屋に行ってたんでしょ？　怖いもの見たさ、おばけ屋敷みたいな感じ。多様性って言って、社会活動とかに張り切ってるのも、残念さが増すよね」

「コトリさん、水もらおうか」

　酔っぱらっているように見えなくても、ここに来る前にもお酒を飲んでいたのかもしれない。ハイボール二杯で、こんなになるほど弱くないはずだ。

「大丈夫だよ」正面に座っているのに、目が合わなくなり、顔色が白くなっていく。

「気持ち悪くない？　体調は、大丈夫？」

「だから、気持ち悪いのは、あの集まりにいる人たちでしょ」

「そういうことではなくて」

　コトリさんが話していることは、ずっと内に秘めていた本音なのかもしれない。その言葉は、僕にも刺さってくる。「多様性」という言葉が広がり、理解が深まる中でも、彼女と同じように「気持ち悪い、残念な人」と考える人は、今でもいる。だから、海外では、差別から殺人まで起きている。

　怒っていいところだと思ったが、目の前で白くなっていく姿が心配だった。

　彼女にとって、まともであることは、コンプレックスなのかもしれない。

　本気で気持ち悪いのであれば、関わらなければいい。

　あの集まりにいる人たちを強烈に批判しながらも、関わりをやめられないほど、羨ましいのだ。

　店員さんに水をお願いしている間に、コトリさんはテーブルに突っ伏して寝てしまった。小さな身体で重い荷物を抱えて働きつづけ、疲れが溜まっていたのかもしれない。アルコールのせいではなさそうだったから、救急車を呼んだりはしなかった。ただ、僕にはどうしてあげることもできないので、北村さんに連絡した。家で仕事をしていたらしくて、三十分くらいで来てくれた。あとのことを任せ、僕は先に帰った。

クリスマスイブになったのに、レイラちゃんからシルバニアのどのお家かを聞き出せないままだ。保育園の帰りや休みの日に、レイラちゃんが店に顔を出し、お喋りすることはあっても、自然な会話の流れを作れなかった。

「レイラちゃんのこと、すみませんでした」カウンターで、横に立つ啓介さんに言う。

「何が?」

「シルバニアのお家を聞くように、絵梨さんから言われていたんです」

「ああ、気にしないでいいよ」

「大丈夫なんですか?」

「前から欲しがっているのがあって、これだろうっていうのは、わかってるから」

「それならば、良かったです」

安心して、店内を見回す。

今日はランチタイムも満席になり、そのまま八割くらいは席が埋まっている。年末の慌ただしい日がつづく中、少し休みたくなるタイミングなのだろう。クリスマスだからって、特別なものを出しているわけではないが、ケーキを頼むお客さんも多い。

ピッチャーを持ち、水を注いでまわる。

北村さんは、テーブルに張りつくようにして、鉛筆でA4サイズの真っ白な紙にイラストを描いていた。

「この前、ありがとうございました」紙を濡らしてしまわないように、グラスをテーブルの端に置く。

「いいよ、コトリのことは俺にも責任はあるから」顔を上げて、紙を裏返す。「身体も心も、疲れが溜まっていたっぽい。年末年始は少し休めるみたい」

「それは、良かったです」

「鳴海くんに、ちゃんと謝りたいって言ってた」

「それは、いいです。僕は、もうコトリさんとは会いません」

「……そうか」

「街で会っても、話しかけないでほしい」

「わかった」僕を見て、北村さんは強くうなずく。「俺の方で、うまく言っておく」

「お願いします」頭を下げ、席を離れる。

居酒屋で話したことは、疲れていたから出てしまったことで、コトリさんの本音だったのかどうかは、わからない。あの時は、僕も聞き流そうとした。でも、言葉が刺さった痛みは、日に日に強くなる。そして、疲れていたからこそ抑えられなくなった本音だったのだという気もしている。

独身でいることや恋人がいないことをバカにするような人は、減ってきていると思う。多様性を理解できなくても、そういうことを言ってはいけないという空気は確実に広がってきている。未だに、場を盛り上げるジョークのように差別をする人は、少し遅れた考えの人たちだ。彼ら彼女らに、悪気はない。根が浅い分、簡単に考えを変えるだろう。

でも、コトリさんは違う。

あのマンションの集まり以外にも、性的マイノリティの人たちと接することはありそうだ。知識があり、理解している。その上で「気持ち悪い」と強く批判する。それは、ネットで何年も執着して、誹謗中傷《ひぼうちゅうしょう》をつづける人に近い気がした。派手な服を着て、奇抜な色の髪にして、女装する男の浮気相手になっても、普通の女の子にしかなれない自分が好きになれないのだ。変わった自分を強調するために、普通に見える僕を選んだのだろう。

大学生の時、真剣にジェンダーについて話す女子の中に、ゲイの友達がいると話している人がいた。彼女のSNSを見ると、その友達との写真が何枚も並んでいた。まるで、新しいアクセサリーや限定スイーツと同じように扱っているように見えた。自分を特別にしてくれる、みんなとは違う友達であり、ファッションでしかなかったのだ。コトリさんは、彼女と同じように見えた。

全ては、僕の勝手な解釈であり、ちゃんと話を聞いたら、全然違うかもしれないけれど、彼女とまた会い、深く話す気にはなれなかった。

傷ついた気持ちは、簡単には元に戻せない。

僕がひとりでいるのは、アセクシュアルやアロマンティックとは関係がなくて、この性格のせいかもしれない。

カウンターに戻り、ピッチャーに水を足す。

「レイラのプレゼントのことよりも、絵梨に聞いたんでしょ」僕の隣に立ち、啓介さんが言う。

常連さんもいるし、店で話してもいいことなのかと思ったが、カウンターには誰もいないし、混んでいてお喋りする声が混ざり合っているため、誰が何を話しているのかまで、はっきり聞こえることはない。

「聞きました」

「どう思った？」

「どうも思わないです」啓介さんの顔を見上げる。「絵梨さんは絵梨さんのままなので。啓介さんやレイラちゃんがそのことに苦しんでいないのであれば、僕は気になりません」

「レイラとは、ちょっとけんかしてるけどな」

「でも、親子で多少のけんかは、必要ではないでしょうか？　親がいつまでも子供の希望を聞きつづけてくれるわけではない。希望通りにいかないと理解することは、家族以外の人間関係を築くためにも重要です」

「まあ、そうだな」

「はい」

僕は、勉強も運動もそこそこできて、わがままを言うこともあまりない、手のかからない子供だった。両親や姉に、ほとんど迷惑や心配をかけず、育ってきたつもりだ。でも、そんなことなかったのかもしれない。末っ子で、いとこの中でも一番下で、甘やかされていた。来年には三十歳になるのに、心が弱い。

「鳴海くんさ、オレの勘違いだったら申し訳ないんだけど、何か隠してるよね」

「えっ？」

「仕事のことではなくて、個人的なこと。オレに言う義務なんてないから、隠しているというわけではないのだろうけど、たまにちょっと心配になるよ」

「……」

「わかりやすく言ってしまえば、冷めている。でも、そうじゃないのだと思う。とにかく誰に対しても正直に話さず、自分を抑えている。接客業としてはいいことだよ。けど、もう少し自分を出してもいいのにって思う。絵梨のことも、鳴海くんに今まで以上の我慢をさせることになるかもしれないから、言わないようにって伝えていた」

「……すみません」

「悪いことをしていないから、謝る必要はない。なんとなく、二十代のころの自分を見ている気持ちになる。オレには、絵梨がいた。絵梨にも、オレがいた。鳴海くんにも、本音を話せる誰かがいるといい」

「……いません」下を向き、首を横に振る。

「オレに言う？」

啓介さんは、目を逸らしてしまった僕の顔をのぞき込んでくる。

この人は、ずっと僕のことを気にかけてくれながらも、何も言わないでいてくれたのだ。

「僕、みんなと違うんです」

仕事中なのにと思っても、涙が零れ落ちた。

8

年末年始、ブルーは大晦日《おおみそか》から三日まで休みになるので、実家に帰ってきた。

新年の空は、いつもよりも澄んでいて、春を感じさせる日差しがリビングに広がる。

眠っている瑠璃を抱いて、コタツに入り、ぼんやりとテレビを見る。

両親とお義兄さんと海里と美月は、車でショッピングモールへ行ったらしい。昨日は、まだ朝と言えるうちに起きて、両親と一緒にお節《せち》やお雑煮《ぞうに》を食べた。その後は、テレビを見ながら昼寝して、少しだけ外に出た。スーパーや他の店は休みで、コンビニぐらいしか開いていなかった。飲み物とお菓子を買って帰り、明け方近くまで自分の部屋で漫画を読んでいた。高校生の時に集めていた漫画を読みはじめたら、止まらなくなってしまったのだ。昼近くに起きてきたら、リビングに姉と瑠璃だけがいた。

「ずっと抱いてなくても、いいよ」斜め前に座る姉が言う。

「うん」

もうすぐ三ヵ月になるので、瑠璃は人間としてできあがってきている。

まだ寝返りも打てなくて、ひとりでは動くことができない。喋れるようになるのは、ずっと先だ。

意思を伝える手段は、泣くことしかない。それでも、新生児期とは明らかに顔が違い、これからもっと変わっていく。毎日会っているわけではないからこそ、その変化がよくわかった。海里も美月も、まだ赤ちゃんだと思っているうちに、大きくなっていってしまった。

あと何年か経ったら、「優輝くん！」と慕ってくれなくなるかもしれない。

「年越しは、お義兄さんの実家に帰ってたの？」

「ううん」首を振り、姉はコタツの上からグラスを取り、麦茶を飲む。

僕と違い、姉はお酒が飲める。結婚する前は、お正月に少し高いワインを飲んだりしていた。だが、海里を妊娠した時から、飲まなくなった。多分、母親が車の運転をして、父親とお義兄さんは軽く飲んで帰ってくるだろう。

「海里と美月連れて瑠璃を抱いて、年末年始の混雑する中で新幹線に乗るのは、ちょっと無理だよね。車で行くにも、遠い。去年のゴールデンウィークに行ったし、瑠璃が生まれた時にお義父《とう》さんとお義母さんがこっちに来たから、今年は行かないでいいってことにしてもらった」

「ふうん、昨日は何してたの？」

「家にいたよ」

「こっち、来ればよかったのに」

「一日に夫の実家に帰らないで、自分の実家に帰るわけにはいかないから」

「そういうもん？」

「向こうの実家は、田舎っていうわけではないけれど、東京やこの辺りより、考えが古いんだよね」

「地域の問題？」瑠璃をソファに寝かせて、僕は台所からみかんを盛ったカゴを取ってくる。

「それは偏見になってしまうけど、この地域のこういう家だからっていうことは、あると思う。考え方って、普段の付き合いで変わっていく。でも、どちらかと言うと、こういう家だからっていう方が強いかも」

「そうなの？」

「瑠璃と美月は保育園に通わせて、海里が小学校に上がったら働こうと思ってたけど、無理そう」

姉も僕も、みかんを食べながら、話す。

父親の昔の同僚が脱サラして、愛媛でみかん農家になり、毎年箱いっぱい送ってくる。子供のころは「脱サラ」の意味がわからなくて、父親が「会社勤めばかりが人生ではない」と話すのも理解ができないまま、聞いていた。

「なんで、無理なの？」

「母親は常に子供の近くにいないといけないっていう考えの、ご両親なんだよ。結婚した時は、今の女性は社会に出ていくべきとか言って、仕事をつづけることを応援してくれてたのに、海里が産まれた時から徐々に話が変わっていったんだよね。男の子じゃなかったら、違ったのかも」

「性別、関係ある？」

「世の中には、今でも家父長制とか長男であることとか、大事な家があるの」

「……そうか」

うちだって、そういう考えが全くないわけではない。僕と姉が子供のころは、年越しは必ず父親の実家で過ごした。そこで、母親は嫁として、台所に立っていた。父親は次男だから、長男のお嫁さんである伯母《おば》さんにも、母親は気を遣っていた。お正月の雰囲気も過ぎ去ったころ、母親の実家に帰ると、娘に戻った母親は何もしないで休んでいた。両親が僕と姉に、そういう考えを押し付けなかったのは、自分たちが苦労したからだろう。

「でも、ひとり目が女の子だったら、男が産まれるまで、色々言われたかも」

「どっちも、しんどいね」

「そうよ」

「じゃあ、瑠璃が小学校に上がるまで、働かないの？」

「いや、さすがに、それはない。お金の問題もあるけど、それ以上にわたし個人の問題。夫の実家がどうとか、今の世の中がどうとか関係なくて、わたしは子育ても仕事もしたいから、両方できるようにどうにかする」

「大事なのは、個人だからね」

「そう」うなずき、姉はみかんを食べる。「けど、子供たちのためにっていう思いもある。三人が大人になった時、男だから女だからという理由で、自分の立場や職業を考えないでほしい。小学生になったら、海里にも料理や掃除や洗濯のお手伝いを今よりもちゃんとしてもらう。美月と瑠璃にも、同じようにする。将来、ひとり暮らしした時に困らないように」

「……すみませんでした」食べかけのみかんを置き、姉に頭を下げる。

僕と姉をできるだけ平等に育てようとしてくれた両親だが、母親の手伝いは、姉の方が頼まれることが多かった。父親が出かける時に、ついてくるように言われることは、僕の方が多かった。それは、無意識だったのだろう。

差別されたくないし、自分も差別しないようにしようと心掛けていても、全てを平等に見ることは難しい。

性別ばかりではなくて、世代や暮らしてきた環境から、こういう人だろうと悪気もないまま、判断してしまう。

「優輝は？　これからどうするの？　会社辞めて、もうすぐ二年経つでしょ。バイト先の人に良くしてもらえてるみたいだし、アルバイトのままでいることを駄目とは言わないよ。会社勤めしていた時より、表情も柔らかくなったし、合ってるんだと思う。でも、バイトでいつづけたいわけでも、ないんでしょ」

「会社勤めしてた時、表情硬かった？」リモコンを取り、テレビのボリュームを下げる。

羽織《はおり》袴《はかま》姿の男性芸人が都内の神社から中継をしている。相方が「こいつ、もうすぐ三十歳になるのに、年齢イコール彼女いない歴なんですよ。今年こそ、彼女できるように、お願いしていきます」と言い、スタジオで笑い声が上がる。スタジオにいる大御所と言われる芸人は、昼間の番組だからと言葉を選んだのか「女性との経験がないということですか？」と中継先に向かって聞く。隣に立つ赤い振袖を着た女子アナは口元を手で覆って、笑いを堪える。「童貞です！」という返事に相方だけが声を上げて笑い、スタジオは急に静かになる。

「硬いっていうか、無理してる感じはあった」姉が言う。

「そう？」

「会社勤めしてた時だけじゃないけど。中学生や高校生の時も、優輝は意外と集団が苦手なんだろうなって思ってた。誰とでもうまく付き合えるようで、誰とも親しくなれない。友達はいても、けんかしたりはしない。優しいとは、ちょっと違う。周りに合わせて、我慢してしまう。大手とか言われる会社よりも、気の合う人のいる小さな会社の方が合ってるんじゃないかって考えてた。でも、そういう会社を見つけるのは難しいから、ブルーで店長さんと挨拶させてもらった時は、安心した」

「……そうか」

僕が自分のことがよくわからないで苦しんでいた間、姉や両親は客観的に見てくれていたのだ。会社を辞める時、家族に反対されるかもしれないと考えていたけれど、両親も姉も「そう」としか言わず、今後のこともしつこく聞いてこなかった。

「自分で、お店ができたらいいって、考えてる」

「飲食？」僕の顔を見て、姉は聞いてくる。

「うん」大きくうなずく。

「わたし、また働くとしたら、食品関係にしたい。協力できることがあれば、協力してあげるね」

「ありがとう」

寝ている瑠璃の小さな手に、そっと触る。

目が覚めたわけではなさそうだが、僕の指を握ってくる。

顔を近づけると、焼き立てのパンのような甘い香りがした。


まだお正月気分の残る常連さんたちはゆっくりと新聞や雑誌を読み、冬休み中の高校生や大学生の子たちははしゃいで声を上げ、近くの会社や役所に勤める人たちはホットコーヒーを飲む暇もなく仕事に戻っていく。

開店から満席がつづいているが、啓介さんと僕だけではなくて、絵梨さんと啓介さんのお母さんも店に出ているため、余裕を持って接客できた。レイラちゃんは、昨日の午後から絵梨さんの実家に行き、そのままいとこたちとお泊まりしているらしい。

啓介さんがコーヒーを淹れて、僕と絵梨さんでランチや他のドリンクに対応して、啓介さんのお母さんは常連さんに新年の挨拶をしながらオーダーを取ってまわる。

外は、今日もよく晴れている。

しかし、北海道や東北の方では、年明けから雪が降りつづき、被害も出ているようだ。交通にも影響して、帰省したものの予定通りに戻ってこられなくなった人もいる。お義兄さんの実家の辺りは大丈夫そうだけれど、姉は「帰らなくて、よかった」と言っていた。

席と席の間を通り、お客さんの状況を見てまわって、あいたお皿は下げ、水を注ぎながらお客さんと少し話し、厨房で洗い物を済ませる。

「レイラ、迎えにいってくるから。もう大丈夫でしょ」エプロンを外し、絵梨さんが厨房に入ってくる。

ランチのピークを過ぎても、まだ座席は八割くらい埋まっているけれど、お喋りをしたり本や新聞を読んだりしているお客さんばかりだ。追加の注文があったとしても、ドリンクだけだろう。

「はい、お疲れさまです」裏口の方へ行く背中に向かって言う。

「そういえばさ」絵梨さんは、結んでいた髪をほどきながら、振り返る。

「どうしました？」流しの水を止める。

「別れた」囁《ささや》くような声で言う。「啓ちゃん以外の人とは、別れたから」

「……そうですか」

「またいつか、誰かを好きになるかもしれないけど、しばらくはレイラとの時間を大事にする」

「それで、大丈夫なんですか？」

なんとなく、裏切られたような気持ちになった。

絵梨さんはポリアモリーではあっても、普通とされる生き方も選べる人なのだ。

「別れた人たちのことも変わらず好きだけど、今は啓ちゃんとレイラが特別に大事。だから、大丈夫」

「はい」

「でも、先のことは、わかんない。その都度、啓ちゃんと相談していく。自分自身の気持ちの問題よりも、レイラ次第かも。恋愛や性をレイラがどう考えるようになるのか。みんなと一緒ではなくてもいいと伝えるつもりではいる。けれど、だからお母さんのことも受け入れてっていうのは、ちょっと違う気がするから」

「それは、まあ、なんとなく違う気はしますね」

姉も絵梨さんも、母親として、子供のことを最優先で考えている。

自分たちがどう生きて、どのような環境を作っていくか、ひとりひとりの生き方は、未来に繋がっていく。

海里も美月も瑠璃もかわいくて大事に思っていても、叔父《おじ》でしかない僕が姉と同じように考えることはできない。

「啓ちゃんが主に家のことをして、わたしが外で働くっていうことは変わらないから、基本的には今までと一緒」

「はい」

「わたしが店に出られることは、今までよりも多くなる。休みたいとか勤務時間を変えたいとか、気軽に言ってもらっていい。もちろん、少しでも多く稼ぎたいということだったら、それも言って。シフトを削ったりはしない」

「わかりました、ありがとうございます」

「じゃあね」

手を振って、絵梨さんは裏口から出ていく。

表情が前よりも明るくなったように見えた。

世間的に良くないことだと理解しながら、自分の性や恋愛と向き合いつづけることは、それはそれで辛《つら》かったのかもしれない。

恋愛感情がないよりかは、たくさんある方がいいような気がしていた。

洗い物を終えて、厨房から出る。

啓介さんがレジに入っていて、常連さんと話していた啓介さんのお母さんはカウンターに入ってくる。

「あの」啓介さんのお母さんの隣に立つ。

「どうした？」

「オーナーって、最近どうしてるんでしょうか？」

「なんで？　辞めたいの？」慌てたように言う。

「いえ、違います」

「啓介にハラスメントされてる？　パワハラ？　モラハラ？」

「それも、ないです」顔の前で手を振り、はっきりと否定する。

「じゃあ、何？　どうしたの？」

「僕、未だにコーヒーのテストに合格してないんです。もうすぐ二年経つんですけど。他のことは、全てできます」

啓介さんのお母さんは、僕の顔を見たまま、考え込んでいるような表情をする。

「……忘れてるのかも」

「えっ？　どうしたらいいですか？」

「忘れていたというか、もう合格にしたと思ってた。どうりで、鳴海くん、コーヒー淹れてなかったもんね」

「……はい」

「合格でいいんじゃない」

お客さんが出ていき、僕と啓介さんのお母さんは「ありがとうございました」と声を揃える。テーブルの片づけには、啓介さんが行ってくれた。

「それで、いいんでしょうか？」

「うーん、今ね、別の事業で忙しいのよ。長男に任せている方」

「あっ、はい」

啓介さんは次男で、お兄さんがいる。ブルー以外の不動産に関することや事業は、お兄さんが継いでいる。なんとなく聞いたことはあったけれど、ブルーにお兄さんが来ることはないし、詳しくは知らなかった。兄弟で仲は良くないみたいで、絵梨さんや常連さんと話している時にも、話題に出ることはない。

「夫は、息子たちに継がせて隠居するって言ってたけど、結局は黙っていられなくてね。こっちは、啓介に任せておけば安心だから、すっかり忘れてるんだと思う。前は気にして来てたのに、もうずっと来てないでしょ」

「はい」

バイトをはじめたころは、定期的に来ていたのに、もう一年近く会っていない。僕が休みの日に来ているのかと思っていたが、そういうことでもなかった。

「ここは、もう啓介の店だから、あの人のことなんて気にしなくてもいいのよ」

「そういうわけにもいかないよ」啓介さんはそう言い、グラスやカップを載せたトレーを持って、カウンターに入ってくる。

「そう？」啓介さんのお母さんは、啓介さんを見上げる。

「勝手なことをしたら、後で何を言われるか」

「そうね」窓の外を見て、少し考え込む。「一応、聞いておく。でも、大丈夫だと思うんだけどな」

「聞いといて」少し怒ったような口調で、啓介さんは念を押す。

「わかったから」

「お願いします」僕からも、頭を下げる。

三人で立つにはカウンター内は狭いし、気まずく感じたので、啓介さんが下げてきたグラスやカップを受け取り、厨房に戻る。

陽が暮れるよりも前に、啓介さんのお母さんは帰っていった。家に着いてすぐに確認してくれたようで、店に電話がかかってきた。すっかり忘れられていたみたいで「啓介に任せるから、好きにしていい」という返事だった。先代が大事にしていた店であり、僕はそれを「信頼」と捉えたけれど、啓介さんは違うようだった。

暗くなってからも、近くに住む家族連れや商店街の人たちが新年の挨拶に来たけれど、十九時を過ぎると途切れ、お客さんもいなくなった。

啓介さんがカウンター周りの片づけやランチの仕込みをしている間に、僕はテーブルをアルコールで拭いてまわって椅子の位置を直していく。もうお客さんは来ないだろうから、レジ締めも終えてしまう。

「コーヒーのテスト、どうしようか?」啓介さんが厨房から出てくる。「オレとしては、合格でいいんだけど」

「えっと、でも、近いうちに改めてテストしてほしいです」

先代は来ないし、僕がコーヒーを淹れられなくても店はまわるため、最近は練習も怠っていた。アイスコーヒーは作っているから、基本的な手順は忘れていないけれど、ちゃんと見て確認してもらいたい。

「今、やる?」

「いや、道具も片づけちゃいましたし」

「そっか」

「練習したいので、少し先にしてもらえると、助かります」

「わかった。いい時に言って」

「はい、お願いします」頭を下げる。

「もう閉めようか」窓の方を見て、啓介さんが言う。

店内が明るくて、外が暗いため、窓は鏡のようになっている。外の様子は、はっきり見えないけれど、人通りはほとんどない。一本表の通りに出れば、居酒屋や小さなレストランもあり、新年会で盛り上がっている人もいるのだと思うが、ここは静かだ。

「あの、クリスマスイブに話したことを聞かせてほしいし、聞いてほしいんです」僕から言う。

クリスマスイブに、啓介さんから「何か隠してるよね」と言われた。僕は仕事中なのに泣いてしまい、何も話せなかった。その後は、啓介さんがお客さんと話していたり、年末の挨拶に業者さんが来たり、絵梨さんとレイラちゃんが店に顔を出したりして、ふたりで話すタイミングがないまま、年末年始の休みに入った。

このまま、何も聞かず話さないでいることもできる。

その選択は、僕に任されているのであって、啓介さんからまた話題に出すことはないだろう。

今まで通り、黙って隠して、みんなと同じフリをしていた方がいいかもしれない。

人生において、「恋愛」ばかりが重要なことではない。

他にも、考えるべきことや関心を向けるべきことは、たくさんある。ひとりでいることを寂しいと感じる時はあっても、僕には家族がいるし、人数は少なくても友達もいる。大きな問題を起こさないで学校に通い、大学まで卒業して、会社勤めもした。世の中に「恋愛」という感情がなければ、僕は問題なく生きていける。それでも、僕の周りでは、ほとんどの人が「恋愛」をして、結婚や子育てをしていく。その中で、みんなと違うことを隠したまま、ひとりでいつづけられるほど、僕は強くない。

黙っていて、誰かが解決してくれるわけではない。

誰にも話さないでいたら、ずっとこのままだ。

けれど、誰にでも話せることではない。

聞いてくれる誰かをずっと探していて、啓介さんには「話せる」と思えた。

「とりあえず、閉めようか」啓介さんが言う。「給料は、ちゃんと閉店時間までの分を払うから」

「はい」

あと十五分で二十時になる。

絵梨さんは、レイラちゃんを迎えにいって、まだ帰ってきていない。実家で、夕ごはんを食べてくるようだ。

外に出て、ガラス扉にかけた札を閉店にして、シャッターを閉めて、ガラス扉の鍵も閉める。

「コーヒーは無理でも、何か飲む?」カウンターに入り、啓介さんは冷蔵庫を開ける。

「いや、いいです」

「オレ、飲みたいから、鳴海くんも飲みなよ。新年だから、サービス。クリームソーダ、飲んでもいいよ」

「じゃあ、ソーダだけ。アイスはいりません」

「わかった」

啓介さんは、脚つきのグラスをふたつ並べて、紫色のシロップを注ぎ、氷を入れてから、ソーダ水を足していく。

その間に、僕はエプロンを外し、帰れる準備をしておく。

「あっ、甘くしない方がよかった？」

「大丈夫です」

「じゃあ、ここに座ろうか」啓介さんは奥のゲームテーブルに、ストローをさしたグラスを並べる。

「はい」

うながされて、僕は奥の席に座らせてもらう。

話そうと決めたものの、緊張していて、少しだけソーダを飲む。

紫色のシロップは、ぶどう風味と瓶に書いてあるけれど、ただ甘いだけだ。

「先に啓介さんの話を聞かせてもらいたいんです」グラスを置き、啓介さんの顔を見る。「クリスマスイブに話した時、啓介さんは僕に自分を見ている気持ちになると言いました。啓介さんにも、人に話せないような何かがあったのではないでしょうか？　そして、それは絵梨さんのことを話した後なので、恋愛に関することではないかと考えています」

「緊張してる？」

啓介さんは笑いながら、僕を見る。

「少し」

「これから鳴海くんが何を話しても、オレは笑ったりしない。からかったり、軽く扱うことはない。誰かに言ったりもしない。絵梨にも言わない。鳴海くんが嫌だと思うことはしないから。過剰な肯定もしない」

「……ありがとうございます」また泣きそうになってしまった。

そう言いながらも、笑ったり人に話してしまったりする人はいる。

啓介さんは、そんなことはしないと思えたら、肩に入っていた力が抜けた。

「うちの親父、厳しいってほどじゃないのかもしれないけど、典型的とされてしまうような昭和の男なんだよ。不動産があるから、その家賃収入とかで充分に暮らしていける。でも、静かにしていられなくて、もっと稼ぎたがる。稼いだ金で、自分の趣味の幅を広げていく。この店も、そのうちのひとつ。母ちゃん、今はレイラの世話をして機嫌良くしてるけど、昔はよく思いつめた顔をしてた。男の甲斐性《かいしょう》とか言って、親父は常に不倫してたから」

「はい」

「オレのことを話そうとすると、うちの家族のことまで話さないといけなくなるな」話を止め、啓介さんは眉間に皺を寄せる。「鳴海くんが気になるようであれば、やめておくけど」

「僕は、大丈夫です。お母さんや絵梨さんの前でも、何も聞いてない顔ができると思います」

「全て聞いてる顔してもいいけど。嫌だなと思ったら、ちゃんと言って」

「はい」

「親父が不倫していても、母ちゃんは何も言わない。家父長制っていう意識の強い家だった。父親が一番偉くて、その次は長男。女である母ちゃんや次男のオレには、人権がない。オレは、子供のころから親父のことが好きではなかった。外面《そとづら》が良くて、親父には人望がある。人は、どうしてこんな奴を好きになるのか、不思議でしょうがなかった。母ちゃんが辛そうにしている姿も見ていたから、恋愛に対する嫌悪感みたいなものがあった。十代のころ、だから自分には恋愛感情がないのだと考えていた。周りが恋愛や性に興味を持つ年齢になっても、その話題に乗れなかった」

「……えっと」

　僕と同じということだろうか。

　けれど、そうではないという気がした。

「もう少し先まで聞いて」

「わかりました」

「高校に入って、絵梨と出会った。聞いてると思うけど、絵梨には常に複数人の恋人がいる。高校一年生の時は、彼氏が三人いた。しょっちゅう揉めて、悩んでいた。絵梨は、そのことをオレに話してくる。オレは、親父のことがあるから、そういうことに対して、聞きたくないという気持ちがあった。けれど、なぜか、絵梨の話は聞いていられた。話がうまかったからかもしれないし、悩んでも負けない強さがあったからかもしれない」

「なんとなく、想像できます」

　絵梨さんは、結婚しないでひとりで生きていくつもりだった、と前に話していた。そのために勉強して、資格を取り、大企業と言われるような会社の経理部で働いていた。悩んで沈んでいってしまわないで、自らの力で浮上できる人だ。

「絵梨からしたら、オレは恋愛にも性にも興味がないから、ちょうど良かったのだと思う。ふたりでいても、恋愛関係になることはない。それで、高校卒業した後も、なんとなく友達のままでいた。オレは、大学を卒業した後で家を出て、ひとりで暮らしていた。そこに絵梨が泊まりにくることもあった。朝まで話して、ふたりで同じベッドで寝ても、何もない」

「そのまま、友情結婚みたいなことで、夫婦になったんですか?」

性的マイノリティとされている人の中には、生活していくための条件が合う相手と恋愛感情がないまま、結婚する人もいる。

「違う」啓介さんは、首を横に振る。「会社勤めをして、環境が変わる中で、悩む絵梨をずっと見ていた。全てを聞いて、全てを見るうちに、好きになった。そのころ、オレは会社を辞めて、家の仕事を手伝うように、親父から呼ばれていた。悩むオレを見て、絵梨もオレを好きになってくれた。三人いた恋人のうちのひとりとして」

「啓介さんは、デミロマンティックなんですね」

「知ってるんだ」

「勉強していたので」

強い信頼関係を築いた先でしか、恋愛感情を抱けないことは「デミロマンティック」という。デミロマンティックの人は、恋愛感情を抱くことがとても稀《まれ》なので、アロマンティックだと思い込む人もいる。普通とされる恋愛だって、信頼のない相手を好きになることはないだろう。線引きが曖昧で、自分がデミロマンティックだと気づかない人も多い。たとえば、子供のころからの幼なじみとしか付き合ったことがなくて、その人と結婚したという場合、特に気にすることもなく過ごせる。定義が難しいが、一目惚《ひとめぼ》れをしないとか合コンやモテを意識した服装などの恋愛を目的とした行動はしないとか、違いはある。

僕も、いつか信頼できる相手と出会えたら、恋をするのかもしれないと思っていた時があった。だが、そういう相手と出会うこともないまま、二十代も終わりに近づいている。

これは、アロマンティックやアセクシュアルのカミングアウトの難しさでもある。「今は、いい人がいないだけで、いつか誰かと出会うかもしれない」と言われて、「絶対にない」と返せるほど自覚している人もいる。しかし、僕と同じように「もしかしたら」という希望を持ちつづける人も少なくはないだろう。そのくせ、誰かから「あの人は、この人は」とすすめられると、強い苦痛を覚える。

「オレが人生で好きになったのは、絵梨だけ。この先も、そうだと思う。絵梨を好きになる前、オレは自分で感じている以上に、色々なことが辛かったのだと思う。全てを親父のせいにしていた。それで、誤魔化して、自分について考えることから逃げた。冷めたフリをして、友達と真剣に話すこともしなかった。絵梨だけが全てを聞いてくれた」

「絵梨さんに、他に恋人がいることは気にならないんですか?」

「そのことを含めて、好きになっている。他の恋人のことも知ってるし、それで気持ちが変わることはない」

「つまらないこと聞きました。すみません」頭を下げる。

デミロマンティックの人は信頼を大事にするため、相手と親しくいつづけられることを第一と考え、恋人になることを必ず望むわけではない。相手に恋人がいたとしても、嫉妬することはないらしい。でも、そういう定義の問題ではなくて、啓介さんと絵梨さんの積み重ねてきた関係性によるものだ。

「結婚したいと言った時、絵梨には拒否された」啓介さんは、話をつづける。「でも、お互いがどうしたら生きやすいか考え、そのためにどうしたらいいのか、これからどう生きていきたいのか、話し合いを重ねた。絵梨は、ひとりで生きていくと決めていた。それでも、子供を望んでもいた。子供のためばかりではないけど、ふたりで生きていくことを決めてから、全てがうまくいくようになった。

家の仕事を手伝えと言われて戻ってきても何もできなかったから、オレはここを任されて、代わりに絵梨が経理や他の仕事も親父のところでするようになって、母ちゃんもレイラの世話やここの手伝いで元気になった。親父や兄貴とも、適度な距離感で付き合えるようになった。嫌になることは、今もたまにあるけど」

そこまで話し、啓介さんは少しだけソーダを飲む。

紫色は、瀬川さんの好きなナイトのリーダーのメンカラで、北村さんのドレスの色で、アセクシュアルのシンボルフラッグに使われている色でもある。

「店名はブルーなのに、どうして紫色なんですか？」僕から聞く「クリームソーダであれば、普通は緑ですよね」

「緑のシロップが品切れだった時、これだったらあるって、酒屋が持ってきた。それで、キレイだったから。青にしてみたこともあるけど、なんかトロピカルになっちゃって」

「店の雰囲気とは、紫の方が合ってるかもしれませんね」

他の色も想像してみたけれど、ブルーには明るすぎる気がした。紫色のソーダは、陽が暮れて夜になっていく空のような色をしている。

「僕の色です」

「ん？」啓介さんは、首を傾げる。

「僕には、恋愛感情も性欲もなくて、恋人がいたことはありません。まだ絶対と言えるほどではないです。でも、もしかしたらという望みは、もう捨てようと思っています。その方が楽だろうから。ひとりで生きていこうと決めたのに、絵梨さんほど強くなれなくて、中途半端なんです」

「アロマンティック、アセクシュアルか」

「はい」

「そうか、紫だね」ストローで、ソーダをかき混ぜる。

「正確な旗の色は、上から黒、灰色、白、紫になります。アロマンティックは、また別の色になります。でも、僕は、赤でも青でもない紫が好きで、自分の色という気がします」

「恋愛をしないからって、ひとりで生きていこうなんて思わないでもいい」啓介さんは、まっすぐに僕を見る。

「……はい」

「オレも絵梨も、鳴海くんのためにできることはしたいって考えている。これから先、困ったことがあれば、頼ってほしい。ひとりにはしないから」

「過剰な肯定はしないって、言ったじゃないですか」そう言いながら、また涙が零れ落ちた。

「ごめん。でも、いつでもオレは話を聞くから、それは忘れないで」

「ありがとうございます」

「鳴海くんは、すぐに感謝の気持ちを言葉にできる。他の人と違うところがあったとしても、君はとてもいい子だよ」

「子供じゃないです」

「そうだね」

笑いながら立ち上がり、啓介さんはレジ下から、箱入りのティッシュを取ってきてくれる。

「すみません」ティッシュをもらい、洟をかむ。

絵梨さんだけではなくて、ブルーには北村さんやヒナちゃん、悩みを持った人が集まってくる。みんな、啓介さんに惹かれてきたのだと思う。

僕も、そのうちのひとりだ。


啓介さんの淹れたコーヒーと自分の淹れたコーヒーを飲み比べる。

同じ豆、同じ道具、同じ手順で淹れたはずなのに、味が違う。

僕が淹れたコーヒーは、酸味と苦味のバランスが悪い。口に入れた瞬間は酸味が強くて、飲み込んだ後で喉に張りつくような苦味が残る。お湯を注ぐ時に焦ってしまい、量やタイミングが違ってしまったのだと思う。

「どう？」マグカップを取り、啓介さんもコーヒーを飲み比べる。

「味、違いますよね？」

「うーん」もうひと口ずつ飲む。

「どうですか？」僕も飲む。

時間が経ち、酸味が増したように感じた。

ただの酸っぱくて苦い黒い液体でしかなくて、薬を飲んでいるみたいだ。

「再テストかな」啓介さんは、僕を見る。

「ですよね」

「練習していこう」

「はい、ありがとうございます」

カウンターから出て店内を見てまわり、あいたお皿を下げていく。

年明けから晴れの日がつづいていて、丸い窓から陽が射す。

本や新聞を読んだり仕事をしたりするには眩しいだろうから、レースのカーテンを閉めておく。

厨房に入り、コーヒーを淹れるのに使った道具とお皿を洗う。

啓介さんに話を聞いてもらってから、十日が経つ。

前と同じように働き、何かが変わったわけではない。

それでも、自分のことをわかろうとしてくれる人が近くにいて、悩んだ時には話を聞いてもらえると思うだけで、世界が明るくなったように思えた。

学生の時、会社勤めをしていた時、誰かに話したらよかったのかもしれない。けれど、友達も同期も先輩や後輩も、ほとんどの人が自分の敵に見えてしまっていた。異性愛者は、マイノリティの敵ではない。そうわかっていても、バカにされたり笑われたり、恋愛を強要されたりすることはあり、恐怖心が常にあった。自分の周りに乗り越えられない高い壁を築き、その向こう側は何も見えなくなった。

いつか、壁を乗り越えなくてはいけないと考え、自分を追い詰めていった。

それは、間違っていたのだと思う。

壁のこちら側で楽しく暮らせれば、充分なのだ。

そうしているうちに、その壁は自然と崩れていく。

洗い物を終えて厨房から出ると、ヒナちゃんがひとりで来ていて、カウンターで啓介さんと話していた。交替して、啓介さんは厨房に入り、ランチの仕込みをはじめる。

僕は、ヒナちゃんの前に立つ。

冬休みが終わっているため、制服を着ている。

「明けましておめでとうございます」ヒナちゃんが言う。

「明けましておめでとうございます。久しぶりだね」

先月は、僕がいる時には一度も来なくて、休みの日にも来ていないようだった。年が明けてからも来ていなかったから、このまま会えなくなるのかと思っていた。

「期末試験とか冬期講習とか、大変だったから」

「受験生か」

春には、三年生になる。推薦とかを考えたら、早めの準備が必要なのだろう。

「そう」つまらなそうな顔で、レモンスカッシュを飲む。

「進路は、どうしたいか決まったの？」

「まだ悩んでる」

「渡したかったものがあるんだ」レジ下の棚のコートやカバンを置いている奥から、封筒を出す。

中には、お正月に実家から持ってきた本が一冊入っている。

会えないかもしれないと思いながらも、ヒナちゃんがまた来たら、渡そうと考えていた。

「これ」封筒に入れたまま、ヒナちゃんに渡す。

「何？」本を封筒から出す。

「僕が大学の授業で使っていた本。前に話してくれたこと、ヒナちゃんはこうなんだと僕から言うことはできない。言うべきではないとも思う。それは、ヒナちゃんがこれから時間をかけて、自分自身を理解して、決めていくことだから。この本は、その理解を助けてくれるかもしれない。大学では、こういう勉強もできる。自分のいるところだけが世界の全てだと感じてしまう。でも、そんなことはなくて、この本の向こう側には、知らない世界が広がっている」

「……ありがとう」視線を本に向けたまま、小さな声で言う。

「性別のことも性や恋愛のことも、はっきりと自覚できる人がほとんどなのかもしれない。でも、曖昧なところで、悩んでいる人もたくさんいる。無理に決めようとして、自分を傷つけないでほしい。僕で良ければ、いつでも話を聞くから」

「うん、お願い」顔を上げ、ヒナちゃんは僕を見る。

ヒナちゃんも、感謝の言葉を口にできるいい子だ。

これから大学生になって、社会に出て、たくさんの人と触れ合う中で救われることもあれば、悩みも増えるだろう。

同じような子たちが休める場を作りたい。


森の中を車で進む。

晴れて、春のようだと感じても、まだまだ冬だ。木々の葉は落ちている。これから、寒さが増していく。

舗装された道をまっすぐに行くと、広い駐車場がある。日曜日だが、駐まっている車は少ない。端の方に駐めて、車から降りる。県内だけれど、うちの辺りとも海の方とも、空気が違う。冷たく澄んでいる。気温も低いようだったから、少しの距離だけれど、ダウンを着る。

「どっち?」瀬川さんも車から降りてくる。

「ここ出て、さっきの通りのもう少し先」

車で走ってきた通りに戻り、まっすぐに歩いていき、木々の間の細い道を進んでいくと、ログハウスが建っている。

二階建ての一階がカフェになっている。

とても静かで、営業していないのかもしれないと思ったが、木のドアにOPENと書いた札がかかっていた。

ドアを開けて入ると、中は暖かかった。

店の半分は雑貨屋になっているため、客席は十五席くらいしかない。

「いらっしゃいませ」奥から、三十代後半くらいの女性が出てくる。

「ふたりです」

「こちらのお席、どうぞ」窓側の席に案内される。

女性は奥に戻り、グラスに入った水とメニューを持ってきて「ご注文決まりましたら、お声がけください」と言い、席から離れる。

エアコンや電気ストーブの暖かさとは違うと思ったら、薪《まき》の暖炉があった。

この店には、女性の従業員しかいないはずだ。

DVやストーカーに遭った女性のためのシェルターのような場でもある。

二階は一時的に宿泊できるようになっていて、希望する人はカフェで働き、自分の作った雑貨を売ったりもできる。料理や店の経営はもちろん、薪割りまで全てを女性だけで運営している。厨房は扉で仕切られ、客席からは見えないようになっていた。

この連帯は女性だから可能なのであり、男だけではできないことだという気がする。

「どうする？」メニューを見て、瀬川さんが聞いてくる。

「ビーフシチューって、決めてる」SNSでも雑誌でも、ここの名物として、紹介されていた。

「わたしも、そうしようかな。食後に、甘いものもちょっと食べたい」

「じゃあ、お茶はケーキと一緒に頼もう」

注文を決めて、先ほどの女性に声をかける。

笑顔で、余計なことは言わず、スマホに注文を入力していき、下がっていく。

「山は山で、いいよね」僕は、窓の外へ目を向ける。

森は、山に囲まれている。

冬の森は、寂しく見えるけれど、気持ちを静める効果があるように感じた。

「でも、海かな」

「ここまで、遠かったのに？」瀬川さんは水を飲み、僕を見る。

「ごめん。けど、ここはロケーションよりも、ビーフシチューと店のあり方みたいなものを知ることが目的だから」

「店のあり方？」

「シェルターっていうほどではないけど、十代後半や二十代の悩んでいる子たちが落ち着ける場所を作りたいって考えている。ファストフードやファミレスやコーヒーショップに友達みんなと行けないような子って、たくさんいる」

「そうだね」

「ブルーも、そういう場とは言っていなくても、なんとなくそういう空気があると思う」

「うん、ちょっとわかるかも。一時期、レトロ喫茶店ブームで、どうなっちゃうんだろうって思ったけど、最近はゆっくりできるように戻ってきた」

「それでも、若い人には入りにくい。ブームの時に来てくれるようになった子はいても、他のお客さんは僕より上の人が多い。ブルーは啓介さんの店だから、それでいいと思う。僕には、なぜか自分より若い子たちがタメ口で話しかけてくる。それを利用するというか、気軽に来られる場が作れるかもしれない」

「儲《もう》からないよ」

「もともと、そんなに儲ける気もないから。自分ひとり生活していければ充分」

「わたしも、会社辞めて、一緒に経営しようか」

瀬川さんは、まっすぐに僕を見ながらも、本気なのか冗談なのかわからない口調で言う。

「土日休みじゃなくなるよ」

「コンサート、平日公演もあるから、大丈夫。むしろ、有休使わずに行けるから、いいと思う」

「推し活できるほどの給料出せないかも。会社勤めしてた方が安泰だよ」

「実家だから、どうにかなる。家に生活費は入れてるけど、ひとり暮らしするほどのお金はかからない」

「本気で言ってる?」

「七割くらいかな」そう言って笑い、手首にしていた紫色のゴムで髪を結ぶ。「一緒にいくつかお店を見てまわって、鳴海くんの考えも聞いて、仕事として興味がある。でも、ビジネスパートナーになれるほど、お互いのことを知っているわけではない。お金のことが関わってくるから、信頼は必要になる。鳴海くん自身の人柄に問題を感じているわけではないから、それは誤解しないで」

「そうだね」

啓介さんは協力してくれるだろうし、姉や会社勤めをしていた時の同僚も、飲食店をはじめるためのアドバイスはくれそうだ。働いていた家電メーカーでは、一般家庭用だけではなくて店舗用の商品も扱っていた。お金のことは、絵梨さんに相談する。たくさんの人を頼れても、その全てを決めて考えていくのは、僕ひとりだ。瀬川さんが一緒にいてくれたらいいとは思うけれど、そこまで親しいわけではないし、責任も持てない。

「もともと転職を考えてたんだよね」瀬川さんが言う。

「なんで？」

「今の会社、嫌なことはあるけど、辞めたいというほどではない。でも、推し活するのに条件が合ってるっていう考えで入っただけで、やりたいことができるわけじゃない。この先、結婚も出産もしないかもしれない。実家だからって、働かないでいいっていうわけではないから、キャリアアップみたいなことも考えていこうと思って」

「結婚や出産したいんじゃないの？」

「したくないとは言わないけど、あまり興味がない」

「前と言ってることが違う」

去年の春ごろは、結婚や出産や彼氏がいることに、こだわっているようだった。その後も、今はいないというだけで、いつかは考えると話していた。

「義務でしかなかったんだよ」

「……義務？」

「二十代後半女性として、結婚したいとか子供が欲しいとか、そのために彼氏が欲しいとか言ってないと、いじられるんだよね。別に興味ないとか言うと、強がってるって笑われたり。アイドル追いかけてないで現実見なよって言われて、全然タイプでもない男の人をすすめられる」

「うん」グラスを取り、僕は水を少しだけ飲む。

その状況は、想像ができた。

大学生の時や会社勤めしていた時、何度も同じ目に遭ってきた。

「人に余計なことを言われないために、彼氏が欲しかっただけ。同じ理由で、結婚したいとか子供欲しいって言ってた。でも、そういうことじゃないじゃん。周りの人と同じフリをするために擬態しても、長くはつづかない」

「そうだね」

「アイドルは好きだから、男性が好きではある。でも、現実的に恋愛をして、関わりたいわけではない。リアコって思ってたけど、それも違う。フィクションとしてのアイドルが好き。前に鳴海くんに教えてもらったフィクトロマンティックっていうことなのかもしれない」

「それで、いいと思うよ」過剰にならないように、肯定の気持ちを伝える。

「子供は好きなんだけどね」

「うん」

「彼氏いたこともあるし、結婚を考えた人もいた。けど、なんか違うという気持ちばかり強くなって、相手のことではなくて、付き合っているという状況自体が嫌になってしまう」

高校生の時、仲が良かったわけではないから、瀬川さんのことは同級生のひとりという認識しかしていなかった。

成績はいい方だったし、運動もできたはずだ。クラスの中心グループというわけではなくても、友達は多くて、みんなに慕われていた。同じ学校のどこかに、彼女を「つぐみ」と下の名前で呼ぶ彼氏もいた。他の同級生と同じだと考えて、ふたりで話して出かけるようになってからも、個人として見られていなかった。リアコだと聞いた時だって、一時的なものだと判断してしまった。

「働くことは、好き」瀬川さんは話をつづける。「だから、何か自分が好きで、もっとがんばれる仕事を考えていきたい。鳴海くんがただカフェをやりたいっていうだけだったら、ちょっと違うかなとは思うんだけど、若い人たちの場を作るっていうのは、いいなって惹かれる。前にも少し話したけど、推し活している中で、問題のある行動を取るような子がいる。推しに執着して、駄目とされていることをしてしまうのは、リアコだからとかでは済まない別の理由がある気がする」

「少しずつ準備していこうと思ってるから、協力してもらえると助かる。その中で、一緒にできると決められるタイミングが来たら、また相談しよう」

「わかった」

僕も瀬川さんも、小さく息を吐き、水を飲む。

ビーフシチューが運ばれてきたので、並べやすいようにグラスを端に寄せる。

家のビーフシチューとは違い、真ん中にステーキのような大きな肉の塊が載っている。周りに、大きめに切られたにんじんやじゃがいもやブロッコリーが並び、その上からシチューがかかっている。フォークやナイフは使わず、スプーンで切れるほど、肉は時間をかけて煮込まれている。

「いただきます」声を合わせ、ひと口食べる。

肉の柔らかさ、シチューのコク深さに、僕も瀬川さんも大きくうなずき合う。

「これは、来たかいがあった」瀬川さんが言う。

「そうでしょ」

「こういうメニューがあると、強いよね」

「そうなんだよね。何か、これっていうものは考えたい」食べながら、話す。

野菜は、柔らかくなりすぎていなくて、ちょうどいい。

「そういえばさ、コーヒーのテスト、どうなった？」食べながら、瀬川さんが聞いてくる。

ここに来る相談をしている時、テストを受けることも伝えていた。

「……落ちた」

「やっぱり」

「なんで、やっぱり？」

「だって、鳴海くん、コーヒー好きじゃないじゃん」

「えっ？」

「コーヒー飲んでるところ、見たことない」

「ああ、うん」小さくうなずく。

喫茶店でバイトをしているし、自分でカフェを経営したいと思っていても、コーヒーが好きではない。

たまに飲むし、嫌いなわけではない。

けれど、積極的に飲むほど、好きなわけではなかった。

家やコンビニのクセのないコーヒーはいいが、専門的であればあるほど、苦手になった。

自分でも、そのことがずっと引っ掛かっていて、コーヒーを飲もうと思いながら、アイスコーヒーやカフェラテに逃げた。

「コーヒーのないカフェだと、カフェにはならないのかな？」瀬川さんは軽く言う。

9

駅から線路沿いを五分ほど歩き、一方通行の細い道に入ってまっすぐに進んでいく。広い庭のある一軒家が並び、生け垣からはみ出した桜の木は、満開になっている。風が吹くと、花びらが舞う。住宅街の中、三階建ての小さな白いビルが建っている。以前は、家族経営の印刷所だったらしい。何年も前に倒産して、ずっとそのままになっていたのだが、印刷所があった一階と事務所だった二階を貸し出すことになった。現在、一階は雑貨屋になり、近所に住む女性たちが共同で経営して、手作りのアクセサリーやバッグなどを売っている。二階はリノベーションして、カフェになった。

「足元、気を付けて」先に歩いていく瑠璃の後ろ姿に声をかける。

「はあい！」元気に返事をしながらも、飛んできた桜の花びらを摑まえようとして、駆けていく。

「走らないでっ！」

車の通りは少ないけれど、いつどこの角から飛び出してくるかわからない。

瑠璃は、僕の声が聞こえているのか聞こえていないのか、笑い声を上げながら、走っていってしまう。見失わないように、小走りで追いかける。一年くらい前まで、瑠璃は止める声を聞かずに駆け出し、何もないところで急に転んでしまい、ひとりで泣いていることがあった。五歳になり、身体のバランスが変わってきたのか、どこまででも走っていく。全速力で追えば追いつくけれど、そこからまた走り出されたら、それを追う体力は僕にはない。様子を見つつ後をついていくと、瑠璃はビルの前で立ち止まる。

雑貨屋は、営業時間や定休日が細かく決まっていなくて、働く人たちの都合によって、開けたり閉めたりしている。今日は、誰もいないみたいで、ガラス戸が閉まったままだった。

「お休み！　おばちゃんたち、いない！」僕を見て、瑠璃が言う。

「そうだね。はい、二階に行こう」

手を繋ぎ、外階段を上がっていく。

古いビルだから、階段の一段一段が高くて、勾配が急だ。前に一度、足を滑らせて落ちてしまったことがあり、瑠璃はこの階段を苦手としている。手を少し擦りむいただけで、大きなケガはしなかったけれど、怖かったのだろう。階段の上り下りの時だけは、僕の手をはなさず、おとなしくしていてくれる。

二階の薄紫色に塗られた鉄の扉を開ける。

白い床に、不揃いの椅子やソファやテーブルが並んでいる。アンティークやビンテージかと聞かれるが、ブロカントと呼ばれるものだ。日本語で言えば、ただの「中古品」であり、商品価値の高いものではない。オープンの準備をしている時に、下で働くおばちゃんたちや近くに住む人たちが「うちで、使わなくなったものがある」と言い、タダでくれた。統一したくないという気持ちはあったけれど、なんでもいいわけではない。断りにくいし、どうしようかと思ったが、色も作られた時代もデザインも全てが違うのに、意外なほどキレイに並べられた。大きさの問題で、どうしても置けなかったソファとローテーブルは、一階に持っていった。店の奥で、おばちゃんたちが休憩する時に、使っているようだ。

「お帰りなさい」カウンターにいるヒナちゃんが言う。

高校三年間、長く伸ばしつづけていた髪は、卒業した時に短く切った。切った髪は、病気などを理由に髪を失ってしまった子供たちのウィッグを作るために、寄付をした。大学生になってからは、ショートカットやボブの他にパーマをかけたり、様々な髪型を試していた。今は、肩までのストレートで、高校生の時と同じような髪型に戻った。バイト中は、後ろでひとつに結んでいる。

「戻りました」

「もどりましたっ！」瑠璃は僕のマネをして、ヒナちゃんに言う。

「おかえり」

ヒナちゃんに笑いかけてもらい、瑠璃はちょっと照れたような笑顔を返す。

保育園のバッグとコートをカウンターの椅子に置いておき、瑠璃をトイレに連れていって、手を洗ってうがいをさせる。店の中に戻り、絵本やおもちゃを並べ、ラグを敷いたキッズスペースに座らせる。瑠璃は、電車のおもちゃを取り、レールを並べていく。

キッズスペースには、ランチタイムばかりではなくて、保育園から家に帰る前に三十分でいいから休みたいという近所に住むお母さんやお父さんが寄ってくれるため、夕方の今ぐらいの時間帯でも子供たちがいる日もある。今日は、そういうお客さんはいなくて、近くにある高校の生徒やバスで十五分くらいのところにある大学に通う学生で、八割くらいの席が埋まっていた。それぞれお喋りしたり、勉強したり、本を読んだりしている。

ひとりで、電車で遊ぶことはつまらなかったのか、瑠璃は本棚から絵本を出す。新幹線がたくさん出てくる絵本で、海里も小学校に入る前まで、よく読んでいたものだ。

「瀬川さんから、メッセージ届いてる」カウンター周りの掃除をしながら、ヒナちゃんはレジ横に置いたスマホを指さす。「仕事のことだけじゃなくて、個人的な用事もあるみたいだったから、読んでない」

「わかった、ありがとう」エプロンをしてカウンターに入り、店のスマホで瀬川さんのメッセージを開く。

今週末のイベントの出席者に関する注意事項と仕事で知り合った男性にしつこく連絡先を聞かれて面倒くさいという愚痴だった。三十代半ばで独身だから、当然のように結婚したがっているとか子供を欲しがっているとか思われ、相手の男に大きな態度を取られたようだ。イベントに関する返事と一緒に〈無理せず〉とだけ送っておく。

カウンターの奥の窓が少しだけ開いていて、風が通る。

窓の外には、裏の家の庭が見える。

大きな家で、広い庭には、たくさんの木々が植わっている。枝は窓のすぐ近くまで伸びていた。

住宅街の中だけれども、森の奥にいるみたいだ。


お客さんがほとんどいなくなり、閉店の準備をはじめるころに、姉が瑠璃を迎えにくる。

「ごめん、遅くなった」扉を開け、姉が店に入ってきた。

「ママ！」絵本を置き、瑠璃はキッズスペースから出て、姉に駆け寄っていく。

「いい子にしてた？」姉は瑠璃を抱きしめながら、僕を見る。

「何か飲んでいく?」

「とっても」カウンターから出て、瑠璃の荷物を渡す。

「ううん。海里と美月が帰ってきてるから」

海里が小学校に入った年、姉は美月と瑠璃を保育園に預け、働きはじめた。前に勤めていた会社に再就職して、研究者に戻った。定時退社が基本なのだけれども、どうしても遅くなる日はある。そういう日は、僕か母親が瑠璃のお迎えにいく。海里と美月は、ふたりとも小学生になり、学童に入った。

どこに店を出したらいいか迷っていた時、ここを見つけてくれたのは、姉だ。

実家にも姉のマンションにも近くて、近所には僕の小学校や中学校の同級生も、まだ住んでいる。住宅街の中の目立たない場所にある上に二階で、立地が悪い分、テナント料は安い。姉から「ママ友に宣伝してあげるし、協力するから」と言われ、とりあえずという気持ちで、見学に来た。カフェを出す場所としては、良くない条件が揃っているけれど、「ここだな」という気がした。人々の生活の中にあり、たくさんの人が気負わずに来てくれる場所だと思えた。

開店してから三年が経ち、常連さんも増えているし、高校生や大学生のお客さんも多くなってきている。

「何して遊んでたの?」姉は、瑠璃に聞く。

「電車!」

「そう。トイレ入る? 大丈夫?」

「入る」

「ひとりで、入れる?」

「うん」

大きくうなずき、瑠璃はトイレに入る。

待つ間に、姉は瑠璃の荷物と自分のバッグを持ちやすいようにまとめていく。

「……男の子みたいじゃない？」小さな声で、姉が言う。

「えっ？」

「瑠璃、男の子みたい」

「ああ、うん」

海里の着ていた青や紺の服、美月の着ていたピンクや赤の服、お下がりの中から、瑠璃は海里の服ばかり選ぶ。ショッピングモールの子供服店とかで、自分で選ばせても、青を好む。今日も、青いトレーナーに黒のズボンを穿き、ネイビーのコートを着ている。電車や戦隊ものが好きで、お姫さまの出てくるアニメには興味がないようだ。去年のハロウィンは、男の子向けとされるアニメの主人公の衣装を着て、嬉しそうにしていた。

「まだ子供だから」僕から言う。

「そうよね」

「瑠璃の好きなものを選ばせてあげるといいと思うよ」

「……うん」

「気になることがあれば、相談に乗る」

「ありがとう」

トイレから瑠璃が出てきて、姉に駆け寄ってくる。

髪も短くて、店のお客さんから、男の子だと思われて声をかけられることは、よくある。

保育園で仲良くしているのも、男の子が多いようだ。

けれど、それで、瑠璃のセクシュアリティは判断できない。

海里も美月も、幼稚園や保育園のころに好きだったものを今も好きなわけではない。最近の海里のお気に入りは、スポーツブランドの赤いトレーナーだ。小学生になってから、美月はお姫さまやキャラクターグッズを「子供っぽい」と言うようになった。周りの影響もあるのだろう。自分が本当に好きなものを知って、選べるようになるのは、もっと先なのだと思う。

「今度、海里と美月も連れて、ごはん食べにくるね」姉は荷物を抱え、瑠璃と手を繋ぐ。

「気遣わなくていいから、お迎えでもなんでも、また言って」

「ありがとう」

「下まで送る」

扉を開けて外へ出て、瑠璃に合わせ、ゆっくりと階段を下りる。

怖がりなところを「女の子だから」と思ってしまうが、それは偏見でしかない。

陽が暮れると、風が冷たくなるため、瑠璃はコートのボタンをちゃんと留める。

今年は、桜の開花が早くて、三月中に満開になった。

風が吹き、散っていく。

眠いのか、瑠璃は花びらを追いかけず、ぼんやりと夢でも見ているような目で見上げていた。

「じゃあ、また」

「バイバイ」瑠璃は小さな手を僕に振って、歩いていく。

ふたりの後ろ姿が見えなくなるまで見送り、店に戻る。

すれ違うように、本を読んでいたお客さんが出ていき、誰もいなくなった。

開店時間は十一時と決まっているけれど、閉店時間ははっきりと決めていない。今日みたいに、お客さんがいなくなった日は、早めに閉めてしまう。逆に、帰りたくなさそうにしているお客さんがいる場合は、いつもよりも遅くまで開けていることもある。

「もう閉める？」ヒナちゃんが聞いてくる。

「うん」

「じゃあ、レジ締めするね。他は、だいたい片づけてある」

「お願いします」

レジ締めをヒナちゃんに任せ、僕はパソコンで在庫と発注の確認をする。

「お姉さん、大丈夫かな？」タブレットで電子マネーの利用履歴を確かめながら、ヒナちゃんが聞いてくる。

「うーん、どうだろう」

「わたしも、瑠璃ちゃんのことは少し気になってた。子供のころのわたしとすごく似てる」

「そうなの？」

「わたし以上に、男の子っぽい。戦隊ものが好きでも、わたしは運動は苦手だったし、服装は女の子らしいとされるものが好きだったから」

「そうか」

「親は、普通であってほしいって思うよね」

「そうかもね」

高校生の時、ヒナちゃんは恋愛や性別について悩んでいた。大学は商学部に進んだものの、ジェンダーに関する授業も受け、勉強をしていた。性的マイノリティとされている人たちの集まりにも積極的に参加して、そこで二歳上の彼女ができた。それから、一気に自分を理解できるようになった。男の子向けとされているものを好きになることはあっても性別は女性、その上で恋愛対象は女性。結論が出た後も、彼女と一緒に集まりに参加しつづけ、イベントを主催する側になった。この三月で大学を卒業したが、就職はせずに、世界中の状況を学ぶために夏から留学をする。しかし、両親には、語学の勉強がしたいとしか言えていない。

「叔父としても、普通であることを願ってしまう気持ちはある」

「……うん」

「まだまだ差別や偏見はなくなっていないから、瑠璃だけじゃなくて、海里にも美月にも、できるだけ辛いことの起きない道を生きていってほしい」

「瑠璃ちゃんが大人になるまで十年以上あるし、その間に色々と変わるかもしれないから」

「そうだね」

「何かあれば、わたしも相談に乗る」

「ヒナちゃんは、もうすぐアメリカじゃん」

「アメリカから世界をまわって、帰ってくるから」

「彼女は？　納得してくれた？」

留学することは大学に入ったばかりのころから決めていて、彼女にも話していたのだけれども、あと数ヵ月となったところで、けんかになってしまったらしい。

「納得はしてくれてるけど、行かないでほしいって言われてる」

「ふうん」

「向こうは仕事があるから、なかなかアメリカになんて来てもらえないだろうし、会えなくて寂しいのは、わたしも一緒なんだけど」

「それでも、行くことを選んだの？」

「だって、わたしの人生だから」

「そっか」

「彼女といたい気持ちはある。でも、自分のしたいことを優先したい」

話しながらも手を動かし、ヒナちゃんはレジ締めを終える。

僕も、在庫と発注の確認を終える。

「それよりも、鳴海くんは、アルバイトを探してね」

「わかってるよ」

今はバイトは、ヒナちゃんだけだ。

母親や瀬川さんが手伝いに来る時もあるけれど、ヒナちゃんが休みの日は、僕がひとりで営業をしている。

もともとひとりでもできる範囲と考え、店をはじめた。

それでも、ヒナちゃんがいてくれることは、とても助かった。

できれば、誰かにいてほしい。

地下鉄の出口から出ると、夏を感じさせる暑さだった。

ビルが並び、広い通り沿いには街路樹程度の木々しかなくて、熱と湿度が充満している。高いビルの向こうに青い空が広がり、飛行機が飛んでいく。

前にも来ているのだが、場所がわかりにくいため、スマホで地図を確認する。裏の通りに入り、ビルとビルの間を進んでいく。方角が合っていない気がして、スマホをまわしつつ自分もまわり、目印になるようなものを探す。

見覚えのあるところに出て、まっすぐに歩いていき、都会の中に取り残されたような雑居ビルに入る。冷房がついているわけでもないのに、どこからか冷たい風が吹いてくる。高いビルの間に立っているからだろうか。戦後間もないころに建てられたビルで、築八十年以上経つので、古くて汚い。けれど、床のタイルや柱に施された模様から、当時の建築のデザイン性の高さが感じられる。

エレベーターがないので、階段で三階まで上がる。

三枚の扉が並んでいて、廊下の一番奥の部屋のドアのインターフォンを鳴らす。

「はい」

「鳴海です、お願いしたものを取りにきました」

「ちょっと待って」

待っていると扉が開き、北村さんが出てくる。

春夏の新作と思われる、白地に薄紫の小花柄のワンピースを着ていた。栗色のセミロングのウィッグを被り、メイクもしている。

「こんにちは」

「あがって」

「お邪魔します」中に入らせてもらい、扉を閉める。

北村さんは四年前に結婚をして、都内に引っ越し、自宅とは別に仕事場を借りるようになった。性別は男性で、恋愛対象は女性で、基本的には男性らしいとされる服を着ているが、月に数回程度は女性らしいとされる服が着たいということは、結婚する前に妻となる人に話したらしい。相手は、ブルーにたまに北村さんを迎えにきていた人だ。驚かれはしたものの、あっさりと受け入れてもらえたみたいで、北村さんは仕事中でも女性らしいとされる服を着るようになった。その日の打ち合わせの相手に合わせ、変えている。気持ちが楽になったからなのか、メイクがうまくなったからなのか、僕が慣れただけなのか、前よりもキレイになった。

事務所は、お姫さまの出てくるアニメのイメージで、本物のアンティーク家具や食器が揃っている。棚には、過去に北村さんがデザインしたナイトのグッズと一緒に、アクスタやぬいぐるみが並んでいた。

「何か、飲む？」流しに立ち、北村さんが聞いてくる。

「あっ、僕、やりましょうか？」

「いいよ、店じゃないんだから、座ってて。熱いものよりも、アイスコーヒーの方がいいか」

「はい」応接セットのソファに座らせてもらう。

パリで買ったもので、船便で送ったらしい。生地は張り替えられているが、木枠は百年以上前のものだ。

「ペットボトルのだけど」冷蔵庫を開けて、アイスコーヒーのペットボトルを出し、グラスに注いでテーブルに置く。

「ありがとうございます」

「これ、頼まれていたもの」

北村さんは、奥の作業部屋から手のひらサイズの薄紫色の箱を持ってきて、テーブルに置いてから、僕の正面に座る。

「開けていいですか？」

「もちろん」

「失礼します」

グラスを端によけて、箱を開ける。

中には、店の名前と住所の書かれたカードが入っている。

閉店時間が定まっていないし、僕の都合で急に休みにすることもある。営業時間などの情報はSNSに載せているから、それでいいかと思っていた。だが、ショップカードが欲しいと言われることがたまにあった。下の雑貨屋のおばちゃんたちの紹介で、年配のお客さんも来てくれる。僕より若い人たちでも、誰もがスマホを持っているわけではない。みんなが得意としているものを苦手と感じている人に来てもらうためには、アナログなものもあった方がいいと思い、ショップカードのデザインを北村さんにお願いした。

オープンする時も、店の内装について相談に乗ってもらい、床や壁紙を張り替えるための業者を紹介してもらった。不揃いの椅子やソファやテーブルも、僕ひとりでバランス良く並べられたわけではない。

「どう？」北村さんが聞いてくる。

「いいです、理想通り！」デザインは確認させてもらっていたけれども、実際に印刷されると、印象が変わった。

箱と同じ薄紫色の名刺サイズの紙に、濃いめの紫で店名と住所と電話番号とＳＮＳのアカウントが書かれている。シンプルで、高級感がある。僕の名刺代わりにも使えそうだ。

「ありがとうございます」汚してしまわないように、箱を閉じておく。

「気に入ってもらえたのだったら、良かった」安心したような笑顔で、北村さんは大きく息を吐く。

その表情や仕草は、女性のように見えた。

「配るの、もったいないぐらいです」

「いやいや、ちゃんと配って、店を繁盛させて」

「つづけていければいいので」

「最近の子って感じだなあ」

「僕も、もう三十代半ばになりました……」

「そうか、どうしても、ブルーにいたころの印象が強いから。啓介さんにくっついて、ニコニコして、たまに不安そうで。俺も四十過ぎたし、鳴海くんも同じように年取るんだよな」

「そうですね」アイスコーヒーをもらい、少し飲む。

酸味が強くて、後味として苦味が残る。これからもっと暑くなっていったら、これくらいの酸味があるものを人は求めるのかもしれない。

「うちさ、子供が産まれるんだよ」

「えっ！　おめでとうございます」グラスを置く。

「ありがとう」

「いつですか？」

「まだ先、九月の予定」

「ドキドキしますね」

姉や姉のママ友、ブルーでも自分の店でも、妊娠中の女性と接することはあった。子供が産まれることに対して、楽しみな人もいれば、緊張や不安が強い人もいて、それぞれで思いは違う。誰に対しても「ドキドキしますね」と言えば、失礼にならない。

「高齢出産だし、ドキドキはするよなあ」

「そうですね」

ワンピースを着た北村さんと話していると錯覚してしまうが、産むのは妻であって、北村さんではない。北村さんの妻の年齢は知らないけれど、四十歳前後ではないかと思う。

「産むまで、俺にできることは、全力でサポートするだけなんだけど、問題は産まれてからなんだよ」

「……産まれてから？」

「服装のこと、どうしようかと思って」

「うーん」

北村さんに連れていってもらった集まりに来ていた人たちは、友達や仕事関係の人にはカミングアウトをしていても、家族には話していない人もいるようだった。僕自身、アセクシュアルでアロマンティックであることを啓介さん以外に、ヒナちゃんや瀬川さんにも話している。北村さんには、店のテーマカラーを紫にしたい理由として話した。ヒナちゃんや瀬川さんの主催で、店でイベントをすることがあり、その時に来た人に話すこともある。それでも、両親と姉には話せていないままだ。

大袈裟に考えてほしくなくて、普段の会話の中でサラッと言いたいと思っても、タイミングが摑めなかった。

性や恋愛に関することをわざわざ家族に話さなくていいとも思うけれども、今はまだそれで両親が気にしないでいてくれるような世の中にはなっていない。

「子供たちの生活する環境や世の中をどうしていくか、次第じゃないですか」

「を？」北村さんは、つけ睫毛をつけてアイラインを引いた目で僕を見る。

「誰かがどうにかしてくれることを待つだけではなくて、自分たちでどうにかしていかないといけないので。世の中を、です」

「そうか」

「時間のかかることだから、急に世界が変わるわけではなくても、北村さんの子供や僕の甥っ子や姪っ子が大人になるころには、今とは違う世の中になっているかもしれません」

「そうだといいけど……。俺も考えるばかりではなくて、何かしないとな」

「ナイトのグッズとか北村さんのデザインには、そういう思いが表れている気がします。女の子向けと言われるかわいらしさはありつつ、男でも持ちやすい。僕は、ブルーでもらったうさぎのステッカーをまだ持っています」

バッグから手帳を出す。

店の開店準備の時に買った手帳で、ずっと大事にしていたステッカーをカバーに貼った。中は入れ替えても、カバーは使いつづけている。いつも持っているから、傷がついてしまっていた。

「ありがとう」

「ショップカードも、大事に配ります」

「いつでも、追加頼んで」

「はい、お願いします」膝に両手をつき、小さく頭を下げる。

遠くで蟬《せみ》の鳴く声が聞こえた気がしたが、何か違う音だろう。

まだ四月だ。

さすがに、そこまで世界は狂っていない。

店をはじめる時に、引っ越しもした。

歩いて十五分ほどで店まで行けるアパートだ。両親からも姉からも、実家に戻ればいいと言われたけれど、そうすると金銭的なことばかりではなくて、生活面でも親に甘えることになる。いつか、両親の介護が必要になったりすれば、戻ることも考えるけれど、できるだけ自分ひとりの力で暮らしていきたかった。

前に住んでいたアパートと同じくらいの広さだが、駅から少し離れているため、家賃は数千円だけ安くなった。雨の日は、面倒くさく感じてしまうけれど、自転車でも徒歩でも軽い運動になり、身体にはいいだろう。

部屋には、前と変わらず、最低限のものしかない。

テーブルに受け取ってきたばかりのショップカードを置き、テレビをつける。

毎日の生活の中で、変化を感じることは、あまりない。

店に来るおばちゃんたちからは「早く結婚した方がいいわよ。誰か紹介しようか」と、定期的に言われる。けれど、「そういうこと、言っちゃ駄目なのよ」と、フォローしてくれる人もいた。考えがあるのかないのかはわからないが、こちらのプライベートには踏み込まないようにしてくれる常連さんも多い。高校生や大学生の中でも、距離を詰めてくる子と一定の距離を保ちたい子がいるから、世代や性別の問題ではない。

人間が体感できないくらいのスピードで、世の中は変わりつつあるのだと思う。

たまに、大きく後退してしまうことが起きるが、確実に前へと進んでいく。

テレビでは、バラエティ番組であっても、容姿や性別や年齢を笑いにすることはなくなった。恋愛や結婚をテーマにしたドラマはあっても、みんなが「当たり前に、こう思っている」ということを前提にしたものは減った。女性と男性を区別したような、クイズ番組も少なくなってきている。

ぼんやりとチャンネルを変えつづける。

昔よりも、テレビはつまらなくなったのかもしれない。

でも、傷つけられる人が減ったのであれば、その方がいい。

午前中は晴れていたのに、お昼過ぎから雲行きが怪しくなってきて、雨が降りはじめた。

ランチタイムは、近所に住む人たちが来てくれていたが、外の様子を見て「洗濯物」とか「子供のお迎え」とか言い、長居はしないで帰っていき、数分のうちに誰もいなくなった。学校帰りの高校生が来るには、まだ早い。強く降っているので、大学生の子たちは雨が弱まるのを待つだろう。今日は、ヒナちゃんが休みだから忙しくなると思ったけれど、一気に暇になってしまった。

玉ねぎを出し、明日以降のランチのキーマカレーの仕込みをしておく。

ひとりで営業していくために、カウンター内で調理もできるようにした。ランチはカレーをブルーの味を引き継いだものとキーマカレーの二種類用意して、パスタをミートソースと魚介の入ったトマトスープとほうれん草とサーモンのクリームソースの三種類用意する。作業のしやすさとお客さんの希望を考え、何度かメニューを変えていき、落ち着いた。キーマカレーは、ひき肉を最低限まで減らし、玉ねぎとにんじんとセロリのみじん切りを大量に入れる。スパイスも入っていて、身体にいいと思われているのか、評判がいい。

雨も風もさらに強くなったみたいで、音楽をかけていても、窓を打つ音にかき消されていく。

一階の階段前に看板を出しているのだが、風に飛ばされないように、お客さんを見送るついでにしまっておいた。

しばらく誰も来ないだろう。

しかし、階段を上がる足音が聞こえてきて、扉が開き、お客さんが入ってきた。

二十歳前後くらいに見える男の子だ。

小柄で、僕よりも少しだけ身長が低い。ナイトの所属する事務所のアイドルのような、かわいい系と言われる顔をしている。骨が折れ曲がり、ちゃんと閉じなくなってしまった傘を持ち、髪の毛もTシャツもずぶ濡れになっていた。少しでも濡れないようにしたのか、リュックを前に抱えている。困ったような表情で店内を見回していて、小動物が迷い込んできたみたいに見えた。

前にも来たことのある子かと思ったが、僕は憶えていなかった。

「いらっしゃいませ」みじん切りしていた手を止める。

「あの、すいません、営業していますか？」

「はい、どうぞ」

「ただ、えっと、ビショビショで」

ソファ席や木の椅子は困るが、プラスチックの椅子であれば、座ってもらっても構わない。けれど、湿度が高いから冷房と除湿器をつけているし、そのままでは風邪をひいてしまいそうだ。

冷房を暖房に切り替え、風の当たる席の椅子を布張りのものから濡れても困らないプラスチックのものと交換する。

「暖房に当たるのが苦手でなければ、ここで服を乾かしてください。他にお客さんが来るかもしれないから、服を脱がれるのは困るけれど、スニーカーや靴下ぐらいは脱いでも大丈夫です。タオルは、持ってますか？」

「あっ、あります」リュックを開けて、ハンドタオルを出す。

それでは足りなそうなので、ドリンクを頼んでいる酒屋にもらったタオルをカウンターから出す。イベントの時に、貸し出す用のドライヤーもあった。

「これ、使って。トイレの鏡の横にコンセントがあります」

「ありがとうございます！」男の子は、リュックを背負い直し、壊れた傘を持ったままでトイレに入ろうとする。

「傘は、そこにでも置いて」

「あっ、はい」入口の傘立ての横に、寝かせるように傘を置き、トイレに入る。

待つ間、スマホで天気予報を確認する。

一時間くらいで、雨はやむようだ。

瀬川さんから〈夕方、店に寄る〉とメッセージが届いていたので、〈了解〉とだけ返しておく。

トイレのドアが開き、男の子が出てくる。

「すみません、ありがとうございました。タオルは、洗って返します」

「いいですよ、他にも洗うものはあるから」

「ありがとうございます」

「席に、どうぞ」タオルとドライヤーを受け取る。

男の子は席に着き、リュックは荷物を入れる用のカゴに置く。

髪を乾かして落ち着いたのか、少し疲れたような顔をする。

水の入ったグラスとメニューを持っていき、テーブルに並べる。

「あっ、ホットコーヒーをお願いします」メニューを見ないで、男の子が言う。

「ごめんなさい、ホットコーヒーないんです」

「……えっ？」眉間に皺を寄せ、僕を見る。

「アイスコーヒーは、ありますメニューを開く。「温かい飲み物がよければ、こちらになります」

「ちょっと考えます」

「はい」

一歩下がり、頭を小さく下げてから、カウンターに戻る。

ブルーでバイトしながらカフェ巡りをしていたころ、瀬川さんに「コーヒーのないカフェだと、カフェにはならないのかな？」と聞かれた。その時、自分がカフェや喫茶店を「こういうものだ」とこだわっていることに気づかされた。コーヒーはなくてもいいから、自分の好きなものを出し、自分が楽しめる店にしようと決めた。

だが、そんなに簡単なことではなくて、コーヒーを飲みたがるお客さんは多かった。

苦手だからと何かを排除することは、自分が受けてきた差別と同じだとも感じた。ブルーと同じハンドドリップにこだわらず、楽に淹れられる機械を使えばいいと思い、会社勤めをしていた時の同僚に教えてもらったコーヒーメーカーを使って、コーヒーを出していた時期もある。特に不評ではなかったけれど、評判がいいということもなかった。「自家製のレモネードやジンジャーエールなどこだわりが感じられるものもあるのに、コーヒーは無難」と口コミサイトに書かれた。自分の気に入らないものがひとつでもあると、全体のレベルも下がっていく気がした。コーヒーメーカーはカフェラテの時だけ使い、コーヒーはメニューから消した。

階段下に出している看板に「コーヒーのないカフェ」と書き、常連さんは知っているため、注文されることは減っていった。心配したほど、クレームがくることもなかったし、売上への影響もなかった。

「お願いします」男の子が僕の方を見る。

「はい、何にしますか？」カウンターから出て、テーブルの横に立つ。

「クリームソーダにします」

「寒くないですか？」

「髪も乾かせたし、服も乾いてきたので、大丈夫です」

「暑くなったら、温度を下げるから、言ってくださいね」

「はい、ありがとうございます」汚いものなんて見たことがないような、澄んだ目で僕を見る。

「少しお待ちください」

カウンターに戻り、脚つきのグラスを出して、紫色のシロップを注ぐ。氷を多めに入れ、ソーダ水を足し、軽くかき混ぜる。冷凍庫からバニラアイスを出し、丸くすくって載せ、赤いさくらんぼを飾る。

今、ブルーでは、店名と同じブルーのクリームソーダを出している。たくさんの色のシロップが出ていて、トロピカルではなくて、夜が明ける直前の空のような群青に近い青にしたら、店の雰囲気と合った。瀬川さんには「何色も揃えて、メンカラに合わせられるようにすれば、推し活する子たちが来る」とアドバイスをもらったけれど、自分の店では紫にすると決めていた。

ストローと長いスプーンを一緒にトレーに載せて、席まで運ぶ。

男の子は、スマホを見たりせず、ぼんやりと雨が降りつづける窓の外を眺めていた。

「お待たせしました」

「ありがとうございます」今、目が覚めたような顔をする。

「アイス溶けちゃうから、暖房の温度を少し下げますね」

「はい」

「ごゆっくりどうぞ」

「あの、どうして、紫なんですか?」僕を見上げ、聞いてくる。

「……えっと」

いつもは「店のテーマカラーです」と、答えている。

どうしてテーマカラーにしたのかまで、聞かれることはない。

話して大丈夫そうと思えた人にだけ、自分のセクシュアリティのこととアセクシュアルのシンボルフラッグの色であることを話す。

今までに話した人は、十人にも満たない。

初めて会ったはずなのに、彼には話せる気がした。


「それで、話したの？」瀬川さんがカウンター席でミートソースを食べながら聞いてくる。

雨はやみ、窓の外は夜が近づいてきている。

男の子は、空が晴れるまで一時間くらいいて、何度も「ありがとうございました」と言い、帰っていった。

その後、高校生や大学生の子たちが一気に来て、忙しくなった。常連の子たちは、セルフサービスのような状態で、自分で水を入れたりしてくれる。

「話してないよ」

「話せばよかったのに」

「カミングアウトは、こちらの気持ちだけでしていいことではない」

聞かされる方だって、秘密をひとつ抱えることになる。

そうではなくても、初めて会った十歳以上年上の男性からいきなり性や恋愛の話をされたら、僕だって「気持ち悪い」と軽い恐怖を覚える。

「そうね」紙ナプキンを取り、瀬川さんは口元を拭く。

「それより、日曜日のイベント、何人ぐらい集まりそう?」

「今のところ、二十人くらい」スマホで確認しながら、話す。「迷っている人もいるから、ギリギリで増えるかも。それでも、二十五人っていうところじゃないかな」

「了解」

「前に来た人もいるけど、初めての人もいるから」

「あとで、出席者のリスト送って」

「共有できるようにしておく」瀬川さんは、アイスコーヒーを飲みつつ、スマホを操作する。

会社は辞めず、推し活もしながら、瀬川さんは店の開店準備を手伝ってくれた。なんの仕事をしているか知らなかったが、会社では人事総務部にいたらしい。手続きの書類で、何に何を書けばいいのか混乱していた時に、素早く整理して処理してくれた。アルバイトを雇う時にも、どうすればいいのか教えてもらった。

ずっと会社勤めをつづけていたのだけれど、去年の夏が終わるころに急に辞めた。

それからは、十代後半から二十代前半の女の子たちを支援するような仕事をしている。生活に困っているのに、稼いだお金を推し活やホストに使ってしまう。数時間の楽しさでお金は消えていき、また困ることになる。そういう悪循環の中に入り込んでしまった子たちの相談に乗り、それぞれに適した対処をする。役所に行っても書類を書けないどころか、読めない子もいるため、時間をかけて教えていく。給料は安くて、自分自身の生活が危うくなりそうだけれども、十年以上同じ会社で働いていたため、まあまあの退職金が出たらしい。推し活にお金を使いつつ、貯金や投資もしていたようだ。副業として、この店の手伝いもつづけてもらっている。

推し活もやめていなくて、ナイトのリーダーを追いかけつづけている。ファンの集まりも主催していて、今度の日曜日には、ここでオフ会をする。その中には、フィクトセクシュアルと言い切れるほどではなくても、ファンであることと恋愛として好きであることのバランスを取れない人もいるため、接し方には注意が必要だ。

「あとさ、バイトの募集しないといけないんだよ」僕から言う。

「そこにいる大学生たちでいいじゃん」瀬川さんは、客席を手で指し示す。

大学生の子たちがお喋りをしたり、スマホを見たり、本を読んだり、勉強したりしている。頼めば、働いてくれそうな子は何人かいるけれど、誰でもいいわけではない。

ヒナちゃんが留学した後も、店でイベントはつづけていきたい。マイノリティとされる人が交流できる店と、はっきり言っているわけではない。けれど、そういう人が気軽に過ごせる雰囲気は作っていきたかった。ここに来る大学生の中には、そういうことに理解のない子もいる。「彼女は？　彼氏は？」と友達同士で話す分には構わない。けれど、店員としてカウンターに立ち、友達が来た時に、お客さんの前では話してほしくない。

前にアルバイトとして雇った中には、そういう子がいた。

明るく誰とでも仲良くなれる子で、一気に店が彼と友達の色に染められていった。僕自身、なんとなく居心地が悪いと感じる場になってしまった。自分と合わないからって、辞めてもらうことはできないと悩んでいたが、彼の方から「僕、ヒナちゃんみたいなの無理なんで、辞めさせてください」と言ってきた。

　常連の子やヒナちゃんや瀬川さんの主催するイベントに来てくれる人の中からスカウトできないか考えたけれど、すでにそれぞれでアルバイトや会社勤めをしている。

「とりあえず、ＳＮＳに求人出してみれば」

「それで、条件の合わない人と面接するのも、しんどい」

「細かい条件を出したり、自分と合わないからと面接を拒否したりしてはいけませんよ。雇用主として、問題があります」

　人事総務部として、瀬川さんが注意をしてくる。

　年齢や性別や人種等に拘《かかわ》らず、雇用の機会は平等でなくてはいけない。

「わかってるよ」

「ヒナちゃん、いつからアメリカに行くの？」

「五月末。向こうで生活に必要なものを揃えて語学学校に通って、秋から大学に入る。こっちでの準備もあるから、五月はあまり働けない」

「じゃあ、四月中には、次の人を決めないとね」

「そうなんだよな」グラスに水を注ぎ、ゆっくり飲む。

　ひとりでやっていこうと思っていたし、ひとりでどうにかなるように店を作っていった。

　しかし、ひとりで、どうにかできるわけがないのだ。

「わたしも、仕事の合間に手伝いにくるよ」

「ちゃんと休んだ方がいいよ」

女の子たちと夜遅くに会うこともあり、瀬川さんの仕事は勤務時間が定まっていない。昼間あいた時に手伝ってもらうことがあるけれど、それでは身体を壊してしまう。

「大丈夫だよ」

「もう若くないんだから」

「年齢差別？」

「違う」僕は、首を横に振る。「これは、どうしようもない現実」

「わたし、まだ若いもん」

「まだ若くても、これから年を取っていくのだから、身体は大事にして」

「そうだね」納得していない顔で、瀬川さんはうなずく。「鳴海くんがずっとひとりでも、わたしがお葬式をしてあげるから」

「なんで、僕が先に死ぬ設定なの？」

「わたしが先に死んだ場合、お葬式でナイトの曲をかけて」

「わかった」

「セトリ、作っておく」

「……セトリ？」

「セットリストの略。コンサートの曲順のこと」

「ふうん」

まだまだ知らないことばかりだ。

ＳＮＳに給料や勤務日数など最低限のことを書き、求人を出してみたものの、アルバイトが決まらないまま、ゴールデンウィークに入ってしまった。

よく来てくれる大学生の子たちのうちの何人かが「働きたい」と言ってくれたのだが、前みたいなことが起こると困ると思い、断った。断ることも大変になり、ＳＮＳに載せた求人も削除した。

自分は、店の経営者には向いていないのかもしれない。

トラブルも受け止めるぐらいの気持ちは、必要だろう。

桜の季節が終わり、窓の外は新緑が輝いている。

よく晴れていて、心地いい風が吹く。

世界が美しく見えるからこそ、気分が沈んでいく。

「どうしたの？」ヒナちゃんが聞いてくる。「なんか、顔色悪いよ。体調、悪い？　熱ある？」

「体調は普通。バイトのこと、どうしようか考えたら、人生の難問にぶつかった」

「……人生の難問？」

「自分は恋愛をしないし、性的に人と関わらないから、いつまでも未熟なままなのではないか」

「……」

「誰とも、本音で付き合えていない」

「……仕事中に、つまらないこと言わないで」

「……ごめんなさい」

「鳴海くんは、そうやって、人生の難問にぶつかりつづけているのだから、それでいいんだよ。恋愛したって、成長しない人はいるから」

「自分だって、そんなに恋愛経験ないくせに」

「鳴海くんに、全部話してるわけじゃないもん」

「そうなの？」

「そうだよ」嘘なのか本当なのか、笑いながらヒナちゃんは言う。

「……そうか」真相を追及する権利はないので、聞かないでおく。

「バイト、わたしが誰か紹介できればいいんだけど、ちょっと遠いとかなんだよね」

「うーん、交通費は、それほど出せないから」

「まあ、五月末までは、わたしがいるから。どうにかなるよ」

「気楽に考えるようにする」

息を吐き、肩に入っていた力を抜く。

カウンターから出て、客席を見てまわる。

今日は、ひとりで来て、本を読んだり仕事をしたりしている人が多い。

連休だからって、どこかへ行く人ばかりではない。

キッズスペースの絵本やおもちゃを整理して、あいている席やカウンターに置かれた紙ナプキンの位置を整え、レジカウンター周りの掃除もする。

窓から窓へと、風が吹き抜けていく。

レジ横に置いた店のスマホが鳴る。

メッセージではなくて、通話だった。

瀬川さんか取引のある業者かと思ったが、知らない番号が表示されている。

「はい、もしもし」

「あっ、あの、アルバイトの募集って、終わってしまいましたか？　前にＳＮＳに求人が載っていたと思うのですが」

「まだ、大丈夫です」

「良かったです」

意識して記憶していたわけではないけれど、電話の声を聞いただけで、彼だとわかった。

来てほしい子が来てくれた。

そう思った瞬間、自分がブルーに電話をかけた日のことを思い出した。

今日と同じような、世界が輝いて見える日だった。

初出

「小説宝石」（二〇二三年十月号〜二〇二四年七月号「僕とあなたの恋」を改題）

世《せ》界《かい》のすべて

2024年9月30日　第1刷発行

著　者　畑《はた》野《の》智《とも》美《み》
発行者　三宅貴久
発行所　株式会社光文社
〒一一二-八〇一一　東京都文京区音羽一-一六-六
電話　編集部　〇三-五三九五-八二五四
書籍販売部　〇三-五三九五-八一一六
制作部　〇三-五三九五-八一二五
URL　https://www.kobunsha.com/

組　版　萩原印刷
印刷所　新藤慶昌堂
製本所　ナショナル製本

ISBN978-4-334-10428-3

畑野智美（はたの・ともみ）

1979年東京都生まれ。2010年「国道沿いのファミレス」で第23回小説すばる新人賞を受賞。

2013年に『海の見える街』で、2014年には『南部芸能事務所』で吉川英治文学新人賞の候補となる。

2015年に刊行した『感情8号線』は、2017年にドラマ化された。

他の著書に『消えない月』『シネマコンプレックス』『大人になったら、』『神さまを待っている』『若葉荘の暮らし』など。

近刊は恋愛を超えた男女の関係を描く『ヨルノヒカリ』。